개망초

개
망
초

김현정 소설

프롤로그

조용하다. 이따금 지저귀는 산새 소리만이 적막한 공기 사이로 울려 퍼진다. 또 창문을 열어 두었냐며 투덜거리는 딸의 볼멘소리가 문틈으로 새어 나왔다. 아침잠을 충분히 자야 맑은 컨디션으로 디자인을 할 수 있단다. 엄마인 내 눈에는 순 백수같이 보이지만, 제 전공을 살려 자신의 분야에서 승승장구하고 있는 딸은 꽤 인정받는 디자이너인 모양이다. 꾸준히 들어오는 작업이 그것을 증명했고, 여유로운 환경은 딸이 오로지 작업에만 몰두할 수 있게 도와주고 있다.

맛있는 음식이 물린다는 것, 멋을 부린다는 것, 단열이 잘되는 집에 산다는 것이 내게는 어마어마한 사치처럼 느껴졌던 시절도 있었다. 그 시절로부터 오랜 세월이 흘렀지만 때때로 떠오르는 그때의 기억은 나를 지독한 몸살에 발버둥을 치게 만든다. 그렇게 고통스럽던 시간을 견뎌낸 결과가 지금과 같지 않았더라면 나는 진작 한강에 몸을 던져버렸을지도 모른다. 그런 생각을 하며 깔끔하게 정돈된 넓은 거실을 둘러보았다.

"아. 좋다."

모락모락 김이 올라오는 머그잔을 두 손으로 감싼 채 한숨처럼 내뱉은 혼잣말을 바람에 실어 보냈다. 손바닥에 전해져 오는 따끈한 온기가 스산한

가을바람도 포근하게 만드는 것만 같다.

한때는 쌀이 없어 수제비로만 끼니를 때웠던 시절도 있었기에 수제비는 입에도 대지 않는데 어쩐지 커피믹스는 계속 찾게 된다. 이제는 돈 몇백은 우스운 정도가 되었지만, 여전히 내 입맛은 커피믹스다. 이유는 간단하다. 블랙보다 달달 하니까. 온통 쓰기만 한 인생에 커피까지 쓰면 슬프잖아.

"엄마! 문 좀 닫으라니까."

마룻바닥을 쾅쾅거리며 밟는 소리가 들리더니 이내 퉁퉁 부은 얼굴의 딸이 다가와 베란다 문을 확 닫아 버린다. 벌써 서른이 넘었지만 내 눈에는 아직도 아기 같다. 하도 품 안에 끼고 살아서 그런가. 정상적인 가정환경에서 키우지 못한 부채감에 늘 딸에게 미안했기에 때로는 딸을 위해 희생한 삶들을 생색내고 싶은 마음이 들 때도 아무런 말도 할 수 없다. 여느 엄마들이 다 그렇듯 나도 하나뿐인 딸에게 좋은 것만 보고, 듣게 하고 싶었다. 하지만 삶은 내 마음대로 흘러가지 않았다. 세월에 속절없이 휩쓸리느라 덩달아 힘겨웠던 딸이었다. 그저 온전하게 정신 붙들고 이렇게 내 옆에 존재해 주는 것만으로도 딸에게 감사한 이유다. 나는 공연히 딸이 들어간 방문을 밉지 않게 흘기면서 주방으로 향했다.

어느덧 흐려진 날씨는 어둑어둑한 하늘을 데려왔다. 지금이 오전인지 오후인지 분간이 가질 않는다. 괜히 가라앉은 마음에 혼자만의 생각에 잠겼다가 다시 그 사람이 떠올랐다. 시시때때로 떠오르는 그와의 기억은 아직도 내 삶을 통째로 쥐고 흔드는 것 같다. 지독한 사랑은 오히려 가슴 깊이 각인되기 마련이라는데, 지독한 증오도 맥이 같다. 복잡하게 얽힌 그를 향한 애증은 금방이라도 토악질을 할 듯한 메슥거림을 지병으로 달고 살게 했다. 유독 이렇게 견딜 수 없이 힘든 날이 있다. 오늘이 그렇다. 손에 쥐었던 칼을 내려놓았다. 세라믹 상판에 부딪히는 날카로운 쇳소리에 반사적으로 몸이 움찔거린다. 지금 칼을 쥐어서는 안 될 것 같다. 그날의 기억이 넘실거리는 파도처럼 밀려들어 멀미가 날 것만 같다.

목차

1

만나지 말았어야 할 사람들

"소원아. 괜찮겠어?"

"뭐가?"

"가게 나가는 거."

소선이 걱정하는 것은 내가 낮에는 서무 일을 하고, 밤에는 술집에서 일하는 것이다.

"무슨 뾰족한 수가 있어. 벌 수 있을 때 벌어서 우리도 얼른 가게 차리자."

어쩐지 미안한 기색을 비치는 소선을 다독여 줬다. 사실은 나도 마음이 복잡했지만 소선이도 나와 같은 마음이라 생각했기 때문에.

우리는 쌍둥이로 태어났다. 비록 단 5분이었지만 나보다 먼저 세상에 자신의 존재를 알렸다는 이유로 소선이는 '언니'가 되었다. 그래서인지 모르겠지만 언제나 소선이는 나보다 어른처럼 보였다. 외모도, 성격도. 소선이가 정확하게 언제부터 화류계에 몸을 담았는지는 모른다.

소선이는 열여덟이 되던 해 집을 나갔고 나는 새엄마의 감시를 피해 한 달에 한 번 정도 소선이를 만나는 게 전부였다. 나도 학교를 졸업하자마자 집을 나와 소선이가 있는 곳에서 소선이와 함께 살았다. 소선이를 따라 첫 출근을 했을 때는 잘할 수 있을까 하는 걱정과 함께 이 세계에 대한 약간의 호기심도 있었다.

소선이가 치장하는 것을 도와주었다. 나는 소선이를 따라 거울 앞으로 목을 쭉 빼고 화장이 번진 곳이 없는지 꼼꼼하게 확인했다. 취하지도 않았으면서 다짜고짜 입술을 들이밀던 진상 때문에 립스틱이 보기 싫게 번져버린 입가를 닦으며 인상을 찌푸렸다. 반짝이는 글리터를 잔뜩 올려놓은 탓에 무거워진 눈꺼풀은 내 의지와 상관없이 자꾸만 스르르 감겼다.
"가자. 이 오빠들 단골들이잖아. 꾸물대지 말고, 얼른."
소선이 채근하는 소리에 억지로 눈꺼풀을 들어 올렸다. 그래, 늑장을 부리면 안 된다. 술 팔고 웃음도 파는 여자들에게는 손님이 그저 왕이다. 돈이 많거나 자주 오는 손님이면 더더욱 그렇다. 대기실을 나서며 지금 향하는 곳이 화려한 조명 아래 연극 무대가 아닌 술집 룸이라는 것이 싫었다. 이제는 적응할 때도 됐는데 자기혐오에서 시작된 비참한 마음은 쉽게 사라지지 않는다.
"안녕하세요, 오빠들. 소선이랑 소원이 왔어요!"
나보다 앞서 걸어가던 소원이 힘껏 문을 열어젖히며 발랄한 목소리로 인사했다. 부러 가슴을 가리지도 않은 채로 상체를 숙이는 소선이를 따라 나도 멋쩍게 꾸벅 고개를 숙였다. 늘 그렇듯 아무 손님의 옆자리에 자리를 잡고 앉자 불쾌한 시선이 진득하게 내 몸을 훑는 것이 느껴졌다. 차라리 눈을 질끈 감아버리고 싶은 심정이었다.

기억도 잘 나지 않는 아주 어린 시절부터 할머니의 삶을 올려다보며 느낀 것이 하나 있다.
예쁜 얼굴은 죄악이라는 것. 그것은 동전의 양면처럼 주변의 사랑과 관심을 받으며 화려한 꽃처럼 살게 하기도, 한순간에 시궁창 같은 나락으로 떨어지게도 하는 그런 것이었다. 할머니의 삶도 그랬다. 그래서 일찌감치 결심한 바가 있었다. 할머니에게 물려받은 예쁜 얼굴이 아니라 오로지 나의 능력으로 성공해 보이겠다고. 우리 집이 찢어지게 가난하지 않았다면 그 결심을 이루었을지도 모른다. 그렇게 생각하니 입 안이 쓰다.

"소원아, 뭐해?"

빨간 매니큐어를 칠한 손이 눈앞에서 팔랑거렸다. 고개를 들어보니 미간을 잔뜩 좁힌 채 날 바라보는 소선이가 보였다. 소선이의 시선을 따라 고개를 돌려보니, 내 옆에 붙어 앉아 빈 스트레이트 잔을 들고 있는 남자가 보였다. 내가 술을 따라주기를 기다리고 있었던 모양이다.

"어머, 죄송해요. 어제 아침까지 일했더니 피곤하네요."

손목이 아려올 만큼 묵직한 양주병을 기울여 잔을 채우면 남자는 흡족한 미소로 곧장 목구멍으로 털어 넣었다. 남자가 깊게 숨을 내뱉자 진하다 못해 쾌쾌한 알코올 냄새가 공기를 가득 메웠다. 그 냄새가 마치 나에게 말하는 것만 같았다. 푹 파인 옷을 입고 방긋방긋 웃는 예쁜 얼굴로 인형처럼 남자 옆에 붙어 앉아 술이나 따르고 기분이나 맞추는 게, 이게 네가 사는 세상이라고. 여기가 너의 위치라고. 결국은 나도 할머니가 물려준 유일한 유산인 예쁜 얼굴로 이런 일이라도 하면서 살고 있다는 생각이 들었다.

"오빠들. 대학교 다녀? 캠퍼스의 낭만? 나도 원래는 공부 잘했는데. 워낙 자유로운 영혼이라 4년이나 공부하기 싫어서 그냥 심플하게 고졸로 끝냈거든."

소선이 카랑카랑한 목소리로 하는 얘기들은 죄다 모르는 소리요, 없는 소리다. 가게에서 일하는 다른 언니들하고 별반 다를 것 없는 인생이다. 가정폭력, 가난. 온통 멍투성이뿐인 인생이면서 고학력자에, 부자에, 어디서나 사랑받는 사람으로 자신을 꾸며내는 소선이었다. 그 말이 사실이었다면 왜 간이 썩어가도록 밤새 독한 양주를 퍼마시며 아양이나 떠는 직업을 택했겠는가. 처음에는 소선이의 거짓말이 내 얼굴이 붉어질 정도로 창피하게 느껴졌으나 손님들 앞에서 분위기를 싸하게 만들 수 없어 입을 다물고 표정이나 관리하고 있을 수밖에 없었다.

그래, 이왕 시궁창 인생인 거 남들 눈에 뭐 좀 있어 보이길 바라는 마음이야 이해해야지 싶었다. 그리고 분명한 사실은 팔자 타령하며 비관하느라 항상 속이 썩어 문드러졌던 나보다야, 있어 보이려 온갖 거짓말로 저를 포장했던 소선이가 더 당당해 보였을 거란 사실이다.

룸 안에서 나는, 웃는다. 대개 웃으며 보내는 시간은 빨리 지나가기 마련이다. 나도 그럴 것만 같아서 손님을 향해 세상 즐거워 죽겠다는 듯 말을 건다. 한 달 전까지만 해도 그랬다. 하지만 아무리 억지로 웃어보아도 시간은 더디게만 흘러갔다. 선생님 소릴 들어가며 학교 행정실에서 서무로 일하는 삶을 택했다면 벌이는 지금보다 박했을지언정 행복하지 않았을까?

자존감, 성취감, 떳떳함 이런 가치들은 돈으로 살 수 없는 것들이었다. 하지만 나는 몇 번이고 다시 돌아가더라도 같은 선택을 했을 것이다. 당장 통장에 찍히는 액수부터가 달랐다. 지독하게 가난했던 내가 하루 벌어 하루 먹고 사는 삶을 살면서 보람을 느끼는 게 어디 가당키나 한 일인가. 사명감, 올바른 가치관, 성취의 행복. 이런 것들을 타령하기에 삶은 내게 꾸준히 퍽퍽했다. 한참을 상념에 잠긴 채 텅 빈 시선을 허공에 흩뿌리고 있던 내게 누군가 말을 걸었다.

"괜찮아?"

"네. 괜찮죠."

내 옆자리에 앉은 남자였다. 그가 나를 현실 세계로 끌어 올려 주었다. 그는 먼저 내 상태를 물어봐 주었으며, 허리나 어깨에 손을 두르는 척하며 엉덩이나 가슴을 만지지도 않았다. 그것만으로도 나는 사람대접을 받는 기분이 들었다. 그것이 나를 더 참담하게 만들었다.

"힘들면 좀 기대서 쉬어. 마시기 싫으면 안 마셔도 돼. 나 말술이거든. 그렇지 선우야?"

"그래도 천천히 마셔, 원희야."

술을 빨리 비워야 새로운 술을 주문한다. 그래서 속이 울렁거리든 말든 부어라 마셔라 하는 것이 나의 일이었다. 등받이에 기대어 쉬는 건 더더욱 있을 수 없는 일이다. 남들이 들으면 코웃음을 치겠지만 술집 여자에게도 업무에 집중하려는 노력이 필요하다. 방금까지 넋을 놓고 있었지만 두 남자의 대화를 통해 내 옆에 앉은 남자의 이름이 원희라는 것, 맞은 편에 앉은 남자의 이름이 선우라는 것을 알아챘다. 나는 맞은 편에 앉은 선우라는 남자를 힐끔힐끔 관찰했다. 이런 자리가 익숙한 듯 구는 원희와는 다르게, 그는 참 샌님 같았다. 뽀얀 얼굴에는 옅은 홍조마저 드리워져 있었다. 도대체 이 두 사람이 어떻게 친해졌는지 궁금할 정도로 한눈에 보기에도 둘은 아주 달랐다. 외모로 사람을 재단하면 안 되지만, 캠퍼스의 낭만을 누리고 있는 건 선우 하나뿐인 듯 보였다. 아니나 다를까 원희는 대학을 가는 대신 전파상으로 일하고 있다는 얘기를 들었다.

"그럼 원희 오빠네 집에 가면 비디오 실컷 볼 수 있겠네? 나 비디오 보는 거 되게 좋아하는데."

소선이 가슴골이 다 보이도록 허리를 숙이며 콧소리로 말했다. 가뜩이나 나와 닮은 소선이 내 맞은편에서 저러고 있으니, 마치 거울 앞에 앉아있는 것 같다. 괜스레 창피해지는 마음에 억지로 모아둔 가슴 앞으로 머리카락을 길게 내렸다. 깔깔 웃으며 선우의 허벅지를 연신 때리는 소선이의 모든 말과 행동은 천박해 보였지만, 그것은 술집에서 일하는 여자로서 갖춰야 할 직업의식 같은 것이었다. 손님의 기분을 맞추고 몸 곳곳을 지분대어 다음에 또 오고 싶은 마음이 들도록 하는 것.

"원희 오빠네 가면 비디오 온종일 볼 수 있는 거예요?"

나도 취기를 빌려 원희에게 팔짱을 껴보았지만, 아직 소선이처럼 팔뚝에 가슴을 비비적댈 정도의 용기는 없었다. 원희가 느끼기에도 내 행동거지가 꽤 뻣뻣하다고 느꼈는지 원희는 내게 어깨동무하고 내 볼을 아프지 않게 꼬집었다. 내가 올려다보자 원희는 입꼬리를 올려 시원하게 웃어 보였다.

"온종일이 뭐야. 몇 날 며칠 밤새도록 보여줄 수 있는데 뭘."

"진짜?"

"우리 진짜 놀러 간다?"

소선이 까아- 소리를 지르며 박수를 쳤다. 기다랗게 쭉 뻗은 눈꼬리만큼이

나 가느다란 교성이었다. 소선이 고양이처럼 날카롭고 앙칼진 외모를 가졌다면, 나는 딱히 어느 것에도 비유할 수 없는 아주 평범한 외모였다. 그런데도 처음 보는 사람들이 대번에 쌍둥이임을 알아챌 만큼 우리는 무언가 닮아있었다.

소선이와 내가 같은 룸에 함께 들어가는 것은 그 이유 때문이었다. 닮은 듯하면서도 미묘하게 느낌이 다른 쌍둥이 자매를 비교하는 재미가 있다나. 그런 말을 들을 때면 꼭 동물원에 갇혀 사람들의 구경거리가 된 원숭이가 된 기분이었다. 우리는 친밀한 대화를 나누며 빠르게 잔을 비워나갔다. 어느새 술에 취한 몸뚱이가 앞뒤로 꺼덕거렸고, 잔뜩 술에 취한 원희의 손은 내 몸 이곳저곳을 만지기 바빴다. 하지만 마치 사랑하는 사람을 만지는 듯 조심스러운 손길에 그렇게 불쾌한 기분은 들지 않았다.

원희 집에서 뭘 하고 놀 것인지에 대해 한참을 얘기했다. 구체적인 계획을 세우고 있는데 내내 입을 닫고 있던 선우가 입을 열었다. 고개를 푹 숙이고 있었던 데다, 목소리도 작아서 처음엔 누가 말을 꺼냈는지 알 수 없을 정도였다.

"나도 갈래."

얼굴이 붉어진 선우의 목소리가 가까스로 들려왔다. 술 때문인지, 숫기가 없어서 부끄러워하는 것인지 분간이 되지 않았다. 술자리를 가지는 내내 나는 선우를 지켜봤었다. 소선이 의도적으로 잔을 빨리 비워내며 유도하지 않아도, 선우는 필름이 끊어질 작정으로 술을 부어댔다.

"넷이 같이 놀면 좋지. 선우 오빠도 와!"

소선의 손이 허벅지 안쪽을 스치자 선우가 화들짝 놀랐다. 우연히 스쳤다 생각하겠지만 나는 안다. 다분히 의도된 행동이라는 것을. 내 피부에 닿는 원희의 큰 손을 느끼면서 눈으로는 내내 선우를 관찰했다. 아무리 친구가 꼬드겼다고 한들, 저런 샌님이 이런 곳에 오기까지 큰 결심이 필요했을 것이다. 작은 체구에 단정한 이목구비. 몇 번을 봐도 여자 끼고 노는 술집과는 어울리지 않는 사람이었다.

그날 이후에도 원희와 선우는 소선과 나를 보러 종종 술집을 찾았다. 씁쓸이가 큰 손님을 단골로 눌러 앉혔다는 이유로 마담은 나와 소선이를 잘 대해주었다. 소선에게는 화장이 잘 되었다고 칭찬을 해주었고, 나한테는 쓸데없는 구박을 하지 않았다. 그것만으로도 감사했다. 손님을 제멋대로 주무르는 소선이에 비하면 나는 미련한 숙맥 같았으니까.

"그거 알아? 선우 얘, 머리 무스 칠하고 왔다. 너희들한테 잘 보이고 싶나 봐."

어김없이 내 옆자리를 꿰찬 원희가 낄낄대며 선우의 머리를 가리켰다. 샌님 같은 이미지와는 어울리지 않게 엘비스 프레슬리처럼 앞머리를 한 올도 남기지 않고 무스로 넘긴 스타일이었다.

"넌 왜 그런 걸."

넌 왜 그런 걸 말하고 그래. 미처 다 내뱉지 못한 말이 원희를 다그쳤다. 선우는 항변도 제대로 하지 못하는 순둥이구나. 다시 한번 느끼면서.

"잘 어울려요, 오빠."

원희가 선우를 놀리려고 드는 것 같아 나도 모르게 내뱉은 말이었다. 선우의 눈이 동그래지더니 나를 향해 수줍게 미소 지었다.

"고마워." 이번에도 들릴 듯 말 듯 한 목소리였다. 손님으로 알게 된 사이지만, 좀 더 가까이 지내도 되겠다는 생각이 들었다. 함께 비디오를 빌려 보고 노는 시간이 늘어났다. 자주 원희와 선우가 방문할 때마다 눈여겨보게 되는 것이 있었다. 바로 낯가림이 심한 선우가 장벽을 허물고 우리 자매와 친해지는 과정이었다. 굳어 있기만 하던 선우는 곧잘 웃기도 했고, 술에 취하면 콩알만 하던 목소리가 커지기도 했다. 선우를 자세히 관찰하게 된 이유는 단순했다. 원희가 항상 선수를 쳐 내 옆자리에 앉았기 때문에 선우는 늘 소선의 옆자리에 앉을 수밖에 없었는데 바로 옆에 있는 원희보다 맞은편에 앉아있는 선우가 잘 보였기 때문이다.

"선우 오빠는 어떻게 된 게 귀까지 이렇게 빨개져?" 내가 말하면,

"빨개지기만 하는 거지 필름이 끊기고 그러는 건 아냐." 선우가 질세라 반박했고,

"거짓말. 아까 화장실에서 마주쳤을 때 내 옷 속으로 손 넣은 거 기억 안 나?" 소선이 말하면, "진짜? 내, 내가 그랬어?" 당황한 선우가 말을 더듬었다.

그제야 소선의 웃음소리가 홀을 가득 메웠다.

"아하하하! 이 오빠 또 속았어, 또!"

매번 같은 패턴이었다. 그런데도 선우는 매번 속았고 매번 당황했다. 저렇게 물러 터져서 이 험난한 세상을 어떻게 살아가려고 하는지. 혀를 끌끌 차며 걱정하다가도 세상 물정 모르는 순진한 부잣집 도련님을 걱정하는 술집 여자라니, 스스로 꼴사납게 느껴져 얼른 털어버리곤 했다.

"오빠. 오늘 300만 원이야. 너무 많이 마신 거 아냐? 누가 들으면 우리 가게가 바가지라도 씌우는 줄 알겠어."

빳빳한 백만 원짜리 수표 세 장을 건네주는 선우를 보며 오늘도 역시 선우가 계산하네, 생각했다. 매번 거액의 술값을 척척 계산하는 선우를 볼 때마다 선우를 향한 걱정이 괜한 짓이었음을 깨닫는다. 도대체 왜 이토록 출발점이 다를까. 세상은 불공평하다.

"오빠들, 대리 불렀어?"

"아니. 담배 한 대 피우고 부르려고."

가게 입구 옆으로 비켜선 원희는 지포 라이터를 열어 담뱃불을 붙였다. 담뱃불조차 허락하지 않을 것처럼 칼바람이 쌩쌩 부는 한겨울이었다. 싸구려 퍼 재킷을 대충 두르고 나온 소선이 원희의 옆에 바짝 붙어 담배를 내밀었다. 원희는 지포 라이터를 열었다 닫았다 하며 장난을 쳤다. 원희의 손에 들린 지포 라이터를 낚아챈 나와는 다르게 소선은 담배를 입에 문 채 원희가 물고 있는 담배의 끄트머리에 있는 불을 빌렸다. 원희도 순순히 담배를 내주었다. 한 발짝 옆에 떨어져 선 선우가 그 광경을 물끄러미 지켜보았다.

"오빠는 끝까지 안 피우네?"

"어."

"아니. 매번 심심해 보여서."

"소원이는 내가 담배를 피웠으면 좋겠어?"

찬바람을 정면으로 맞고 있는 와중에도 시선은 날 향한 채 선우가 물었다.

나는 담뱃재가 길어지는 것도 모르고 그 까만 눈동자를 마냥 쳐다보았다.

"그냥. 우리 다 피우는데, 혼자 심심하잖아."

싱겁게 웃으니 그제야 선우도 따라 웃었다. 그날 이후로 선우도 주머니에 담배를 넣고 다녔다. 넷은 이제 일주일에 다섯 번을 볼 정도로 친밀해졌다. 손님을 단골로 만들기 위해 친한 척을 하는 것과는 달랐다. 그들은 여전히 손님으로 가게를 찾았지만, 우리 사이에는 무언가 특별한 정이 쌓여갔다. 고달픈 인생이었으나 이 사람들과 함께라면 꽤 살 만할 것 같았.

그럼에도 불구하고 혼자서 해결해야만 하는 불안함은 어쩔 수 없었다. 부질없는, 배부른 고민이었다. 시간이 남아도니까 이런 생각도 하는구나. 더는 생각하지 말자고 생각했지만, 생각을 안 하겠다는 결심으로 생각을 잠재울 수는 없었다. 학교 행정실을 관두기 전에는 잠을 갈구했다. 낮에는 행정실에서 일했고 두어 시간 눈을 겨우 붙인 뒤 밤에는 술집으로 가 술로 배를 채우며 밤낮없이 일했다. 행정실을 관두게 된 건 결국 돈 때문이었지만 살고 싶기 때문인 것도 있었다. 이렇게 죽자고 일하다가는 정말로 죽게 될까 봐. 행정실을 관두면 밤낮은 바뀌겠지만 적어도 잠은 제대로 잘 수 있지 않을까 생각했다.

"화장을 대충 한 거야 뭐야? 눈이 왜 이렇게 퀭해?"

"잠을 못 잤어요."

"넌 맨날 잠을 못 자? 학교도 때려치워 놓고."

파우더를 들고 온 마담이 내 손목을 잡아끌어 제 앞으로 당기더니 눈 밑을 두들겼다. 그때까지만 해도 미련 따위를 품고 있었다. 행정실에서 일하는 동안 나는 이사장님에게 많은 인정을 받아왔다. 지금 내가 소선이와 사는 집도 이사장님이 마련해 주신 거였다. 그리고 여자를 탐할 궁리나 하며 술집을 찾는 남자들 옆에 붙어 앉아 하하 호호 술과 웃음을 파는 일에는 발전이랄 것도, 성취감이랄 것도 없었다. 멀쩡한 직장을 관두고 이 길을 택한 것은 어디까지나 내 선택이었지만, 심란한 마음까지는 어쩌지 못했다.

집으로 돌아와 햇빛이 새어 나오는 모든 곳을 커튼으로 막고 억지로 잠을 청하려 할 때마다 바깥에서 들려오는 하이힐 소리에 잠이 깼다. 똑같이 하이힐을 신지만, 나는 저녁에 출근해 담배 연기가 자욱한 룸에서 밤새 술을 마시고, 저 여자들은 아침 햇살을 받으며 사무실로 출근한다. 그런 생각이 나를 더 잠들지 못하게 만들었다. 그렇게 잠들지 못하는 날들이 반복되면 어김없이 실수하고는 했다.

"오빠, 너무 오랜만이다. 그동안 왜 이렇게 안 왔어?"

"왜 이래, 서운하게. 이틀 전에도 왔었잖아. 기억 안 나?"

"오빠 나 너무 예뻐하는 거 아냐? 아내가 쫓아오면 어쩌려고 그래?"

"내가 마누라가 어딨어? 두 달 전에 죽었는데."

그렇다고 과감하게 술집을 관두고 행정실로 돌아갈 수는 없었다. 돈맛을 알게 되니 그만둘 용기는 진작 사그라들었다.

"오늘은 혼자 왔네?"

기분이 바닥을 쳐 파업을 선언하고 싶던 날 원희가 어쩐 일로 혼자 가게를 찾았다. 그는 내게 일을 시킬 손님인데도 그래도 꽤 친하게 지냈다고, 반갑게 느껴졌다. 젖은 손으로 화장실에서 걸어 나오던 소선이 반갑게 아는 체를 했지만, 대충 눈인사만 한 원희는 나를 데리고 빈방으로 들어갔다. 늘 그랬듯 화려한 모양새로 깎인 과일 안주들과 독한 양주가 테이블 한가운데 차려졌다. 원희의 옆에 바짝 붙어 앉아 양주 뚜껑을 딴 다음 술잔을 기울이는 것까지, 지극히 기계적이었다.

"하지 마."

술병을 잡은 내 손을 원희가 부드럽게 감쌌다. 술을 마시러 온 것이 아닌가? 며칠 새 잠을 제대로 자지 못해 지끈한 머리가 시야를 흐릿하게 만들었다. 어지럽다고 생각한 순간 원희의 큼지막한 손이 내 한 볼을 감쌌다. 뿌리칠 힘도, 의지도 없이 멍하니 원희를 바라보기만 했다.

"좀 자."

원희는 그대로 자신의 어깨를 내어주었다. 원희의 어깨에 얼굴을 기댔다. 전혀 예상치 못한 전개였다. 이번에는 반대로 피곤함과 몽롱한 정신이 싹 달아났다. 평소와 미묘하게 다른 원희의 모습이 낯설어서였을까. 그는 조금 더 다정했고, 어쩐지 애틋해 보이기까지 했다.

"소원이 너 요즘 못 자잖아. 다 알아."

장난스레 찰싹 때릴 줄만 알았던 원희의 어깨가 이렇게나 듬직할 줄은 몰 랐기에 물색없는 마음이 제멋대로 살랑거렸다. 이 남자라면, 내가 힘들 때 마다 언제든 어깨를 내어주지 않을까?

혼자 착각 같은 확신을 하면서. 원희는 사탕 같은 말들로 나를 어떻게 해 보려는 다른 남자들과는 조금은 다를 거라는, 어리석은 속단을 했다.

"왜, 잠이 안 와?"

원희가 나를 쳐다보는 게 느껴졌다. 애써 잠을 청하려고 질끈 감고 있던 눈을 번쩍 떴다. 얼굴이 불에 덴 듯 뜨거워졌다. 머릿속에 돈밖에 없었던 스무 살짜리 애송이는 섣불리 사랑이라는 감정을 품는 것이 두려웠고, 심 지어 사랑이라는 감정이 무엇인지조차 분간하기 힘들었다.

언덕인 줄 알고 맘대로 기댔다가 푹 꺼지는 땅이면 어쩌려고. 그땐 누굴 원망하려고. 모든 것이 두렵고 서툴렀던 나는 혼자 답을 내렸다. 잠을 못 자서 심장이 벌렁거리는 거다.

"아, 술 안 마실 거야? 몇 번을 들락거렸는데 이거 한 병을 못 마셔?"

결국 나는 어색해진 공기를 참지 못하고 원희의 어깨에 기댔던 머리를 들 어 올렸다. 애꿎은 양주병에 손가락질하며 화제를 돌리자 술잔을 찾아 쥐 는 원희의 손도 따라 머쓱해졌다. 나는 괜히 원희에게 미안한 마음이 들었 다. 남녀 관계에 있어 조금이라도 대담할 수 있었다면, 날 다정하게 대하는 원희를 그렇게 밀어내지는 않았을 것이다. 가끔 내 허리나 허벅지를 쓰다 듬던 원희의 손길도 그날 이후로는 없었다. 나를 인격적으로 대하는 것 같 은 그 태도가 더 나를 불편하게 했다. 그저 손님으로 대하는 게 더 편했을 까. 내키지 않는 관계에 대해 더는 생각하지 않는 것, 스무 살의 나는 그것 을 터득하지 못했다.

"잘 가! 가다가 얼어 죽지 말고!"

늘 그랬듯 소선은 명랑한 목소리로 살벌한 농담을 했다. 공처가처럼 소선 의 말을 잘 듣는 선우는 외투 깃을 여미며 손을 흔들었고, 원희는 나를 향 해 살짝 웃어 보이곤 돌아섰다. 소선이 손에 쥐고 있던 구겨진 담뱃갑에서 담배를 꺼내 물었다. 나에게도 한 개비 건네길래 받아들었다. 원희를 생각하는 것만으로도 속이 갑갑했다.

"너 원희랑 무슨 일 있니?"

"무슨 일은."

"거짓말."

"아니야. 진짜 아무 일 없었어."

"원희 혼자 온 날, 정말 아무 일도 없었어?"

소선의 눈매가 가늘어졌다. 찬 바람을 손으로 막아가며 몇 번이고 라이터를 켜던 소선의 물음은 마치 나를 꿰뚫어 보는 듯했다. 정작 소선은 나를 쳐다보지도 않았는데 '말해봐. 난 다 알고 있어.' 그렇게 확신하는 것만 같았다. 그래도, 그날의 일을 무어라고 설명할 만한 특별한 이벤트는 없었다. 어색한 공간 속에서 애매한 질문들만이 각자의 머릿속에 떠다녔을 뿐.

"무슨 일이 있긴 뭐가 있겠어."

"뭐가 있는데 분명히. 이 언니가 모르는 게 있을 것 같아?"

담배를 한 모금 깊게 빨아들인 소선이 코웃음을 쳤다. 겨울바람이 희뿌연 담배 연기를 싣고 갔다.

"언니는 알지도 못하면서 왜 그렇게 확신해?"

"너야말로 냅다 아니라고 우겨대면 없던 일처럼 되는 것 같니? 우리 동생은 너무 순진해서 탈이라니까."

"내가 순진하다고?"

소선이 이럴 때마다 나는 자존심이 상했다. 한날한시에 똑같이 태어났는데 고작 5분 일찍 태어났다고 소선은 세상의 이치를 다 통달한 것처럼 굴었다. 왜? 내가 소선이에 비해 어리숙해서?

"너 무서워서 뒷걸음치는 거지? 너 그거 되게 바보 같은 짓이다. 나 좋다 하면 그냥 화끈하게 사귀고 아니면 말면 되는 거지. 사귀면 무조건 결혼하고 서로를 평생 책임져야 해?"

책임지지 않으면? 그런 관계가 무슨 의미가 있는데. 되묻지 못한 말이 마음에 맺혔다. 소선에게 미련한 취급을 받으니 무슨 말을 하든지 잠자코 듣고 있는 것이 나았다.

"원희가 하자는 대로 해. 사귀면서 재미 볼 거 다 보고 아니다 싶으면 버려. 뭐, 그게 별거야?"

"그렇게 되면 우리 넷은? 언니랑 선우 오빠는?"

그랬다. 나와 원희가 연인 관계로 발전했다가 헤어지기라도 한다면 소선과 선우의 입장이 껄끄러워질 것 같았다. 우리 넷의 관계가 어그러질 것은 물론이요, 다시는 넷이 어울리는 일은 없을 것이다. 나는 이 소중한 관계를 깨고 싶지 않았다. 피를 나눈 가족은 아니어도 제대로 된 가족이 없었던 내게 이 관계는 가족과 다를 바 없었다. 오래도록 함께하고 싶었다. 그래, 내가 진정 두려워하고 있었던 것은 바로 이것이다.

"그냥 마음 가는 대로 해. 그동안 원희를 지켜봐 왔기 때문에 나도 알잖아. 원희, 듬직하고 소원이 너 많이 좋아하는 것 같아."

그날, 소선의 가벼운 충동질이 가슴에 들어와 박혔다. 불완전한 내가 누군가를 좋아하고 그 사람의 인생에 섞여 들어도 되는 걸까. 갑자기 원희가 보고 싶어졌다. 자꾸만 떠오르는 원희의 생각과 커가는 마음을 가리려고 담배에 불을 붙였다. 또 바람이 연기를 몽땅 가져가 버렸다.

2

스웨터

"우리 이제부터 사귄다."

내 손을 잡은 원희가 맞은 편에 앉은 소선이와 선우를 향해 말했다. 원희는 낯간지러운 말을 아무렇지도 않게 했다. 원희에게 손이 붙들린 나는 이러지도 저러지도 못하고 화끈거리는 얼굴에 손부채질만 해댔다. 아직 원희의 마음을 정식으로 받아들이지도 않았는데 관계를 정의하고 공표해 버린 원희로 인해 마음이 혼란스러웠다. 한편으로는, 나도 연애해 보고 싶다는 마음과 지금은 한가롭게 연애나 할 때가 아니니 관두자는 마음이 서로 줄다리기를 해댔다. 돈 벌겠다고 싸구려 술집 여자의 길을 택한 내가 감히 사랑이란 걸 해도 되나 하는 패배주의적인 생각도 했다. 순정, 그게 뭔데. 내가 사는 세상에서는 그저 사치였을 뿐인데. 날 바라보며 동의를 구하는 듯 웃는 원희를 바라보다 살짝 고개를 끄덕였다. 그래, 나는 결국 합리화를 했다.

원희를 사랑해서라기보다는, 이 관계를 어그러뜨리는 것이 싫어서 원희에게 동의한 거라고. 그런 생각을 하느라 맞은 편에 앉은 선우의 표정이 미묘하게 굳어진 것도 눈치채지 못했다고.

"나, 기대도 돼?"

넷이서 밤이 깊어져 가도록 비디오를 보던 날, 원희에게 던진 말이었다. 애매하기 짝이 없는 말이다. 나에 대한 마음을 아예 단념한 것처럼, 원희도 평소와 다름없이 날 대해서 어떻게 얘기를 꺼내야 좋을지 감이 오지 않던 차에 내 딴에는 나름 고심해서 뱉은 말이었다. 어리둥절한 표정의 원희는 이내 반색하며 "좋아." 하며 내 머리를 자신의 어깨에 기대게 했다. 그리고 선우와 소선이 담배를 태우러 대문 밖을 나선 틈을 타 나를 꼭 안아주었다. 다시 심장이 빠르게 뛰었다. 갑작스러운 포옹 때문인지, 정말 원희가 좋아서인지는 알 수 없었다. 확실한 것은 잠 때문은 아니라는 것. 그날 이후로 원희는 눈에 띄게 남자친구 행세를 하더니 선우와 소선의 앞에서 우리가 연인 관계로 발전했다고 공표한 것이었다.

"진짜 사귀는 거야? 바로 말하지 그랬어!"

소선은 전혀 몰랐다는 듯 놀란 표정을 지었다. 척이라는 것을 이미 알고 있었다. 그동안 내게 원희와의 관계에 대해 깊이 생각해 보도록 종용한 것이 소선이었기 때문이다. 평소에도 내성적이라 이렇다 할 반응을 하지 않는 선우는 나와 원희의 연애 사실에는 짐짓 놀란 듯 보였으나 별다른 반응을 보이지 않았다. 형식적으로나마 축하한다는 말조차 하지 않는 선우에게 나는 조금 서운했다. 굳게 다문 선우의 입은 좀처럼 열리지 않았다.

원희와 나는 제법 연인 같아 보였다. 밤이 아닌 낮에도 만나 근사한 곳에서 밥을 먹고 차도 마셨다. 우리는 극장에 가 열렬한 사랑을 그린 영화도 함께 봤다. 보통 연인들이 그러하듯이.

원희는 내게 세상을 다 줄 것처럼 굴었다. 행복? 이 세상에 행복이라는 게 있다면 이런 거구나, 느낄 수 있을 만큼. 다들 사랑하는 남자를 만나 결혼을 하려고 하는 이유를 조금은 알 것 같았다. 온전히 한 남자만의 여자가 된다는 건 이런 거구나, 어릴 적에나 하던 유치한 소꿉놀이를 하는 기분이

들기도 했지만, 소선이 그랬다. 원래 사랑은 유치한 거라고. 원희와 하는 유치한 짓들이 늘어갈수록 가슴이 한없이 부풀어 올랐다. 이 느낌이, 사랑인 걸까. 원희와 연애를 시작한 이후로는 잠도 잘 잤다. 낮 시간을 데이트에 써버렸으니 집에 가면 쓰러지기 바쁠 수밖에 없었다.

"일어나. 라면 먹어."

라면 냄새보다 독한 향수 냄새가 훅 들어왔다. 또 외출할 참인지 머리부터 발끝까지 완벽하게 꾸며진 소선이 눈에 보였다. 나와 소선은 세대주와 세대원으로 얽힌 것은 맞지만 같이 산다고 표현하기엔 좀 애매했다. 어디서 숙박을 해결하는 것인지는 모르겠지만, 소선이 가뭄에 콩이 나듯 집에 들어오기 때문이다.

"웬일이야?"

"웬일은. 잠만 퍼질러 자다가 죽을까 봐 그런다. 연애질이 그렇게 좋냐?"

소선이 혀를 끌끌 차면서 현관으로 가 부츠를 신었다. 그러는 소선도 연애를 시작한 눈치다.

유독 짙어진 향수 냄새에 직감할 수 있었다.

"남자친구 생긴 거야?" 갑작스러운 물음에 소선은 또 코웃음을 쳤다.

"남자친구 아니고 물주. 내가 너무 좋아서 죽겠다길래 적당히 즐기다 버릴 거야."

하지만 그렇게 말하는 것치고 소선은 퇴근 후 꽤 오랜 시간 동안 수화기를 붙들고 있었다.

날카로운 목소리로 깔깔 웃어대는 통에 화들짝 놀란 적이 한두 번이 아니었다.

소선과 살면서 느낀 점은 어릴 적 순박하고 착했던 소선이가 아니라는 것이었다. 한 번은 모르는 여자 세 명이 집에 찾아온 적도 있었다. 무슨 일이냐며 묻는 내게 소선이가 이 집이 비어 있으니 들어가 살라고 했다는 답이 돌아왔다. 그 후 며칠 만에 집에 들어온 소선에게 사정을 물어봤는데 돌아오는 대답은 없었다. "엄연히 내가 살고 있는데, 나한테 말도 없이 왜 그랬어." 소선은 침묵으로 일관했다. 그 이후로 나와 소선의 관계에 작은 벽이 생겼다.

"들어가. 오늘도 수고하고, 술 많이 마시지 말고."

"알았어. 너도 본가 잘 갔다 와."

원희는 나를 줄곧 가게까지 데려다주었다. 손을 안 잡으면 큰일이라도 나는 것처럼 원희와 나는 늘 손을 잡고 다녔다. 그야 다른 연인들도 그렇게 하니까. 하지만 가게 근처에 다다를 때쯤이면 항상 내가 먼저 손을 놓았다. 그럴 때마다 원희는 눈에 띄게 서운한 표정을 지었지만 어쩔 수 없는 노릇이었다. 가게에서 계속 일을 해야 하지 않는가.

"보고 싶을 것 같은데, 어떡하지?"

한 발자국 앞으로 다가온 원희가 나를 끌어안으려 했다. 누가 볼까 봐 놀라 밀어내자, 그는 순순히 밀려났다. 원희가 씁쓸하게 웃었다. 아버지뻘의 영감들 앞에서도 하하 호호 웃으며 술을 따라야 하는 여자친구를 말리지 못하는 이유는 당연히, 돈이 없어서였다. "내가 먹여 살릴 테니까 더는 이런 일 하지 마."라고 할 수 있을 만한 여유가 원희에게는 없었다. 함께하는 시간이 길어질수록 우리의 데이트가 소박해지는 것을 느꼈다. 원희는 집세는 물론 친형의 학비까지 감당하고 있어서 빠듯할 수밖에 없는 형편이었다. 그렇다고 원희의 가게가 장사가 잘되는 편도 아니었고.

"가게 앞에선 이러면 안 되는 거 알잖아."

"미안. 너무 안고 싶어서."

사정하다시피 말하며 원희를 타이르긴 했지만, 이내 미안해지는 것은 내쪽이었다. 그러다가도 문득 '그러면 내가 일을 관둬도 될 정도로 돈을 많이 벌든지.' 소선이나 할 법한 독한 생각을 하기도 했다.

원희는 아버지의 생일을 맞아 본가로 간다고 했다. 원희와 사귄 이후로 처음으로 떨어져 있게 되었다. 내 마음은 원희가 느낄 그리움의 반절 정도 되려나. 크게 아쉽다거나 애틋하다거나 하는 감정은 들지 않았다. 그저 평소와 똑같이 술과 웃음을 팔고 동이 틀 때쯤 집으로 돌아와 혼자 잠이 들었다. 거실에서 소선이 유부남 남자친구와 통화하며 폰섹스를 하는 소리를 애써 무시하면서. 얼마나 잤을까. 문 두드리는 소리에 잠에서 깼다. 눈을 떠보니 소선은 금세 외출을 해버렸는지 보이지 않았다. 또 남자친구를 만나러 나간 모양이었다. 대낮인지 바깥이 온통 환했다. 원희를 만나지 않아 오랜만에 모자란 잠을 좀 보충하려고 했더니. 피로가 어깨를 짓눌렀다.

"누구세요?"

"소원아. 나야."

선우였다. 벌건 대낮에 선우가 우리 집에 놀러 오는 일이 어색하지 않을 정도로 친한 사이임에도 뭔가 꺼림칙했던 것은 암묵적으로 선우가 소선의 짝이었기 때문이다. 연애 감정은 아니더라도 둘이 붙어 앉는 것이 너무나도 당연했다. 나는 항상 원희의 옆이었으므로.

"어떡하지? 지금 언니 없는데."

부은 얼굴을 문지르며 집안을 둘러보았다. 사실 굳이 돌아보지 않아도 알 수 있었다. 소선은 외출할 때마다 온 방 안에 입어본 여러 벌의 옷들을 정리하지 않고 방치해 놓았기 때문이다.

"봐, 언니 나갔어."

"아… 다음에 와야겠네."

선우는 어딘가 고장이 난 사람처럼 머뭇거리며 내가 몸을 비켜선 만큼 보이는 거실을 멀뚱히 쳐다보기만 했다. 그러고 보니 선우와 단둘이서만 있는 것은 처음이었다. 그 사실을 자각하자마자 급격히 어색한 기운이 감돌았다.

"나, 그러니까. 나는."

선우는 몇 번이고 알아듣지 못할 말을 반복하면서 뭔가 할 말이 있는 사람처럼 굴었다. 선우 때문에 열려 있던 문 틈새로 한기가 들어찼다. 몸을 부르르 떨면서 두르고 있던 담요를 꼭 여미던 순간, 선우가 울컥 말을 뱉었다.

"나 오늘 소선이 보러 온 거 아닌데."

예상치 못한 말에 그저 눈을 깜빡이며 선우의 다음 말을 기다렸다. 현관 안으로 한 발짝 성큼 들어선 선우의 표정이 조금 상기되어 있었다. 그는 큰 결심을 뱉는 듯 말했다.

"너 보러 온 거야, 소원아."

이쯤 되니 둔한 나도 알아차릴 수 있었다. 겨우 할 말을 마친 선우가 작게 숨을 몰아쉬었다.

그 떨림이 내게도 전달될 정도로. 감정은 전이된다는 말이 사실이기라도 한 것인지, 나까지 심장이 울렁거렸다. 그리고 궁금해졌다. 왜 소선이가 아닌 나를?

"들어와."

"응."

내가 아는 선우는 친구의 애인을 탐할 만큼 나쁜 놈도, 염치가 없는 놈도 아니었다. 성정 자체가 그랬다. 언제나 수줍어했고 조심스러워했다. 우리는 오누이 같은 사이였으니 별일 있을까 싶기도 했고, 한창 추운 1월이었고, 선우의 몸이 얼어붙고 있었고, 나도 추웠고. 이 모든 것을 이유로 선우를 들어오게 했다. 살짝 문을 열어둔 채로 돌아 들어갔다. 들어와도 좋다는 암묵적 허락이었다.

"커피 줄까? 아니면 녹차?"

날 따라 집 안으로 들어오는 선우의 기척이 느껴졌다. 나는 뒤를 돌아보지 않고 물었다. 문이 닫히는 소리가 들렸다.

"소원이 너 마시는 걸로."

"알았어."

집 안의 온기에 몸이 녹자 정신이 또렷해졌다. 그러니까, 선우는 나를 좋아해서 나를 보러온 것이다. 나를. 좋아해서.

"난 그냥 물 마시고 싶은데?"

"그럼 나도 물."

"응. 앉아서 기다려."

평소에도 말없이 대화를 듣고 있다가 옅게 웃기만 하던 선우였지만, 그날 따라 영 뻣뻣했다.

어떤 행동이든 하는 둥 마는 둥 했다. 웃는 것마저 어쩐지 개운치 않아 보였다. 저건 분명 고장 난 거다. 좋아하는 사람과 함께 있으면 누구나 저렇게 된다. 드라마에서 봤다.

"그건 뭐야?"

경황이 없어서 몰랐는데 선우의 발치에 과일 바구니가 놓여 있었다. 큰 마트에 가도 보기 힘든 열대과일들이 가득 들어있었다. 그제야 뒤늦게 한 가지 사실이 떠올랐다. 선우는 돈이 많다. 원희와 비교할 수도 없을 만큼.

"이거 소원이 너 먹으라고 사 왔어."

과일 바구니에 내 눈길이 닿자 선우가 겸연쩍게 말했다. 나는 이미 짐작하고 있었으나, 짐짓 놀란 척 물었다.

"나를?"

작게 끄덕임으로 답을 대신한 선우가 이내 물었다.

"깎아줄까?"

내 대답을 채 듣기도 전에 자리에서 벌떡 일어난 선우가 성큼성큼 부엌으로 걸어 들어가 호기롭게 과도를 꺼내 들었다. 부엌이라는 장소와 과도를 든 선우는 꽤 어울리지 않았다. 태어나서 껍질이 붙어 있는 과일을 만져본 적이나 있을까. 하지만 저가 깎아준다고 나섰으니 뭐라도 하겠지 싶어 식탁 앞에 앉았다. 선우는 사과부터 집어 들었다. 그리고 역시나 선우는 사과의 절반을 껍질과 함께 날려 버렸다. 어이가 없어, 풋 웃음이 나왔다.

"과일 한 번도 안 깎아봤지?"

"주방에도 한 번 안 들어가 본 것 같은데."

허둥대며 사과를 깎는 모습을 보고 있자니 답답해져 차라리 내가 하는 게 낫겠다 싶어 자리에서 일어서는데, 내 몸에 두르고 있던 담요가 스르륵 떨어졌다. 얇은 슬립 차림은 몸의 윤곽이 다 비쳐 보일 것이 분명했다. 당황스러운 마음에 황급히 뒤돌아섰다. 가슴이 보이는 것만은 피하고 싶었다. 밖은 춥고, 나에게 호감이 있는 남자와 단둘이 따뜻한 집 안에 있고. 이대로라면, 원희를 두고 이상한 분위기에 휩쓸려 버리게 될지도 모르겠다는 생각이 스쳤기 때문이다. 그때 드르륵 의자가 밀리는 소리와 함께 어깨에 담요가 덮어졌다.

"춥지?"

선우는 그렇게 내 어깨에 담요를 둘러주고는 담요가 다시 떨어지지 않도록 목 부근에 매듭을 묶어주었다. 그리고 다시 사과에 집중했다. 하지만 담요를 덮어줄 때 나지막하게 내뱉은 낮은 한숨의 온도가 뜨거웠다는 것은 느낄 수 있었다.

"내가 깎는 거 보여줄게. 잘 봐."

일부러 명랑한 목소리로 선우를 똑바로 바라보며 말했다. 내 시선을 느낀 선우와 눈이 마주쳤다. 당황한 나는 사과를 가르려던 칼을 삐끗하고야 말았다. 칼끝이 손가락을 스쳤다.

"아!"

"괜찮아? 어디 봐."

놀란 선우의 목소리가 처음으로 높아졌다. 살짝 베인 줄 알았는데, 생각보다 피가 많이 났다.

사과보다 더 붉은 선혈이 식탁 위로 뚝뚝 떨어져 흥건해졌다. 선우가 내 손목을 끌어당겨 손가락을 감싸 쥐었다. 나는 반사적으로 선우의 손을 뿌리쳤다.

"병원 가봐야 하는 거 아냐?"

"그 정도는 아니야. 괜찮아."

다치지 않은 손으로 멱살 쥐듯 담요를 꽉 쥐고 거실에 있는 구급상자를 찾아 열었다. 나를 쫓아온 선우가 나 대신 구급상자를 뒤져 반창고를 찾았다. 손에 닿는 대로 휴지를 뜯어 피부터 닦아낸 선우가 반창고를 붙여주었다. 반창고가 금세 젖을 정도로 깊게 베었나 보다. 쪼그려 앉은 채로 다친 손가락을 내려다보고 있다가, 선우에게 시선을 옮겼다. 선우도 나를 쳐다보고 있었다. 그 와중에도 자꾸만 내 행색이 신경이 쓰였다. 속옷이 보이기 딱 좋은 자세였다.

"TV 보고 있어. 나 옷 갈아입고 올게."

나는 그제야 안방으로 달려 들어갔다. 미닫이문이 탁 소리를 내며 닫혔다.

왜인지, 남자친구와 폰섹스를 나누던 소선의 신음이 환청처럼 들려왔다. 문밖에 서 있는 선우는 나를 생각하고 있을까. 선우의 것도 단단해져 있을까. 자꾸만 음란한 방향으로 뻗치는 상상이 괘씸했다. 안 되겠다. 정신을 차려야겠다고 생각한 나는 옷장으로 가서 가장 두꺼운 스웨터와 몸의 윤곽이 드러나지 않을 면바지를 꺼내 입었다. 보일러 온도를 내렸다.

선우와 나는 하루가 다 가도록 아무 의미 없이 TV만 보고 있었다. 하필이면 출근을 하지 않는 날이라 선우더러 그만 돌아가라고 할 명분도 없었다. 하지만 괘씸했던 머릿속 상상과는 다르게 선우와 나 사이에 묘한 분위기는 더는 싹트지 않았다. 낮 시간대라 TV 프로그램들은 건전하기 짝이 없었기 때문일까. 내가 소파에 앉자 선우는 알아서 바닥에 양반다리를 하고 앉았다. 채신머리가 없는 것인지, 그렇게 거리를 두고 앉으니 금방 마음이 편해졌다. 소선은 당연하게도 돌아올 생각을 하지 않았고 짧은 저녁 해는 모습을 감추더니 금방 바깥이 어두컴컴해졌다. 집에 남아 있는 재료들을 몽땅 모아서 찌개를 끓여 저녁상을 차렸다. 저녁 시간, 보글보글 끓는 찌개를 앞에 두고 마주 앉으니 꼭 신혼부부가 된 것 같았다. 무엇을 하든 생각이 연애 감정으로 흐르는 건, 풋내기 사랑조차 제대로 해보지 못한 겨우 스무 살이기 때문이겠지.

이렇게 합리화를 하며 이상한 분위기를 벗어나려 애썼다. 저녁을 다 먹고 나니 아주 밤이 되었다. 곧 남녀가 입술을 물고 빨며 사랑 타령을 하는 드라마들이 방영될 시간이다. 이제는 정말 선우를 보내야 한다.

"안 가?"

"아, 가야지. 벌써 시간이 이렇게 됐네."

같이 저녁까지 먹었으면서 무슨 시치미를 저렇게 티 나게 떼는지. 선우는 슬그머니 자리에서 일어나 신발을 신었다. 걸음이 무겁고 느릿한 것이 딱 봐도 나가기 싫어 미적거리는 것처럼 보였다. 하지만 내보내야 했다. 공식적으로 내 연인은 원희였고, 원희와 선우는 친구였다.

"잘 가."

"잘 있어. 손 소독 잘하고."

"응."

"문단속도. 꼭 창문까지 다 잠그고. 요즘 세상 무서워."

조금이라도 시간을 끌어 보려고 아무런 말이나 덧붙이는 꼴이 애잔해 보였다. 그러게 왜 친구 애인한테 마음을 둬? 소선이라면 그렇게 명쾌하게 말했을 것이다. 소선은 언제나 모든 일을 명확하게 해결하는 사람이니까.

"잘 가."

좀 더 무뚝뚝하게 말할 걸 그랬나 싶었다. 선우의 얼굴이 붉어지는 것을 보면서 생각했다.

저 얼굴에 손을 얹으면, 분명 뜨겁겠지. 선우의 품에 안겨 혀를 섞고, 두꺼운 스웨터를 끌어올린 선우가 내 몸 여기저기를 멋대로 만지도록 내버려두는 상상이 들었다. 선우를 빨리 내쫓아야 할 것 같았다. 나를 향한 선우의 마음보다, 내 마음이 더 무서웠다. 미련 가득한 얼굴을 한 선우가 집을 나섰고 문이 닫히는 소리가 들리자마자 다리에 힘이 풀렸다. 머리가 핑하고 돌만큼 음란한 욕구가 나를 점령하는 것 같았다. 만약 원희와 첫 경험을 했다면 이렇게까지 애면 생각은 안 들지 않았을까. 한 번도 가보지 못한 미지의 영역에 대한 호기심과 스무 살의 열병이 만나 제정신이 아니었다. 남녀가 몸을 섞는 것. 어떤 느낌일까.

그날 이후로 매일 선우는 내가 혼자 있는 시간에 과일 바구니를 들고 찾아왔다. 나는 어쩐지 선우를 바라보는 것이 껄끄러워졌다. 나와 거리를 두고 앉은 선우의 뒷모습만 바라보아도 자꾸만 멋대로 애면 상상을 하게 된다. 소파 시트가 다 젖도록 뒹구는, 한겨울에도 땀을 비 오듯 흘리며 허리를 흔들어 댈 우리 둘의 모습을. 선우는 그렇게 온종일 나와 함께 있다가 내가 가라고 하면 갔다. 어차피 소선은 남자친구를 만난다고 매일 밖으로 나다녔으니 우리 집의 '우리'는 소선과 내가 아니라 선우와 나에 가까웠다. 그런 생각이 들 때면 다시 몸이 달아올랐다.

"이제 가. 나 원희 만나러 가야 해."

원희와의 데이트가 있는 날이었다. 원희는 어차피 가게에 매일같이 출근했으니 따로 데이트 날을 잡는 것은, 일주일에 한두 번 될까였다. 선우와 함께 붙어 있는 시간이 더 많았다는 뜻이다.

"그러고 보니 갈 시간이네."

선우가 또 티 나게 미적거리며 일어났다. 선우가 이럴 때면 나는 선우의 허리를 끌어안고 아랫도리를 지분거리고 싶은 열망에 사로잡혔다.

"얼른 가. 추워."

그런 생각을 감추느라 얼른 가라고 재촉하는 말에 어딘가 모르게 애정이 묻어나기도 했다.

사심을 품고 있어서 괜히 그렇게 느껴지는 걸까. 나도 안다. 남자친구의 친구를 두고 외설적인 상상을 반복한다는 죄책감 때문이라는 것을. 그렇다고 선우에게 더는 찾아오지 말라고 말할 수는 없었다. 아니, 그러기 싫었다. 그저 친한 사이인데 괜히 제 발 저려서 내가 품은 호기심을 들켜버리면 어쩌나 하는 걱정이라고 치부했다. 가족 같은 사이라는 허울 좋은 명분을 내세워 가면서라도 곁에 있고 싶은 얄팍한 마음이었다. 나조차도 설명하기 힘든 이상한 감정들 때문에 이렇게나 마음이 갈피를 못 잡고 요동치다니. 애초에 성에 개방적이었던 소선처럼 열댓 살 차이 나는 손님과 첫 경험이라도 해보는 것이 좋았을까 하는 미련한 생각마저 들었다. 느릿하게 구두를 신는 선우의 뒷모습을 보며 한숨이 터져 나왔다.

선우가 나가고 문이 닫히자 마음이 공허해졌다. 손님이 멋대로 몸을 더듬어도 군소리할 수 없는 일을 하고 있다지만 마담을 비롯한 다른 언니들은 나를 아무것도 모르는 어리숙한 철부지로 취급했다. 그래서 나조차 그렇게 생각했다. 이제는 내가 선우를 좋아하는 건지, 선우와의 섹스가 궁금한 건지, 그냥 나를 탐해줄 다른 누군가가 필요한 건지 나조차도 알 수 없었다. 그래서 원희를 만나야겠다고 생각했다. 매일 입다시피 하는 두꺼운 겉옷을 둘러 입었다.

지퍼를 올릴 새도 없이 현관에 널브러진 구두를 신었다. 밖이 어지간히 추운 모양인지 구두가 얼음장 같았다. 그 냉함에 모든 감각이 살아나 온몸이 곤두섰다. 문을 열고 나서는데 담 너머로 얼굴 하나가 황급히 쑥 내려가는 것이 보였다. 누군가가 나를 지켜보고 있었다.

"누구세요?"

무심결에 질문을 내뱉고는 금방 후회했다. 떳떳했으면 애초에 숨지 않았을 것이 아닌가. 가로등조차 희미한 골목에서 나를 해칠지도 모르는 누군가를 향해 질문을 건네다니.

"누구시냐고요."

이왕 이렇게 된 거 일부러 무섭지 않은 척 목소리를 키웠지만, 말끝이 후들후들 떨리는 것까지 감출 수는 없었다. 현관에서 마당까지 계단이라고는 고작 대여섯 개뿐인데 발을 내딛는 것이 무서웠다. 바깥에서는 여전히 기척이 없었다. 걸음 소리조차 들리지 않았다면 아직 담벼락에 붙어 있을 것이다. 그렇다면 일단 도망치는 것 말고 방법이 없다. 대문 손잡이 위 잠금장치에 엄지손가락을 갖다 댔다. 바깥으로 소리가 새어 나올까 봐 조용히 숨을 골랐다. 문을 열 때면 탁, 하고 큰 소리가 난다. 소리를 듣고 달려들 수도 있으니 열자마자 꽁지가 빠지게 도망쳐야 한다. 셋, 둘, 하나.

"소원아."

고꾸라지듯 달리려 준비하던 내 등 뒤로 익숙한 목소리가 들려왔다. 같이 사는 소선보다 더 자주 듣는, 아직 굵직해지지 않은 소년의 목소리.

"뭐야, 왜 여기 있어?"

"아. 가려고 했는데….."

선우였다. 선우는 무언가를 단단히 들킨 사람 같이 목뒤를 긁적였다. 눈알을 이리저리 굴리는 모습을 보니 긴장이 탁 풀려 어이가 없었다. 나는 선우가 이유를 말할 때까지 기다려 주기로 했다. 최소한 선우가 나에게 해를 끼치는 존재는 아니라는 믿음이 있었으니까.

"저기, 나는."

"……."

"소원이 네가 가라고 해서."

알아듣지 못할 대답이었다.

"응?"

"난 계속 너랑 있고 싶은데, 네가 가라고 해서."

"……."

"피곤한 것 같아서…."

이렇게까지 순진할 수 있을까. 나와 같이 있고 싶은 마음을 억누른 채 집을 나섰지만 그래도 내가 보고 싶어 이 엄동설한에 돌아가지도 못하고 나를 기다리고 있었다니. 하마터면 선우에게 되지도 않는 애틋한 마음이 들 뻔했다. 하지만 나는 선우의 딱한 마음을 모르는 척해야 했다. 나는 지금 원희에게 가고 있는 길이었으니까.

"왜 그랬어. 지금 날씨가 얼마나 추운데. 귀 빨갛잖아. 어떡하려고 이래."

주절주절 늘어놓은 핀잔은 되려 선우를 위하는 마음을 늘어놓는 것 같았다. 옷소매를 끌어다 빨갛게 부어오른 선우의 귀에 갖다 댔다. 이런 마음을 순애보라고 하는 건가. 하지만 선우의 귀를 녹여주는 내 마음은 날 하염없이 기다리는 선우의 마음과는 달랐다. 선우를 성적인 대상으로 바라보는 외설적인 마음, 그리고 그 마음을 들키면 안 된다는 위선. 새하얀 눈처럼 깨끗할 것 같은 선우의 마음과 나의 지저분한 욕망이 어떻게 같다고 할 수 있겠는가. 그렇다고 원희가 남자친구라고 해서 더 각별하고 애틋한 마음이 들지도 않았다. 첫 연애에 대한 호기심과 나를 걱정해 주고 챙겨주는 누군가가 있다는 것에 대한 안정감 정도였다. 선우를 볼 때처럼 설렌다거나 성적으로 흥분된다거나 하는 것이 아니었다. 친구 사이인 두 남자의 마음이 동시에 나를 향하는 것은 안 그래도 복잡한 내 마음을 더 복잡하게 만들었다. 마음만으로도 죄짓는 기분이 들 수 있구나.

"빨리 가. 나 원희 보러 가는 길이야. 이제 집에 아무도 없어."

"응. 가야지."

혼란스러웠다. 몇 시간이고 칼바람을 견뎌내며 내 집을 쳐다봤을 선우는 순순히 돌아섰다.

선우의 뒷모습이 마음 한구석 어딘가를 아리게 했다. 원희 얘기까지는 꺼내지 말 걸 그랬나 싶기도 했다. 원희와 내가 사귄다는 것을 알고는 있지만, 막상 내 입에서 나오는 원희의 이름이 썩 달갑지 않을 텐데. 아니다. 선우의 마음까지 헤아릴 여유가 없다. 선우의 뒷모습에서 눈을 떼고 돌아선 나는 곧바로 큰길로 달려갔다. 코끝이 차가워지는 것을 느끼면서 손을 흔들어 택시를 잡았다. 손잡이가 코끝보다 더 차가웠다.

"무슨 일이야."

"보고 싶어서."

"나 보고 싶었어? 이 밤에?"

"응."

원희는 '밤에' 자기를 만나러 왔다는 것을 강조해 물었다. 나도 원희의 의도가 담긴 질문을 피하지 않았다.

"형은?"

"자러 들어갔어. 알지? 잠들면 전쟁 터져도 몰라."

원희가 장난스럽게 웃었다. 굳이 제 형이 잠을 깊게 잔다는 것을 덧붙인 원희는 침을 꼴깍 삼켰다. 원희와 나 사이에 더 이상의 오고 가는 대화 없이 적막이 흘렀다. 조용한 시간 사이로 서로의 숨소리만 들리자 자연스럽게 야릇한 분위기가 형성되었다. 하지만 거기서 나아가 뭘 어떻게 해야 하는지 알 수 없었다. 야한 잡지나 영화를 본 적도 없었고 보여주는 사람도 없었다. 성에 대해 제대로 알려주는 사람도 없었다. 내가 볼 수 있는 가장 야한 광경은, 가게에 출근해 딱 달라붙는 원피스를 두르고 짙은 화장을 한, 거울에 비친 내 모습이었다.

"달려왔나 봐. 이마에 땀이 다 났네. 안 피곤해? 좀 누울래?"

다정하게 이마의 땀을 눌러 닦아 준 원희가 나를 눕혔다. 소파가 아닌 제 몸 위에. 사귀는 동안 원희는 몇 번이고 섹스를 시도했다. 비디오를 보다 남녀가 키스하는 장면이 나오면 똑같이 키스하면서 가슴을 만지작거리기도 했다. 손이 더 아래로 내려가거나 옷 속으로 들어오려고 할 때면 나는 화들짝 놀라 원희를 밀어냈다. 자신의 위로 길게 누운 내 얼굴을 원희가 손가락으로 그림 그리듯 어루만지며 웃었다.

"이렇게 밑에서 보니까 더 예쁘다. 소원아. 내가 보기에 넌 화장 안 하는 게 더 섹시해. 확 잡아먹고 싶을 만큼."

뭐라고 대꾸할 말을 찾지 못해 그냥 웃고 말았다. 확인하고 싶어 왔다면, 목적을 달성해야 한다. 나는 방법을 몰라 원희의 품에 파고들기만 했다.

"오늘 왜 이래? 나 설레게 하려고 이러는 거야?"

다정하게 등을 도닥이던 손이 점점 아래로 내려갔다. 잘록한 허리, 그 아래로 봉긋 솟아오른 엉덩이까지 탐험하듯 쓰다듬던 원희의 손이 골반께를 그러쥐었다. 긴장한 탓에 점점 표정이 굳어갔다.

"안 궁금해? 나 지금 어떤지."

무슨 말을 하는 건가 생각해 보기도 전에 내 몸이 쑥 내려갔다. 원희가 내 어깨를 눌러 자신의 하반신에 밀착시켰다. 잔뜩 성이 나 부풀어 오른 원희의 앞섶이 뜨끈했다.

"할래?"

"……."

"난 지금 너무 하고 싶은데."

무슨 마음인지 원희에게 몸을 내맡기고 싶지 않아졌다. 키스는 눈을 질끈 감으면 할 수 있었지만, 섹스는 다른 영역이다. 처음으로 이성 앞에 발가벗겨진 채로 타인의 살덩이가 몸을 가르는 아픔을 견뎌야 하고, 내가 모르는 또 다른 고통이 따를 수도 있다. 하지만 이런 것들은 가장 큰 문제는 아니었다. 제일 큰 애로사항은 원희가 첫 경험을 내어주고 싶을 만큼 이성적으로 매력적인 남자가 아니라는 것에 있었다. 진득한 키스를 나눌 때도 그다지 심장이 뛰지 않았던 지난날들이 떠올랐다. 이것저것 핑계를 대며 섹스를 피했다. 침대가 아니다. 불도 끄지 않았다. 원희의 형이 자고 있는 곳은 반투명 유리창 너머의 안방이었다. 닫을 문도 없는 탁 트인 거실에서 어떻게 나신으로 그 짓거리를 할 수 있단 말인가. 원희의 양손이 내 엉덩이를 강하게 움켜쥐고 양쪽으로 벌리는 것이 느껴졌다. 이대로라면 이곳에서 꼼짝없이 발가벗겨진 채 첫 경험을 하게 될 것이다. 상체를 일으켜 원희가 상의 속에 손을 넣어 브래지어 끈에 손을 댔다. 나는 그제야 불에 덴 사람처럼 원희의 허벅지에 닿아 있던 엉덩이를 얼른 떼고 일어섰다.

"아니야. 아직 아닌 것 같아."

"야! 내가 언제까지 기다려 줘야 해? 나 남자야. 밤새 너랑 떡 치는 상상이나 하면서 딸이나 쳐야겠냐고!"

금세 원희의 태도가 돌변했다. 내가 원희를 밀어내고 일어서자마자 다정했던 원희는 간데없고 잔뜩 화가 난 공격적인 남자만이 있었다.

"너, 아까 느꼈지?"

지익, 바지 지퍼를 내리는 소리가 유달리 크게 느껴졌다. 소파에서 내려온 원희가 자신의 속옷에서 발기된 성기를 꺼냈다. 원희의 비아냥대는 말투가 상처가 되어 마음에 박혔다.

"왜 이렇게 얼었어? 어차피 해도 나랑 할 거잖아. 그렇지?"

헐떡이며 다가오는 원희와는 달리 나는 조금도 흥분되지 않았다. 그래도 연인이랍시고, 늦은 밤 보고 싶어 달려온 나 자신이 초라하게 느껴지며 후회가 되었다. 아무리 몸과 마음이 달뜬 스무 살의 호기심이었어도 이런 식을 원했던 것은 아니었다.

"그만해."

지금의 상황을 모면하고 싶은 나의 눈빛이 원희에게 가 닿았다. 비척대며 일어서는 나를 다행히도 원희는 붙잡지 않았다. 원희는 흐트러진 옷을 고쳐 입을 생각도 없이 돌아가기 위해 다시 구두를 꿰신는 나를 아쉽다는 듯 쳐다보았다. 왜 연인이라는 이유만으로 원치 않는 행위를 서비스처럼 해야 하는가. 자괴감이 일었지만, 티 내지 않았다. 소선, 원희, 선우 이들과 함께 맛있는 음식도 해 먹고 비디오도 빌려 보고 그렇게 지내고 싶었기 때문이다. 여태까지 그래왔듯.

"잘 가."

건조한 원희의 목소리에 여태 나를 귀하게 대해줬던 것도 다 척이었다는 걸 다시금 깨달았다.

3

첫사랑

집에 돌아갔다. 어쩐 일인지 집에 들어온 소선이 수화기를 귀에 붙이고 손가락으로 전화기 선을 꼬고 있었다. 말하지 않아도 상대가 그 유부남이라는 걸 알 수 있었다. 소선이는 가게 사람이 아니면 왕래하는 친구가 없었다. 약속이 있다고 하면 무조건 그때 만나는 남자친구와의 데이트였다. 하긴, 이제 나라고 별반 다를 것이 없다.

"오빠. 언제 만날 거야? 솔직히 말해봐. 내가 싫어졌으면 싫어졌다고 말을 해. 오빠가 시키는 대로 다 했잖아. 내가 얼마만큼 맞춰줘야 하는데?"

분노에 휩싸인 소선이 분풀이를 하듯이 수화기를 거칠게 내려놓았다. 어떤 이유 때문인지는 몰랐다. 소선이는 한 번도 나에게 자신의 사적인 얘기를 해준 적이 없었기 때문이다. 다른 쌍둥이 자매들은 친구처럼 모든 걸 공유한다는데, 우리는 같은 배에서 나온 쌍둥이가 맞는 걸까. 씩씩거리던 소선이 이제는 눈길을 나에게 돌려 나를 흘긋거렸다. 방금까지 원희와 무슨 짓을 했는지 간파할 것만 같은 눈빛이었다. 소선이 이것저것 물어보기 전에 도망치듯 샤워하러 화장실로 들어가려고 했다. 집에 매번 없으면서, 어떻게 이럴 때만 귀신같이 집에 들어오는지.

"어디 갔다 왔어?"

아니나 다를까. 내 앞을 가로막은 소선이 나를 위아래로 훑으며 묻는다.

"아, 그냥 좀 답답해서."

"뭐가?"

"응?"

"너, 원희네 갔다 왔지?"

헉. 어떻게 안 걸까. 잠잠하던 심장이 다시 요동치기 시작했다. 죄를 지은 것도 아닌데 소선의 앞에선 꼭 이렇게 발가벗겨지는 것 같은 기분이 든다.

"원희가 무슨 얘기 했어?"

"아니? 네가 만날 사람이 원희와 선우 말고 또 있어?"

왜 이렇게 유난이냐는 듯 소선이 나를 장난스레 놀렸다. 그래, 그냥 물어본 거겠지, 과민반응 하지 말자며 스스로 다독이려는데.

"너 원희랑 잤어?"

날것의 질문이 내게로 날아왔다. 새된 소리를 빽 하고 내지를 뻔했다. 멍하니 입을 벌리고 아무 말도 못 하는 나를 보던 소선이 혼자 깔깔 넘어갔다.

"그냥 물은 건데 뭘 그렇게 놀라? 반응 보니까 아직인 모양이네. 야, 이 기지 배야. 원희도 닳다가 스님 되겠다. 네 몸이 뭐 그렇게 대단하다고 여태 섹스를 안 하냐?"

"아니, 그게 아니라."

하마터면 아까 있었던 일을 얘기할 뻔했다. 어차피 소선에게는 예삿일 중하나일 테니 말해 봤자 비웃음이나 사겠지.

"아, 됐어. 이번 달 입금해야 하니까 돈 통장으로 옮겨. 다 쓰지 말고."

"네가 무슨 내 엄마냐? 잔소리는."

가까스로 말을 돌렸다. 나하고 소선이가 다달이 적금을 붓고 있는 통장에는 이제 800만 원 조금 안 되는 돈이 들어가 있었다. 돈을 많이 벌어서 지금보다 더 좋은 집으로 이사 가고, 배우고 싶었던 그림을 배워보고, 좋은 남자를 만나 결혼하는 데 쓰고 싶었다.

좋은 남자와 결혼. 그게 내 처지에 가능할까 싶었지만.

난폭하게 굴던 원희가 다시 떠올랐다. 원래 남자들은 다 성욕에 눈이 멀면 그런 것일까. 여자친구인 내가 이해하려는 노력 정도는 해야 하지 않을까 싶기도 했다.

"언니 남자친구 돈 많은 유부남이라며? 그럼 돈 쓸 일도 없겠네?"

"알았어. 나중에 오빠 만나러 갔다가 은행 들를 거야. 어휴, 철두철미한 건 알아줘야 해."

내 코앞까지 다가온 소선에게서 독한 양주 냄새가 났다. 가게에 출근하지 않는 날에도 소선은 늘 술을 마셨다. 가게에서는 하는 일이 술을 마시는 일이었고, 퇴근하고서는 남자친구와 함께 마셨다. 저렇게 술독에 빠져 사니 이미 결혼해서 애도 있는 남자하고 뒹구는 것이 아무렇지도 않게 느껴지는 걸까? 묻고 싶었지만, 어차피 입 밖으로 꺼내 봤자 본전도 못 찾을 게 뻔했으니 생각으로 그쳤다.

"근데, 진짜 원희하고 안 잤어? 애무도 한 번도 안 하고?"

비틀대며 안방으로 향하던 소선이 다시 돌아와 얼굴을 들이대며 물었다. 애교 섞인 말투로 물어보는 걸 보면 진짜 궁금하긴 했나 보다.

"몰라! 빨리 자!"

당황하는 나를 소선이 재밌어 죽겠다는 듯 한참을 구경하다 미닫이문을 열었다. 보기보다 술을 많이 마셨는지 문을 다 열지도 않고 들어가겠다고 설치다가 문에 어깨를 쾅 박기도 했다.

잘한다, 잘해. 그런 언니를 한심하게 노려본 이유는 나는 못 하는 걸 언니는 너무 손쉽게 해버리기도 해서, 그런 내가 답답해서였다.

선우가 시내에 레코드를 사러 간다고 했다. 나한테 얘기한 게 아니라 원희의 집에서 다 같이 비디오를 보다가 흘러가듯 들은 이야기였다. 다들 대충 대꾸했지만, 사실 나는 궁금했다. 선우는 어떤 장르의 음악을 좋아하는지,

혹시 여가수를 좋아하진 않는지, 인생곡으로 꼽을 만한 노래가 있는지. 아니, 사실 이런저런 이유 다 제쳐두고 그냥 선우하고 함께 있고 싶었다. 원희에게 크게 실망한 뒤라서 그런지 마음이 자꾸 선우에게 기울었다.

새벽까지 일하고 집에 돌아와 자리에 누웠다. 세 시간 뒤에 알람이 울리도록 시간을 설정했다. 그래야 선우가 레코드점에 간다는 시간에 맞춰 일어나 단장을 할 수 있었다. 바로 눈을 감아야 하는데 알람을 못 들어서 제시간에 일어나지 못할까 봐 걱정되어 잠이 오지 않았다.

그리고 어떤 옷을 입을지, 화장은 어떤 스타일로 할지, 머리는 어떻게 하면 좋을지를 계속 고민했다. 이 정도면 나, 선우를 많이 좋아하는 걸까. 아직은 더 두고 봐야 하나. 내 감정이 사랑인지 착각인지 고민하는 데도 시간을 쏟았다. 그러다 보니 알람이 울릴 때까지 천장만 바라보고 있었다. 결국 한숨도 자지 못한 채로 일어났다. 피곤했지만, 선우를 곧 볼 수 있다는 마음에 들떴다. 원희와는 다르게 선우는 순간의 감정이 얼굴에 그대로 드러나는 사람이었다. 그는 원희에 비해 진솔하고 바른 사람 같았다. 적어도 원희처럼 나에게 위협적인 짓은 하지 않을 것 같다는 믿음, 있는 그대로의 나를 온전히 내보여도 한없이 포용해 줄 것 같은 안정감.

생각을 거듭할수록 선우가 빨리 보고 싶었다.

"아, 이 레코드점 온다는 거였어?"

문을 열고 들어가자마자 보이는 선우에게 다가가 능청스럽게 말을 걸었다. 나름 자연스러웠다고 생각했는데, 넉넉지 못한 형편에 턴테이블도 없는 우리 집이 떠올랐다. 고로 나는 여기에 올 이유가 없었다. 무딘 선우도 알아챌 수 있을 정도로 의도가 투명했다는 것을 깨닫자 얼굴이 화끈 달아올랐다. 괜스레 목도리를 끌어 올려 얼굴을 가렸다.

"너도 음반 사려고?"

선우는 내 발칙한 의도를 파악하고서도 아무렇지 않게 물어봐 주었다.

"그냥. 구경하려고."

"턴테이블 사줄까?"

"어?"

고가의 물건을 덥석 사준다는 선우의 말에 눈이 휘둥그레 떠졌다. 아무리 내가 돈 쫓아가는 인생이라지만 아무런 명분도 없이 비싼 물건을 받을 수는 없었다. 그리고 아무리 내가 어리숙하다고 한들 남자친구가 있는 상태에서 다른 남자에게, 그것도 남자친구의 가장 친한 친구에게 그런 것을 받는다면 그림이 이상해진다는 것 정도는 알고 있었다. 무슨 생각을 하는 건지 알 수 없는 선우의 까만 눈동자를 바라보다가 퍼뜩 정신을 차렸다.

"아냐. 그냥 레코드에 있는 사진들이 다채롭잖아. 구경하고 그러면 재밌으니까."

급조한 핑계치고는 괜찮지 않나 싶었다. 내가 무슨 말을 해도 수긍해 줄 사람이라 그런지 선우의 앞에서는 말이 편했다. 선우는 늘 그랬듯 내 말에 고개를 끄덕이고는 레코드 고르기에 다시 열중했다. 선우를 따라 레코드를 뒤적거리면서 고심하는 옆얼굴을 몰래 훔쳐보았다.

"뭐 사려고?"

"이문세 노래."

선우가 고심 끝에 꺼내든 건 이문세의 신보였다. 마침 레코드점에서도 이문세의 노래가 흘러나오고 있었다.

그대 내 곁에 있어요. 떠나가지 말아요.

나는 아직 그대 사랑해요.

그대가 떠나가면 어디로 가는지 나는 알 수가 없잖아요.

따뜻하면서도 애절한 목소리가 귀에 감겼다. 꾸밈없이 마음을 울리는 노랫말이었다. 이문세의 노래가 귀에, 그리고 마음에 들어와 박혔다. 마치 나와 선우만을 위한 레코드점 주인의 선곡처럼 느껴지기도 했다. 금방이라도 선우가 떠날 것 같은 애틋함마저 느껴졌다.

"고등학생 때 공부를 정말 열심히 했었거든. 학교 열람실에 제일 먼저 들어가서 제일 늦게 나오곤 했어. 춥기도 하고, 외롭기도 하고 그렇더라고."

"그랬겠다. 새벽이니까."

"응. 그래서 이렇게 팔짱 끼고 밤하늘 올려다보면서 한숨 푹 쉬고 그랬어. 그러면 입김이 하얗게 보이는데, 그걸 보면 또 너무 외로운 거야. 그럴 때마다 이문세 노래를 흥얼거리면서 집까지 걸어갔어."

선우가 이렇게 길게 자신의 이야기를 꺼내놓는 모습은 처음 본다. 내가 옆에서 뚫어지게 자신을 쳐다보고 있는 것을 알아서인지 선우의 시선이 불안정하게 방황했다. 그렇게 선우는 레코드를, 다른 진열대를, 내 옷소매를 훑으며 말을 이어 나갔다. 원희와 소선이 함께 있을 때는 한 번도 들어보지 못했던 이야기들이었다. 나에게만 들려주는 이야기 같아 가슴께가 간질였다. 알고 지낸 세월이 나보다 훨씬 긴 원희도 알고 있을 수 있는, 어찌 보면 별것 아닌 일상 이야기였는데도.

"그래도 그만큼 열심히 공부했으니까 좋은 대학도 갈 수 있었던 거잖아."

'멋있어.'라는 말이 튀어나올 뻔한 걸 입술을 안으로 말아 넣으며 참았다. 선우가 고개를 끄덕이며 이문세 앨범을 손바닥으로 한 번 쓸었다.

"그렇지. 그래서 이문세 노래를 더 좋아하는 건지도 몰라."

"추억이 담겨 있어서?"

"응."

선우의 입가에 옅게 웃음이 번졌다. 레코드 사서 노래 듣는 게 뭐라고, 선우가 멋져 보였다.

내가 갖지 못하는, 어쩌면 앞으로도 갖지 못할 문화를 향유하고 있어서일까. 그 여유에 대한 동경일까. 내가 자각할 새도 없이 선우에 대한 마음이 커가고 있었다.

"나는 무슨 일을 하든 높은 수익을 기록하기보다는 어려운 사람을 돕는 방향으로 가고 싶어. 그게 내 꿈이야."

선우가 대뜸 자신의 꿈을 이야기했다. 순간 어리둥절했지만, 그것도 나와 저 사이에 있는 장벽을 좀 더 허물기 위한 시도라는 걸 곧 깨달았다. 보나

마나 원희는 선우의 꿈을 듣는다면 질색을 하며 "무슨 그런 말을 해? 간지럽다, 새끼야." 하며 면박을 줬을 터였다. 선우도 원희의 성격을 알고 있다면 꿈 얘기를 털어놓지 못했을 거다. 이 얘기도 나에게 처음으로 털어놓는 내용일까, 이젠 꿈 이야기를 나눌 수 있는 사이로 발전하고 싶다는 그런 마음을 담은 걸까.

"소원이 너는 꿈이 뭐야?"
훅 들어온 선우의 질문에 눈에 드러나게 당황하고야 말았다. 갈 곳을 잃은 시선이 선우와 부딪혔다. 우습게도 진짜 강렬하게 부딪힌 것처럼 나와 선우는 동시에 빠르게 서로를 외면했다.
나는 꿈이라고는 그저 돈 많이 모으는 게 전부였는데 정작 그렇게 모은 돈으로 뭘 할지는 생각해 보지 않았다. 선우에 비하면 한없이 초라하고 별 볼 것 없었다.
"그냥, 지금처럼 잘 지내는 거."
"지금처럼? 우리하고?"
"응. 그게 나한테는 제일 좋아."
진실하게 대답할 수 없어 그냥 조용히 웃기만 했다. 선우가 좋은 사람이라는 건 알았지만, 그래서 나를 더 초라하게 만들 수도 있다는 걸 그때 깨달았다. 어쩌면 선우에게 어울리는 사람은 나 같은 사람이 아닐지도 모르겠다. 사실을 자각하자마자 조금 우울해졌다.
"커플이 듣기에는 너무 슬픈 이별 노래 아니에요?"
돌아다니며 청소를 하던 레코드점 주인이 사람 좋은 웃음으로 다가와 훈수를 뒀다. 선우와 나는 둘 다 긍정도 부정도 하지 않고 겸연쩍게 웃고 말았다. 그 뒤로는 선우와 무슨 말을 주고받았는지 잘 기억이 나지 않는다. 커플. 그 두 글자만 머릿속에 남았다. 나하고 선우가 남들 눈엔 커플처럼 보이는구나. 그도 그럴 것이 나이가 비슷한 남녀가 같이 있으니 당연한 거겠지만, 또 심장이 주제를 모르고 발랑거렸다. 선우의 귀도 빨개진 걸 보면 선우도 나와 같은 이유로 설레고 있는 걸까. 고개를 숙이고 있는 선우 대신 내가 발랄하게 대답했다.

"*이거 살게요.*"

집으로 돌아오자마자 거실 소파에 드러누웠다. 추위를 껴입은 피곤은 내 몸을 더 무겁게 짓눌렀다. 잠이 오지 않아 새벽 내내 바라봐야 했던 천장을 또 멍하니 바라보았다. 순수했던 선우의 학창 시절을 그려보았다. 그리고 다른 청년들과는 남다른 꿈까지도. 그는 알면 알수록 선하고, 빛이 나는 사람 같았다. 그런 사람을 내내 시궁창에 처박혀 살아온 내가 감히 좋아해도 되는 걸까? 꿈조차 꿀 수 없었던 어린 시절이 주마등처럼 지나갔다. 새엄마를 밥 먹듯 갈아치우던 아빠, 여섯 살 어린아이를 무자비하게 학대하던 새엄마들, 그들에게 맞다가 까무러치기 일쑤였던 나와 소선이. 게다가 지금은 더 나아질 것도, 성장할 것도 없는 술집 여자로 살고 있다. 이런 내가 선우 같은 남자에게 가당키나 할까. 일부러 시간을 내어 선우의 얼굴을 보고 와놓고선 혼자 땅굴을 파고 있는 것이 우스웠다.

가방에 손을 넣었다. 선우가 사준 테이프가 손끝에 걸렸다. 아까 선우가 레코드로 샀던 앨범을 내게 테이프로 사주었다. 좋아하는 사람과 좋아하는 노래를 공유하고 싶은 이유에서겠지.

테이프를 가만 쳐다보았다. 좋으면서도 죄스러웠다. 선우도 나와 비슷한 인생이었다면 이렇게 죄스러운 마음이 들지는 않았으려나. 그러다가 문득 소선의 앙칼진 목소리가 떠올랐다.

'야, 이 기지배야. 원희도 닦다가 스님 되겠다. 네 몸이 뭐 그렇게 대단하다고 여태 섹스를 안 하냐?'

소선의 핀잔이 떠올라 속이 울렁거렸다. 정말 섹스가 좋은 걸까. 소선은 가끔 이해할 수 없을 행동을 일삼았지만 적어도 나처럼 혼자 끙끙대며 고민하기보다는 행동으로 시원하게 옮기는 편이었다. 그 점이 나보다 소선을 어른처럼 느껴지게 했다. 그런 소선이 섹스가 좋은 것이라고 말한다. 나를 난폭하게 대했던 원희가 떠올랐다. 다른 사람하고 하는 섹스는 다를까? 다르다면 어디가 어떻게 다른 걸까. 몸이 또 달아올랐다. 나는 도대체 뭘 원하고 있는 걸까. 갈피를 잡을 수 없어 마음이 어지러웠다.

원희와의 거친 밤 이후로 원희는 내게 더욱 질척거렸다. 입에 담기 힘든
말을 아무렇지 않게 하던 원희는 내 귓바퀴에 혀를 감아올렸다. 화들짝 놀
라 내 허리를 감고 있던 원희의 팔을 끊어냈다. 원희의 뒤로 눈살을 찌푸
리고 있는 사람들이 보였다.

"그만 좀 해. 자꾸 이러면 나 집에 갈 거야."

"집에 갈 거야? 그럼 나도 따라가지 뭐."

이쯤 되니 나를 창피 주려고 이러는 건가 싶었다. 엄동설한인데도 얼굴이
화끈거리는 것이 느껴졌다.

"이러지 않았으면 좋겠어. 나 지금 되게 민망하거든."

"소원이 네가 너무 조선 시대 여자처럼 구는 거야. 원래 사랑하면 다 이러는
거야."

"그게 무슨."

"소선이한테 물어볼래? 쌍둥이잖아."

원희는 능글맞게 웃으며 다시 다가왔다. 내 볼을 쓸어내리는 손길이 쓸데
없이 다정했다. 원희 말대로 내가 너무 보수적인 걸까. 원희에게 한없이 희
망 고문을 하는 걸까. 그렇게 생각하니 원희에게 미안한 마음이 들기도 했
다. 남자들은 어쩔 수 없는 본능이라는 게 있다는데, 내가 그걸 너무 억누
르라고 하는 것 같았다.

"미안해. 내가 아직 마음의 준비가 안 돼서."

"알아. 그래서 마음의 준비 하라고 이렇게 너 흥분시키는 거야."

야한 얘기를 또 아무렇지도 않게 하던 원희가 내 손을 깍지 껴 잡았다. 다
시 내 엉덩이에 제 앞섶을 비벼대는 원희를 받아들이기로 했다. 그래, 소
선의 말처럼 원희도 오래 참고 있었을 테니까. 밥을 사주겠다는 원희를 따
라갔다가 남는 시간에 은행을 들렀다. 생활비를 아껴 써서 남은 돈을 모두
입금할 작정이었다. 얼마 안 되는 돈이지만 은행에 넣어두어야 이자가 붙

을 것이다. 은행에서도 연신 나를 주무르는 원희와 함께 배정받은 창구로 갔다. 가방 안에 넣어 두었던 5만 원어치 지폐와 통장을 보기 좋게 펴 은행원에게 건넸다.

"이거 통장에 넣어주시고요. 잔액도 확인해 주세요."

"네, 알겠습니다. 잠시만 기다려 주세요."

상냥한 은행원의 음성이 듣기 좋았다. 정기 저축을 하고도 생활비를 5만 원이나 남긴 나 자신에게 뿌듯한 감정을 느껴서인지 기분도 좋아졌다. 이대로라면 정말 큰돈을 모을 수 있겠구나. 그렇게 된다면 뭘 하지? 언니하고 같이 모은 통장이니까 같이 가게를 열까? 아니면 좀 더 좋은 집으로 이사를 할까? 이런저런 행복한 상상에 절로 기분 좋은 웃음이 났다. 얼마나 지났을까, 업무를 마친 은행원이 나에게 통장을 내밀었다. 그리고 곧 내 심장은 바닥으로 추락하고 말았다.

"입금 완료됐습니다. 잔액은 5만 원입니다."

납득하기 힘든 금액이 통장에 찍혀 있었다. 5만 원. 오늘 내가 저축하려고 가져온, 딱 그만큼의 돈.

"5만 원이요? 그게 무슨 말씀이세요. 800만 원은 족히 들어가 있는데. 못해도 800만 원은 넘어야 한다고요!"

옆에 앉아 내 손을 주물럭거리던 원희의 손을 확 뿌리쳤다. 눈앞이 하얘져 보이는 게 없었다. 그간 뼈 빠지게 벌었던 돈이 다 어디로 갔단 말인가.

"이거 쓸 일 있다고 전액 인출해 가지 않으셨어요?"

"아니에요. 뭔가 착각하시나 본데, 전 그런 적 없어요."

"급하게 필요하다면서 가져가셨어요, 고객님이."

덩달아 심각해진 은행원이 서류철을 뒤적거렸다. 그때까지만 해도 제발 뭔가 착오가 있기를 바랐다. 하지만 뒤이은 은행원의 말은 나를 미치게 하기 충분했다.

"아, 죄송합니다. 안소선 님이 통장에 있는 823만 5천 원을 모두 인출하셨습니다."

"언니가요? 안소선이요?"

"네."

나하고는 조금도 상의 된 게 아니었다는 사실을 눈치챈 은행원도 덩달아 사색이 되었다. 더 이상 은행원을 붙잡고 따져봤자 어쩔 수 없는 상황이었다. 내가 학교 행정실에서 일하고 받는 월급이 35만 원이었다. 이것도 성에 안 차 술집에서 일했다. 투잡을 뛰다가 죽을 것 같아서 학교까지 때려치우고 술집으로 전향을 해서 돈을 벌었다. 내가 나의 모든 것을 내려놓고 돈을 벌기 위해 술집에 뛰어든 사실을 누구보다 소선이 너무 잘 알고 있었다. 선택은 내가 했지만 소선이는 그런 나를 말리지도 않았다. 무언의 지지라고 생각한 나는 소선이 나와 같은 마음일 거라 생각했는데. 소선을 찾아야 했다. 허둥대는 나를 붙들어 준 것은 원희였다.

"뭐야? 무슨 일이야? 내가 뭘 도와주면 돼?"

"언니. 언니 찾아야 해. 언니 찾아야 해…."

정신이 나간 사람처럼 중얼거리며 은행 의자를 박차고 나갔다. 등 뒤로 의자가 넘어지는 소리가 크게 들렸지만 개의치 않았다. 머릿속에는 소선을 찾아 만나야 한다는 생각만이 가득했다. 머리채를 잡든 뭘 하든 간에 소선을 만나 돈을 먼저 찾아야 했다.

그놈의 돈을.

그 죽일 놈의 돈을.

돈을.

4

틈

"안소선 어딨어!"

목이 찢어지도록 악다구니를 질렀다. 분칠하고 가슴을 조이던 가게 언니들이 미친 사람 보듯 나를 돌아보았다. 그도 그럴 것이 꼬박꼬박 언니라고 부르며 따르던 나였으니까. 속눈썹을 붙이던 직원 언니 하나가 내게로 다가와 어깨를 쥐었다.

"소원아. 너 왜 이래? 정신 좀 차려봐. 너 지금 눈이 돌았어."

"안소선 못 봤어요? 나 지금 당장 소선이 좀 만나야 해요."

잡힌 어깨를 떨쳐내고 대기실을 벗어나 눈에 보이는 모든 룸의 문을 열어젖혔다. 아직 영업 전이라 어둑한 방은 하나같이 텅 비어 있었다. 그걸 알면서도, 하나씩 방문을 열어볼 때마다 눈앞이 어두컴컴해지는 기분이 들었다.

"소선이 얘기 못 들었어요? 어디 간다고 말 안 해요?"

·

048

"소선이가 가봤자 어딜 가겠어. 우리 말고 아는 사람이 있기나 해? 남자친구나 만나겠지."

마담이 한심하다는 듯 나를 째려보았다. 눈에 뵈는 게 없으니까 사고 회로도 닫혀 있었다. 그렇다. 소선이 쉬는 날에도 집에 없는 이유. 그 유부남 남자친구 때문이었다. 평소 같았으면 입에 담지 못했을 욕을 중얼거리며 가게를 나섰다. 원희는 벌써 떨어뜨려 놓고 온 후였다. 내 삶의 유일한 목적인 돈이 한순간에, 내가 알지도 못하는 새에 사라졌으니 그 무엇도 무서울 게 없었다. 나한테는 돈이 제일 무섭다. 그래서 그 돈을 나 몰래 빼돌린 소선을 죽여버릴 수도 있을 것 같았다.

가까운 시내로 가 온갖 가게를 뒤졌다. 내가 저를 찾을 줄 알아챘던 걸까. 소선은 그 어디에도 없었다. 완벽하게 증발해 버렸다. 소선은 꽤 오래전, 그러니까 내가 정기적으로 저축을 하는 지난달 말에 돈을 모두 인출했다고 했다. 내가 최대한 늦게 알아채게 하려는 치밀한 수작이었다. 남은 돈을 저축하러 갔기 때문에 그나마도 일찍 알게 된 것이다. 소선이를 찾으러 전국 팔도를 다 다녀야 하나 싶었다. 하지만 돈의 노예였던 나는 당장 펑크가 날 수당을 걱정했다.

그러니 떠날 수도 없는 노릇이었다. 우선 돌고 돌아 나와 소선이의 출근이 겹치는 날이었으니 일찍이 출근해서 기다려 볼 참이었다. 다시 가게로 돌아가 화장을 하며 소선이 오기를 기다렸다. 미친 짓도 아무나 못 하는 건지, 소선은 평소와 같은 표정으로 태연하게 들어와 거울 앞에 자리를 잡았다.

"돈 다 어쨌어?"

"뭐가?"

"제발 사실대로 말해줘."

당장이라도 소선을 보면 죽여버릴 것처럼 으르렁거려 놓고선 정작 소선의 앞에선 애원밖에 하지 못하는 나는 내가 봐도 우스웠다. 나보다 몇 분 먼저 태어난 것도 언니라고, 억눌려 살아온 것이다. 나를 돌아본 소선을 아무것도 모른다는 표정을 지었다. 소선의 이런 돌발적인 기행은 하루 이틀 일이 아니었고 그때마다 놀란 가슴 다독이며 살아왔지만, 지금이 절정인 것 같았다. 나는 말없이 고개를 떨구었다. 방금까지 소선을 찾아다니던 살기는 다 어디로 가고, 장난감을 빼앗긴 다섯 살배기처럼 울상이 된 내가 거울이 비쳤다. 소선이 나를 우습게 여길 만하다 싶었다.

"그거 가게 계약금이야. 오빠가 가게 차려준대."

"뭐라고? 무슨 가게? 그걸 믿어?"

"계약금이라고 했잖아!"

나하고 한마디 상의도 없이 이런 큰일을 벌여놓고 큰소리를 내는 소선에 전의가 상실되었다.

더는 소선을 믿어선 안 된다. 정말 바보 같은 것은, 소선의 말이 사실이기를 바라면서 화낼 힘을 빼앗기고 있는 나였다. 진짜 미친년은 소선이 아니라 내가 아닐까. 한두 푼도 아니고 여태 간이 문드러지도록 밤새 술을 퍼마시고, 아버지뻘 영감들이 가슴을 만져대도 눈물 참아가며 힘겹게 모은 돈이다. 언제 받을지 모른다는 건, 없는 돈이나 마찬가지란 거다. 빌려준 게 아니라 그냥 갖다 바친 거라고.

"그래서. 가게는 언제 차릴 건데."

온몸이 부들부들 떨렸다. 눈물이 앞을 가려 제 기능을 하지 못했다. 눈이 빠질 듯이 아팠다.

흐릿해진 시야는 눈물을 쏟아내자 다시 선명해졌다. 소선은 약이 오를 만큼 평온했다. 마치 제 유부남 남자친구의 정식 동업자처럼 보이기까지 했다.

"일단 그 돈만큼 우리 지분이 생긴 거야."

소선은 턱을 매만지며 유부남 남자친구의 사업이 얼마나 유망한지를 설명해 댔다. 도통 알아들을 수 없는 어려운 말들뿐이라 진짜인지 가짜인지 구분이 되지 않았다.

"그래도 나하고 아무런 상의도 없이 그러면 안 되는 거잖아."

"얘 좀 봐. 상의했으면 네가 옳다구나 하고 전액을 투자했겠니? 이게 다 우리

잘 되자고 하는 일이잖아. 더 높은 곳에서 상류층 공기 마시면서 살려고 그러
는 거야."

소선의 말이 와닿지 않았다. 그렇게 되고 싶어서 최면을 걸려고 그런 말을
하는 건지, 진짜 믿는 구석이 있는 건지 알 수 없었다. 자매간의 신뢰는 이
미 바닥을 치고 없었다.

"계약서 같은 건 썼어?"

"아니. 그걸 왜 써? 오빠가 다 알아서 할 건데."

손아귀에 힘이 탁 풀렸다. 내가 무슨 말을 하든 사과는커녕 언제까지고 번
지르르한 말들로 둘러대겠구나. 전의를 상실하자 입이 꾹 닫혔다. 당장 접
싯물에 코를 박고 죽어도 이상하지 않을 가정에서 모진 세월을 함께 견디
며 여기까지 왔는데. 나는 돈을 모으는 것에 목숨을 걸다시피 했고 소선도
그걸 알았다. 그걸 알면서 이렇게 무책임하게 함께 모은 돈을 증발시켜 버
렸다.

"야. 따따블로 찾아오면 될 거 아냐? 뭘 이런 걸로 울고 난리야?"

소선은 한층 더 가벼운 말투로 아무렇지 않은 일에 괜히 유난이라는 듯,
나를 귀찮은 동생 취급을 했다. 그 앞에서 나는 또 바보처럼 아무런 말도
하지 못한 채 눈물을 닦아야 했다. 곧 손님들이 올 시간이다.

소선이 집에 들어오는 횟수가 더더욱 줄어들었다. 언제 들어올지 모를 소
선을 기다리면서 몇 날 며칠이고 집에 붙어 있었다. 그동안 선우는 당연하
게 매일같이 집을 드나들었고, 원희와의 데이트는 갖은 이유를 들어가며
취소했다. 소선이 빼돌린 823만 5천 원 말고는 눈에 뵈는 게 없었다. 그러
면서도 생각했다. 소선은 우리가 힘들게 모은 돈을 불리기 위해 발전 가능
성이 높은 아이템에 투자한 건데, 아무것도 모르는 내가 너무 우는소리만
했나. 아니다. 그렇다고 하더라도 그 큰돈을 아무 상의도 없이 남자친구에
게 갖다준 것은 자매간의 신뢰를 깨는 행동이다. 그런데 왜 자꾸 내가 위
축되는 걸까.

처음 남자친구라며 유부남을 소개해 줬을 때 이해가 가지 않았다. 유부남

인 것은 차차하고서도 남자가 소선이 추구하는 이성 스타일이 아니었다. 소선은 남자의 인물을 많이 따지는 편인데 왜소한 체구에 누가 봐도 나이 들어 보이는 얼굴이었다. 그때 당시에는 고등학생이어서 그냥 나이 많은 아저씨라고만 생각했다. 소선이 동생이라며 나를 소개해 줬지만, 그 사람은 정말 쌍둥이가 맞구나! 하며 소선의 말이 맞는지 확인하는 모습만이 역력했다. 무엇 때문에 저런 사람을 좋아할까? 궁금증이 일었다. 그렇다고 내가 감히 물어볼 수는 없었다. 그때 당시에는 소선이 훨씬 어른처럼 보였기에 그런 남자를 만나는 건 이유가 있을 거라 생각했다. 언니가 집을 나가 처음 만난 사람이 이 남자였을 것이다. 집을 얻어주고, 생활비를 줬으니 유부남 남자친구가 시키는 건 뭐든지 다 했을 것이다. 소선이도 기댈 사람이 필요했을 것이고, 유부남이건 뭐건 간에 소선의 옆에 같이 있어 주는 사람이 있다는 사실에 어린 나는 안도했을 뿐이었다. 소선은 그 사람이 유부남인 걸 알면서도 집에 일찍 들어가는 날에는 질투하며 싸우기도 했다. 나는 알았다. 소선이 그 유부남을 많이 의지하고 좋아한다는 사실을.

열여덟 살, 소선이 집을 나간 뒤로 한 달에 한 번은 소선을 만나러 갔다. 딱히 만나서 하는 것도 없었다. 소선과 함께 밥을 먹고, 하룻밤 자고 집에 오는 게 전부였음에도 소선을 만나는 날만 손꼽아 기다렸다. 소선이 보고 싶어서. 내 언니가 보고 싶어서. 언제부터였을까. 알아채지 못하던 순간에도 소선은 변해가고 있었다.

토요일에 소선의 집에 간 적이 있었다. 전에 갔을 때 산더미처럼 쌓아놓은 빨랫감을 내가 가져왔다. 저녁에 일하는 언니가 빨래할 시간이 없을 거 같아 새엄마 몰래 언니의 옷들을 빨았다. 언니의 옷을 담은 가방이 어찌나 무거운지 버스를 타야 하는 걸 알면서도 택시를 탔다.

사실 언니가 빨리 보고 싶었다. 언니 집에 도착했는데 문이 잠겨 있었다. 내가 온다는 걸 언니도 알고 있는데, 언니는 날 기다리지 않고 어디로 간 걸까? 언니 집은 반지하 방이었다. 옆집에 가 물어보았다. *"저희 언니 어디 갔어요?"* 언니와 친했던 옆집 아줌마는 언니의 근황을 잘 알고 있다. *"소원*

이 왔구나. 그렇지 않아도 소선이가 너 오면 열쇠 주라고 하던데. 소원이 너오는 거 알고 있으니까 들어가서 기다리고 있어." 열쇠를 받아 들고 문을 열었다. 반지하라 특유의 습한 곰팡냄새가 났다. 창문을 열고 가져온 빨래를서랍에 차곡차곡 넣어두었다. 언니가 들어오면 같이 먹으려고 밥도 차렸다. 하지만 아무리 기다려도 언니는 오지 않았다. 밤 9시가 넘어갔다. 가고싶어도 갈 수가 없었다. 친구 집에서 자고 온다고 거짓말을 했기 때문이다.또 무거운 빨래 가방 때문에 택시를 탔고 와서 버스 타고 돌아갈 차비밖에없었는데 버스가 끊길 시간이 다 되어갔다. 언니의 반지하 방에는 TV도없고 냉장고와 옷을 거는 행거만 덩그러니 있었기에 아무것도 하지 못하고 언니가 오기만을 기다렸다. 그렇게 꼬박 밤을 새웠다. 새벽까지 밤새 울어 탱탱 부은 눈에는 쌍꺼풀이 사라졌다. 내가 기다리고 있는 줄 알면서도나보다 더 뭐가 중요한 일이 있어서 집에 오지 않았는지 서글펐다. 그 이후로도 소선은 이해할 수 없는 행동을 했다. 어릴 적 착했던 소선은 어디로 갔을까? 그 어린 소녀에게 어떻게 하면 득이 되는지 실이 되는지 삶의방식을 가르쳐 준 사람이 바로 유부남 남자친구였다. 어릴 적 소선이가 그립다.

소선은 제 연애 상대에게마저 솔직하지 못했다. 소선이 거짓말을 할 때면정신이 혼미해지는 기분이 들었다. 거짓말이라면 예나 지금이나 젬병인나는 거짓말을 할 때마다 눈동자가 좌우로 흔들리고 같은 말을 반복하며버벅거린다. 선의의 거짓말을 할 때도 그러한데 하물며 내 이익 챙기자고하는 거짓말은 오죽하겠는가. 하지만 소선은 나와 달랐다. 한날한시에 같은 배에서 태어난 쌍둥이 자매치고는 너무나도 닮은 점이 없었다. 소선은거짓말을 하는 동안 얼굴색 한번 변하지 않았다. 그 거짓말이 진짜 진실이라고 믿는 사람처럼. 소선이 내 눈을 똑바로 바라보고 태연하게 거짓말을할 때면, 되려 소선의 말을 믿지 못하는 내가 이상한 사람처럼 느껴지기도했다. 종국에는 정말 그런가, 하고 속아 넘어갈 정도로.
"나 선우랑 잤어."

집에 들어오자마자 소선이 신발도 벗지 않고 한 말이었다. 가슴이 철렁했다. 소선은 넌지시 그 말을 던져놓고는 내 반응을 살피는 듯했다. 복잡해지는 내 머릿속을 훤히 들여다보는 것처럼 빤히 나를 쳐다봤다. 나와 눈이 마주칠 때까지.

"선우 걔가 좀 숙맥이라서 그렇지, 되게 밝히더라. 걔도 역시 남자였어."

듣기 괴로웠다. 엉킨 실타래를 풀려고 하면 더 엉켜버리는 것처럼 머릿속이 마구 복잡해졌다. 마음이 조금 아픈 것 같기도 했다. 하지만 그런 기색을 아예 모르는 사람처럼 소선은 신나게 선우와의 밤이 어땠는지 떠들어댔다. 정말 괴로운 건, 소선의 말이 혹여나 거짓말이 아닐까 생각하면서도 한편으로는 거짓말이 아니라 진실일까 봐 불안해하는 나 자신이었다. 그간 흘려들었던 언니의 이야기들까지 종합해서 진실과 거짓을 가릴 수 있을 정도로 계산적이지 못했으니까.

"선우는 좋았대?"

부러 맞장구를 쳐줬다. 언니의 이야기를 들으면서 진짜인지 아닌지를 파악해야겠다 싶었으니까.

"무슨 말을 해. 걔가 적극적으로 얘기하는 거 봤어? 그냥 자기 꼴리는 대로 한 거지."

"잘됐네. 언니랑 잘 어울린다고 생각했어."

"그렇지?"

아, 소선의 비위를 맞춰주느라 마음에도 없는 말을 내뱉고 말았다.

"어디 가?"

"나? 오빠 만나러 가지."

"언니 주변에 오빠들이 한둘이어야지."

"우리 돈 투자한 거. 사업 얘기하러."

"이 밤에?"

다시금 증발하듯 사라져 버린 통장 잔고가 떠올랐다. 빌려준 건지 아예 준 건지 알 수는 없었지만 이미 사라져 버린 돈을 되찾는 방법은 소선의 말을 믿는 것뿐이었다. 언니의 말에 의하면 그놈의 알 수 없는 사업이 잘 풀렸을 때 돈을 바로 돌려받을 수 있다고 했다. 하지만 시간이 지날수록 소선의 말은 변질되어 가고 있었다. 가게 계약금이라 해놓고 이제는 사업이라 한다.

어디든 앉고 싶었다. 나는 소파를 내버려 두고 카펫도 깔리지 않은 바닥에 엉덩이를 대고 앉았다. 냉기가 감돌아 골반이 시렸다. 하지만 시작도 못 해 본 마음이 송두리째 뽑혀서 밟혀버린 것 같은 마음만큼 시리지는 않았다. 그래, 이게 사랑이 아닐 수도 있지. 닿지 않는 포도를 올려다보며 분명 신 포도일 거라 치부해 버린 여우처럼, 심드렁하게 지나치고 싶었다. 둘의 관계가 발전한 게 사실이라면 선우의 마음이 소선의 마음보다 더 중요하다. 너무나도 터무니없는 거짓말을 일삼는 언니의 말들은 대부분 허영심 때문이었다. 그리고 선우는 내가 아는 사람 중 가장 돈이 많았다. 소선의 허영심을 충분히 채우고도 남을 만큼. 끌어안은 무릎 위로 얼굴을 묻었다. 이러니저러니 해도 내 마음이 이렇게도 참담한 이유는 선우가 언니를 사랑해 버릴까 봐 겁이 나서였다.

난 왜 언니처럼 하지 못했을까. 그걸 알아내는 건 그리 어렵지 않았다. 선우, 원희, 소선 그리고 나. 나는 우리 넷이 모여 지내는 시간을 더 사랑했다. 이들이 아니면 가족의 정을 느낄 수 있는 곳은 이 세상 어디에도 없었으니까. 내게 가장 두려운 일은 이 관계가 끊어지는 것뿐이었다. 이 울타리가 사라지면 땅이 꺼지는 듯한 기분이 들 것 같기도 했다. 소선과 선우가 몸을 섞었단다. 오히려 잘된 일일지도 모른다. 어차피 나와 다른 세상에 사는 선우에게 애매하게 마음을 주며 안정된 관계를 깨느니, 나만 아는 내 마음은 그냥 혼자 단념하고 원희를 더 사랑하기 위해 노력하는 게 모두를 위한 길이다. 다 아는데, 손쉽게 놓아버리자니 미련이 스티커 자국처럼 남아서 한동안은 몸도 마음도 아주 많이 아플 것 같다.

한동안 기계적인 삶을 살았다. 눈이 떠지니까 일어났고 집이 더러우니까 청소를 했다. 해가 뉘엿뉘엿 넘어갈 때면 무표정한 얼굴로 출근을 했고, 같은 얼굴로 다시 퇴근했다. 손님이 웃으면 따라 웃고, 술을 따라주면 마셨다. 생각을 깊게 하면 견딜 수 없을 것만 같은 나날들의 반복이었다. 이런 생활은 새 생명이 움트는 봄이 찾아와도 그대로였다. 살랑살랑 불어오는 봄바람에도, 그 바람에 떨어지는 벚꽃잎에도 설렌다거나 들뜨지 않았다. 그나마 내가 웃는 시간은, 역시나 넷이 모여 비디오를 볼 때였다. 그들과 함께라서 웃는 게 아니라 영화에 푹 빠져 있다 보면 주인공이 웃을 때 따라 웃을 수 있었다. 비디오가 내 인생의 유일한 낙으로 느껴졌다.

"소원아, 자?"

눈이 빨개지도록 영화에 집중하고 있었다. 선우와 소선은 각자 널브러져 잠이 들어있었다.

내 허리를 안고 있던 원희의 목소리가 귓가를 간질였다. 모두가 잠들어 있는 틈을 타, 기어이 나와 섹스할 생각 같았다. 갑자기 긴장감이 밀려들었다.

"나, 할 말 있는데."

내 마음도 모르면서. 원희는 내 몸을 돌려 저를 보게 만들었다. 꽤 진지해 보이는 눈동자에 나는 원희의 품에서 벗어나 양반다리를 하고 앉았다. TV 화면에서 뿜어져 나오는 파란 빛이 원희를 파랗게 물들였다. 원희가 뒷머리를 긁적이며 딴에는 수줍은 듯 말했다.

"같이 살래? 우리. 나 너하고 같이 살고 싶어."

예상 밖이었다. 원희가 나와 같이 살고 싶을 정도로 나를 각별하게 생각하는 줄 몰랐다.

"나 아직 볼품없는 놈인 거 알아. 모아둔 돈도 없고 집안 형편도 안 좋은 내가 언감생심. 꿈도 못 꿀 일이라는 것도 알아. 하지만 내가 소원이 너 사랑하는 마음은 진심이야."

드라마에나 나올 법한 기름기 좔좔 낀 대사만 구사할 줄 알던 원희는 의외로 담백하고 소박하게 제 마음을 털어놓았다. 작게 떨리는 손으로 내 손을 잡았다. 인생에서 돈을 최상의 가치로 여기는 나에게 원희는 턱없이 부족한 남자였다. 하지만 원희와 엮인 나의 미래를 상상해 봤다. 표면적으로는 이 관계가 유지될 수 있을 것이다. 설령 선우가 나에게, 내가 선우에게 미련을 버리지 못한다더라도 나의 원희의 관계를 확실히 정의한다면 모든 게 다 정리되지 않을까.

"알겠어." 원희의 제안을 수락했다. 같이 산다고 해서 사랑을 재단하지는 않잖아. 형태가 보이는 것도 아니고. 그러면 엮여도 상관없지. 그렇게 나 자신을 어리석은 합리화로 달래보았다.

원희는 소선과 선우가 일어나자마자 나와 같이 살기로 했다는 사실을 떠벌렸다. 소선은 뭐가 그리 좋은지 잘 생각했다며 크게 기뻐했다.

소선은 집으로 돌아와서 선우와 잔 이야기를 최대한 상세하게 묘사했다. "이제 너도 원희 오빠와 있으면 황홀한 것들 다 누려볼 수 있을 거야." 악의 없는 그 말이 나를 아프게 찔렀다.

선우에게 물어볼 수도 없고, 소선의 이야기를 더 들을 수도 없었다. 이제 거꾸로 돌릴 수 없는 톱니바퀴 안으로 갈려 들어간 운명인데, 나는 도대체 뭘 되돌리고 싶어 하는 걸까. TV 전원을 끄듯 생각을 꺼버리고 싶었다. 문제는 내가 TV가 아니라는 것에 있었다. 볼품없다고 생각하긴 했지만, 원희는 내 생각보다 더 가진 게 없었다. 돈은 물론이고 같이 살 집조차 마련하지 못했다. 애들 소꿉장난처럼 같이 살자 말만 해놓고 나는 계속 원래 살던 집에서 살았고 원희는 형과 둘이 살았다. 원희와의 잠자리가 내키지 않았기 때문에 차라리 잘된 일이다 싶었다.

"소원아. 좋아?"

원희가 운전하는 차에 나와 소선, 그리고 선우가 탔다. 차를 빌려 바다에 다 함께 놀러 가는 날이었다. 밖을 내다보며 연신 싱글거리는 나를 보며 원희가 물었다. 그러면서 손이 내 허벅지 안쪽을 파고들었다. 바다를 봐서 기분이 좋냐는 건지, 저가 만져줘서 좋냐는 건지 알 수 없는 물음이 됐다. 아마 원희는 의도적으로 중의적인 질문을 던졌을 것이다. 덕분에 오랜만에 들뜬 기분이 순식간에 가라앉았다. 그날은 왠지 모르게 소선의 기분이 좋아 보였다. 차에서 내리자마자 추운 줄도 모르고 모래사장을 뛰어다녔고, 그러다 발라당 넘어져도 뭐가 좋은지 깔깔 웃기나 했다. 나에 대해 음탕한 생각만 가득했던 원희도 바닷가를 거니는 신혼부부 기분을 내고 싶었던 모양인지 내 손을 깍지 껴 잡은 채 천천히 모래사장을 걸었다. 그 손을 내려다보던 선우가 불에 덴 듯 놀라며 먼발치에서 난리를 치는 소선에게 시선을 돌렸다. 원희의 레이더에도 그런 선우의 시선이 감지됐는지 "우리도 한 번 뛰어볼까?" 하면서 나를 냅다 끌고 선우와 반대 방향으로 달려갔다. 선우가 내게서 더 멀어졌다.

"자, 짠!"

네 개의 종이컵이 한데 모였다 흩어졌다. 민박집 한복판에 회와 찬거리를 잔뜩 깔아놓고 소주를 마셨다. 오랜만에 먹는 회는 쫄깃하니 맛있었고 불어오는 바닷바람의 짠 내음에는 낭만이 있었다. 비싼 회를 실컷 먹을 수 있었던 건 당연히 선우 덕분이었다. 선우는 돈이 넘쳐났다. 어쩌면 썩어나는지도 모르지.

"맛있어?"

원희가 불쑥 얼굴을 내밀고 물었다. 그리고는 입가에 묻은 참기름을 닦아주었다. 소선이 손사래를 치며 장난스럽게 원희와 나를 흘겨보았다.

"어우, 정말 눈꼴시어서 살 수가 없네. 소원이가 그렇게 예뻐 죽겠니?"

"당연하지. 우리 소원이가 세상에서 제일 예쁜데 뭘."

"지켜보는 사람들 생각도 좀 해줄래? 안 그래 선우야?"

소선이 선우의 팔짱을 꼈다. 선우가 소선을 돌아보았다.

"그래서! 나랑 선우도 사귀기로 했어."

소선은 나 보란 듯이 선우의 얼굴을 잡아 입술 안으로 혀를 밀어 넣었다. 동공이 커진 채 얼어붙은 걸 보니 선우하고 전혀 상의가 되지 않은 상황 같았다. 하지만 선우보다 더 당황한 것은 나였다. 온몸이 뻣뻣하게 얼어붙은 선우를 보자마자 깨달았다. 선우는 소선과 자지 않았다.

심지어는 입을 맞춘 적도 없다. 또 그 누구보다도 우위에 서고 싶은 소선이 만들어 낸 망상이었던 거다. 소선은 내가 재력이 있는 선우를 좋아하는 것조차 싫었던 거다. 자기가 가져야 하니까.

"그렇지? 우리 할 거 다 했잖아."

팔짱을 끼고 있던 소선이의 손이 어느새 선우의 가랑이 사이로 들어가 있었다. 선우가 안절부절못하며 허둥거렸다. 술에 거나하게 취한 원희가 그 광경을 보고는 크게 웃었다. 모두가 즐거운 가운데 나만 죽고 싶은 심정이 되었다. 선우가 소선이의 손목을 붙잡고 겨우 떼어내자 소선은 선우의 뺨에 쪽 소리가 나게 입을 맞췄다.

"귀여워. 내가 이래서 선우 오빠 좋아하잖아."

눈물이 날 것 같았다. 방바닥 온기에 미적지근해진 소주를 속에다 때려 부었다.

"소원아, 왜? 너희도 재미 보는데 나도 선우 오빠랑 재미 좀 보면 안 돼?"

"안 된다고 한 적 없는데?"

"그렇지?"

"둘이 참 어울려."

은근슬쩍 나를 도발하는 소선의 말에 아무렇지 않은 듯 대꾸하려다 마음에도 없는 소리를 또 해댔다. 소선이 저따위로 나올수록 마음속에서 선우의 자리가 점점 커지는 것만 같았다. 왜 이렇게 엉망으로 얽혀버렸을까. 소선 때문에 상황이 마음대로 굴러가지 않았다. 하지만 사실은, 선우에 대한 내 마음에 지레 겁먹고 도망치려 했던 건 나였다는 걸. 누군가를 향해 원망을 퍼붓고 싶어도 사실은 모든 게 다 나 때문이었다는 자책을 하며 눈물 섞인 소주를 다시 삼켰다.

5

속박

"왜 안 자?"

선우가 먼저 깨어 있었다. 민박집 근처를 서성대다가 나와 눈이 마주쳤다.
이젠 선우를 바라보는 것만으로도 가슴이 미어졌다.

"그냥, 잠이 안 오네."

"나도. 잠이 안 와."

"그럼 바닷가라도 좀 구경하자."

그러면서 선우는 모래사장으로 걸음을 옮겼다. 마치 민박집 앞을 지키고
선 이유가 나 하나였다고 말하는 것처럼. 우리는 말 없이 모래사장을 걸었
다. 새벽이라 바람이 쌀쌀했다. 춥다고 하면 겉옷을 벗어줄까 봐 팔짱을 끼
고 추위를 참았다. 선우도 파도치는 바다만 바라보고 있었다.

"좋다." 먼저 입을 연 건 선우였다.

"경치가."

선우는 나지막이 좋다고 말해놓고선 뒷말을 덧붙였다.

"나도 좋다."

"……."

"경치가."

우리는 서로 경치가 좋다고 말했다. 사실 진짜 좋다고 말하고 싶은 건 따로 있었는데도. 눈물이 차오르려 했다. 이미 돌이킬 수 없는 상황이 되었다. 하지만 원희와 내가 살림을 합친 것도 아니고 서류상으로 결혼을 한 것도 아닌데 영 돌이킬 수 없는 상황은 아니지 않을까. 선우가 우정 대신 사랑을 선택한다면. 하지만 그런 가정을 비웃기라도 하듯 선우는 말했다.

"원희랑 너랑 잘 어울리더라."

"고마워. 오빠도 언니랑 잘 어울리더라."

서로 마음과 어긋나는 말을 했다. 사실 하나도 고맙지 않았다. 나는 선우가 이기적이었으면 했다. 그래서 조금만 더 용기를 내서 원희를 저버리고 나를 선택해 주기를 바랐다. 나를 데리고 저 멀리 어딘가로 도망가 주기를. 선우의 얼굴을 바라보는 것만으로도 소망하는 것들이 줄줄이 이어졌다.

"시간을 돌릴 수 있다면 좋을 텐데."

"선우 오빠."

"아마 어렵겠지."

선우가 옅게 웃으며 고개를 떨구었다. 나를 아주 포기하려는 거구나. 사방에서 불어오는 바닷바람이 정신 차리라고 따귀를 때리는 거 같았다. 그래서 울지는 않았지만, 속으로는 이미 통곡하고 있었다.

돌이킬 수 있을 것 같았다. 선우가 단념했다면, 내가 단념하지 않고 헤쳐나가면 되는 일 아닌가. 함께 바다에 다녀온 이후로 결심이 더욱 두터워졌다. 법적으로 얽히지 않았다면 뭐든 가능하다. 원희와 나는 아직 연애 관계일뿐 동거조차 하지 않았다. 소선이 했던 말이 떠올랐다.

'사귀면 무조건 결혼하고 서로를 평생 책임져야 해?'

아니. 아니다. 지금의 선택을 평생 후회하고 살고 싶지 않았다. 그만큼 명청한 짓은 또 없었다. 그래야 했던 이유는, 선우가 나를 외면하는 게 죽을 것처럼 아팠기 때문이다. 마치 견우와 직녀가 된 것처럼. 그렇지만 상황을 이렇게 만든 것은 나였다. 선우가 자신의 마음을 조금씩 내게 내비쳐 주는 동안 나는 머리로 이것저것 재단하며 도망가기 바빴던 거다. 내가 우물쭈물하는 사이, 소선은 선우와 혀를 섞으며 나와 선우가 이미 이어질 수 없는 사이라는 사실에 못을 박았다. 그래, 내 잘못인데 누구 탓을 하겠어. 어두운 방 안에 누워 한참 동안 이불 문양 따위나 바라보았다. "시간을 돌릴 수 있다면 좋을 텐데." 선우가 한 말은, 쉽사리 바뀌지 않을 감정처럼 느껴졌다. 그 자리를 굳건히 홀로 지키고 있는 아름드리나무처럼. 잠이나 자자. 맥없이 눈을 붙였다. 두 시간 뒤면 가게에 출근해야 했다. 그때 전화벨이 산통을 깨듯 울렸다. 누워 있고 싶었지만 끊겼다가도 다시 울려대는 전화벨이 신경을 거슬렀다. 결국 몸을 일으켰다.

"여보세요."

"소원아. 좋은 소식 알려줄까? 너 들으면 분명 좋아서 까무러칠걸."

전화를 받자마자 요란한 원희의 목소리가 들렸다. 뭐 얼마나 대단한 일이라고 이렇게나 수선을 떨까. 하나도 궁금하지 않고 기대조차 되지 않았지만 대충 장단을 맞춰줬다.

"무슨 일인데?"

"우리 살 집 계약했어. 어때? 설레지?"

철컥. 양 발목에 올가미가 채워지는 기분이 들었다. 설레하는 원희의 목소리가 무색하게도 나는 비통한 심정이 되었다. 선우와 내가 서 있는 땅이 다시 한번 갈라지는 기분이었다. 영영 만날 수 없을 것처럼. 그나저나 원희는 없는 돈에 무슨 수로 집을 계약했을까. 온통 빚뿐이라 앞으로 꼼짝없이 갚아 나가야 하는 건 아닐까? 내가 얼마나 걱정하는지 알지도 못하면서 원희는 앞으로의 계획을 장황하게 늘어놓았다. 그 와중에도 침대는 좋은 것을 사야 한다는 말이 여간 거슬리는 게 아니었다.

"오늘은 쉬면 안 돼? 나하고 같이 집 보러 가자."

"갑자기 빠지면 안 돼."

"왜. 나랑 있자. 오늘 얼마나 역사적인 날이냐?"

"안 그래도 너랑 논다고 그동안 일 많이 빠졌잖아. 이렇게 갑자기 빠질 수 없어."

어린아이처럼 막무가내로 조르는 원희에게 조금 짜증이 났다. 그렇게 사랑하면 좀 일을 관두게 하든가. 없어 보이고 실제로도 땡전 한 푼 없는 원희가 미워졌다. 보통 같이 살면 남자가 바깥일을 하고 여자는 집안일을 한다는데 원희와 살림을 합쳐봤자 바깥일도 다 내 몫이 될 것 같았다. 살림을 합치는 것은 물론 혼인신고도 하게 될 것이고 혼인신고를 하면 나한테는 송원희라는 흔적이 평생 남게 된다. 선우에게도 지울 수 없는 상처가 될 것이다. 생각이 거기까지 미치자 더는 일이 어그러지도록 두면 안 된다는 생각이 들었다. 내 감정에 충실하자, 한 번이라도.

"오늘은 쉬는 언니들이 많아서 진짜 안 돼. 끊을게."

알 수 없는 확신이 들면서 단단하게 결심이 섰다. 전화를 끊자마자 손에 잡히는 겉옷을 걸쳐 입고 운동화를 구겨 신었다. 선우에게 달려가기 위해. 버스를 기다릴 여유도 없어 택시를 잡아탔다. 연락도 없이 나와서 공중전화가 있는 곳을 찾아 선우에게 전화를 걸었다. 다행히 선우가 전화를 받았다.

"여보세요?"

선우의 목소리에 심장이 뜀박질할 때보다 더 요란하게 뛰기 시작했다.

"오빠 나야 소원이. 할 말이 있어서 전화했어."

"지금 어디야?"

"오빠 집 앞 공중전화."

"기다리고 있어. 지금 나갈게."

아무렇게나 들이마신 찬바람이 목구멍을 찢어질 듯 아프게 할퀴었다. 폐까지 들어찬 차가운 공기에 무릎에 손을 대고 쭈그려 앉아 숨을 골랐다. 그 바람에 선우의 발소리가 가까워지는 게 더 잘 들렸다. 나, 잘하는 짓인 걸까. 여기까지 달려올 때는 언제고, 덜컥 겁이 났다. 앞으로의 후폭풍이 얼마나 거셀지 짐작조차 할 수 없었다.

"소원이구나."

마침내.

내 머리통 위로 선우의 목소리가 내려앉았다. 눈물이 왈칵 차오르려는 걸 억누른 채 허리를 세웠다. 선우의 시선이 나를 따라왔다. 아직 숨이 차서 말이 멋대로 토막 났다.

"나 이제. 후회. 안 할 거야."

"그게 무슨 말이야?"

"내가 좋아하는 건 너야. 원희가 아니라."

"……."

"이 말 하러 왔어. 나 너 좋아해."

기어코 삼켜야 했던 그 말을 내뱉었다. 선우의 표정이 미묘하게 뒤틀렸다가 금세 눈시울이 붉어졌다. 갑작스러운 고백에 당황하면서도 안도한 표정이었다.

"진심이야?"

"응."

선우는 감격에 찬 사람처럼, 길게 찬 숨을 내뱉었다. 고개를 훅 떨궜다가 다시 하늘을 향해 들었다. 선우가 내 어깨를 잡아 일으켰다.

"그때 바닷가에서 그 말 하고서 후회 많이 했어."

내 어깨를 부드럽게 쥔 선우의 손이 뜨거웠다. 동시에 누가 가슴께부터 뜨거운 물을 들이붓는 것처럼 온몸이 뜨거워졌다.

"이렇게 먼저 용기 내줘서 고마워 소원아. 나도 너 좋아해."

이 말을 하기까지, 듣기까지 참 오래 걸렸다. 언제나 진심은 간결하고, 계산은 복잡하기 마련이다. 떨리는 목소리로 전해진 선우의 진심이 고마웠다. 부끄러운지 눈도 제대로 마주치지 못하는 선우가 귀여워 그제야 안도 섞인 웃음이 나왔다. 선우가 고개를 조심스럽게 내밀었다.

그래, 멋대로 키스하라고 입술을 내주었다. 내 예상보다도 좀 더 늦은 타이밍에 선우의 부드러운 입술이 포개어졌다. 바들바들 떨리는 입술은 열리지 않았다. 말 그대로 풋내기 입맞춤이었다. 그래도 선우가 큰 용기를 냈다는 걸 알고 있다. 그래서 허리에 팔을 둘러 소중하게 안아주었다. 서로의 온기를 나누던 나와 선우가 슬며시 입술을 떼고 눈을 떠 서로를 바라보았다. 선우는 뭐랄까. 세상을 다 가진 남자의 얼굴을 하고 있었다.

"나 정말 소원이 너 아니면 안 될 것 같아, 이제."

그 말을 끝내자마자 선우의 표정이 눈에 띄게 더 상기되었다. 시시때때로 변하는 선우의 표정이 참 귀엽다. 그리고 나 또한 선우의 모습과 다를 바 없을 것 같다는 생각이 들었다.

"우리 이제 어떡할까?"

사랑의 도피라도 해야 하나. 하지만 도망가 봤자 원희의 사정거리 안이다. 원희는 선우의 집도, 내 집도 어딘지 안다. 무엇보다 나를 향한 그의 마음을 단념시키는 게 제일 큰 고민이었다. 원희에게 미안해졌다. 하지만 이 정도 역경도 헤쳐 나가지 못할 거였으면 이렇게 선우에게 달려오지도 않았을 것이다. 충동적인 마음으로 한 선택이었지만 나름의 계획을 세웠다. 돌파구는 바로 정공법이었다. 선우의 손을 잡고 함께 원희에게 가서 사실대로 말할 것이다. 절친인 선우의 마음이 굳건하다는 것, 그리고 자신이 사랑하는 여자가 행복해지는 길이 이것이라고 한다면 원희도 알아서 물러나 줄 거라고. 난생처음으로 느끼는 강한 확신이었다.

당분간 원희를 피려고 전화를 아예 받지 않았다. 돈을 꿔달라는 언니의 전화조차도 무시했다가 거의 테러 수준으로 전화벨을 듣기도 했지만 끝내 집으로 걸려 오는 모든 전화를 모조리 못 들은 척했다. 하루는 웬일로 집에 들어온 소선이 원희의 전화를 대신 받던 날, 소선에게 내가 집에 없다고 전해달라 부탁을 했다. 그런 거짓말쯤이야 소선에게는 호흡처럼 자연스러운 거니까. 하지만 소선은 보란 듯이 원희에게 말했다. "원희야. 네 마누라 지금 집에 있어." 나를 향한 그 명랑한 말투에 기가 차고 턱이 빠졌다. 숨이 턱 막혔다.

"원희가 전화 안 받으면 자기가 어떻게 나올지 모른다는데?"

"언니. 진짜 이러기야?"

화를 억누르느라 목소리가 떨렸다. 눈을 동그랗게 뜬 소선이 머리맡으로 다가왔다. 저 표정이 너무 싫다. 자기 마음대로 굴어놓고서는 자기변호를 할 때마다 저런 표정을 짓곤 했다.

"나는 너라도 잘살았으면 하는 마음에서 이러는 거야. 네가 그렇게 날 오해하면, 내가 얼마나 속상하겠니?"

어처구니가 없었다. 원희의 전화를 세 번째 무시했던 때였다. 도대체 무슨 이유에선지 소선은 원희에게 내가 집에 있다는 사실과 집에서 무엇을 하고 있는지를 꼬박꼬박 보고해 주었다.

밥 먹듯 하는 거짓말, 동생이 원하는 대로 몇 마디 내뱉어 주면 어디가 덧나는 걸까. 화가 나 소선의 앞까지 쾅쾅 걸어가 섰다. 소선은 나를 걱정하는 듯이 양쪽 눈썹을 축 늘어뜨렸다. 위선일까, 아니면 본인조차 그 마음이 진실이라고 속고 있는 걸까.

"선우가 내 생각만 하면 미치겠대. 이렇게 된 이상 너도 원희랑 행복하면 다 좋잖아."

"언니야말로 거짓말 좀 그만해. 선우하고 속 깊은 얘기 한 번 나눠보기나 했어? 혼자 착각하는 거 아냐?"

소선은 저에게 민감할 단어를 곱씹었다. 본인이 거짓말 속에 살고 있다는 걸 자각하고 있기는 할까.

"내가 거짓말을 한다고?"

"언니. 정말 선우가 언니를 좋아해? 그렇게 말한 적 있어? 선우랑 아무 일도 없었잖아. 아니야?"

직설적인 내 말에 소선이 당황한 듯 보였다. 하지만 이내 그녀의 입에서 튀어나온 다음 말에 나는 진심으로 경악스러웠다.

"너… 언니 질투하는 거야?"

"뭐라고?"

"맞는 것 같은데. 가게에서도 내 지명도에 너도 자주 불려 다니게 되고 그랬잖아."

무적이었다. 뭐든 저 좋을 대로 생각해 버리는 저 버릇. 하지만 거기서 그친다면 제 속 편하게 살려고 그러나 보다 치부해 버리면 그만인데 소선은 더 나아가 그것을 사실로 믿어버린다는 게 문제였다. 나는 소선을 동경했을지언정 얄팍한 질투 따위의 감정을 느껴본 적은 없다. 자매끼리 질투라니. 되려 소선은 내가 인정에 약하다는 사실에 감사해야 할 것임에도 불구하고 내 볼멘소리를 제 거짓된 인생의 재료로 삼는다.

"나 언니 한 번도 질투한 적 없어. 그럼 내가 왜 원희를 받아줬겠어? 그리고 잘 생각해 봐. 언니가 선우랑 잤다고 거짓말한 건 내가 원희랑 엮이고 나서야."

"그러니까 더 말이 되지. 선우도 원희도 다 너만 바라봐 줬으면 좋겠다는 거 아냐? 그게 질투란 거야."

말이 통하지 않으니 싸울 전투력이 상실됐다. 모두의 사랑을 받고 싶어 하는 것은 오히려 자신이 아닌가. 언제나 무리 안에서 제일 돋보여야 하고, 자신이 가장 뛰어나야 하는 것. 그게 외모든, 재력이든, 권력이든. 남들에게 인정받아야만 의미 있는 그런 삶. 그래서 자꾸 거짓말로 허상 속에 사는 건 바로 언니잖아. 안 그래? 머릿속을 떠도는 생각들을 입 밖으로 꺼내고 싶었지만, 소선의 표정이 소름 끼칠 정도로 아무런 변화가 없어 포기해 버렸다. 정신과 상담을 받아보는 게 어떠냐는 말도 쏙 들어갔다. 전화기가 다시 시끄럽게 울려댔다. 고개를 돌려 전화기를 쳐다본 소선이 다시 나를 돌아본다. 그 표정은 몹시 부드러웠지만, 왠지 모르게 강요의 뜻이 담긴 듯한 말투로 내게 말했다.

"전화 받아야지?"

그리고 제가 대신 수화기를 들어 "소원이 바꿔줄게." 하고선 나에게 척 내밀었다. 지끈거리는 머리를 부여잡고 억지로 입술을 뗐다. 원희의 사랑 타령을 듣다가 두통이 심하다는 핑계를 대고 짧은 통화를 마무리했다. 소선이 또 왜 그렇게 원희의 전화를 성의 없이 받냐며 애정을 빙자한 잔소리를 해댔다. 듣고 싶지 않아 밖으로 나갔다. 현관문을 쾅 닫자마자 눈물이 후드득 떨어졌다. 아무리 가족 같은 사이라 한들 선우와 원희는 결국 피 한 방울 섞이지 않은 남이었고, 진짜 가족은 쌍둥이 언니인 소선뿐이었다. 소선이 진짜 언니 행세할 때는 단둘이 있을 때가 아닌, 지켜보는 누군가가 있을 때뿐이었다. 그마저도 돈 몇 푼 들지 않는 보세 구두를 사다 주면서 세상에서 제일 비싸고 구하기 어려운 것인 양 설명을 늘어놓는 식이었다. 구두를 포장하고 있는 상자에 적힌 상호는 동네에 있는 보세 가게였다.

"소원아. 언니는 네가 행복했으면 좋겠어."

어쩌다 거짓말이 탄로 날 때마다 소선이 빼먹지 않고 하는 말이었다. 소선이 미치도록 답답한 날이면 꼭 소선의 단골 멘트가 환청으로 들린다. 지겹다. 모든 게. 눈을 질끈 감은 채 골목을 달려 나갔다. 나란 사람은 제대로 된 가족 구성원을 단 한 명도 갖지 못하는 팔자인 걸까.

아니, 애초에 화목한 가정이란 세상에 존재하지 않는 환상일지도 모른다. 있지도 않은 이상을 내가 너무 바라고 있어서 불행한 걸까. 그래서 거듭 실망하고 상처받으며 나 자신을 좀 먹고 있는 거라면? 혼란스러운 생각의 끝은 언제나 나 자신을 향했다. 결국, 이 모든 게 내 잘못인 걸까?

"안소원이 이 여자야?"

바닥을 보고 정처 없이 걷다가 까만 단화를 보고 우뚝 멈춰 섰다. 자리를 비켜 줄 것 같던 그 단화는 굵은 중저음의 목소리로 내 이름을 불렀다. 처음 듣는 목소리였다.

"소원아, 나랑 같이 가자."

뒤이어 들려오는 목소리는 바로 알아챘다. 원희였다. 내 손을 급하게 붙든 원희의 목소리가 애절했다. 어찌나 세게 잡은 건지 포승줄에 묶인 것 같았다. 왜 그렇게 집 안에 있는 게 확실한지를 물어보나 했다. 안간힘을 다해 손을 몇 번이고 털어봤지만 어림도 없었다. 나를 '이 여자'라고 부른 사람은 원희와 많이 닮은 중년의 여자였다. 아마도 원희의 엄마겠지. 어쩌면 내 시어머니가 될 뻔한 사람.

"왜 이래? 왜 이러세요?"

"왜? 근본도 없이 술집에서 몸 파는 네까짓 게 내 아들과 같이 살자 해놓고 연락을 피해? 집까지 마련한 마당에 어딜 내빼?"

원희에게 자초지종을 설명해 달라 할 수도 없었다. 같이 살고 싶지 않았던 게 맞고, 그래서 도망가려고 했던 것도 사실이니까. 하지만 이렇게까지 강압적으로 나올 줄은 몰랐다. 원희의 뒤로 풍채가 집채만 한 남자가 저벅저벅 걸어왔다. 지나가는 사람이 아니라 원희가 데려온 사람이구나. 사태가 파악되자 공포가 엄습했다. 원희는 내 속도 모르고 애걸했다.

"더 다치기 전에 그냥 조용히 따라오면 안 돼?"

"이러지 마. 나 무서워."

"무서웠으면, 이년아! 이런 일 없게 잘했어야지! 왜 대낮에 이 지랄을 하게 만들어?"

쩌렁쩌렁한 원희 엄마, 아니 내게는 그저 이름 모를 아주머니의 목청 좋은 소리에 지나가던 사람들이 하나둘 뒤를 돌아보았지만 험한 일에 엮이고 싶지 않았는지 금세 고개를 돌리고선 제 갈 길이나 갔다. 나를 도와줄 수 있는 사람은 아무도 없었다. 나를 사랑한다고 오래도록 나와 행복하자던 사람은 단 며칠 만에 내게 가장 위협적인 사람이 되어있었다.

"따라와."

"싫어."

"험한 꼴 당하고 싶어?"

"싫다고."

무의미한 실랑이가 계속되었다. 원희의 큰 손에 쥐어진 내 양 손목은 피가 통하지 않아 하얗게 질려가고 있었다. 결국 원희는 자신이 데려온 남자에게 고개를 저었다.

"삼촌. 그냥 태워."

삼촌이라 불린 사람이 나를 어깨에 척 둘러멨다. 종이처럼 가뿐하게 들리는 게 어이없던 것도 잠시, 내 무게 때문에 어깨에 닿은 아랫배가 짓눌렸다. 젖 먹던 힘을 다해 다리를 버둥거려 봤지만, 그마저도 삼촌이라는 사람의 손에 한 번에 제압당했다. 있는 힘껏 맞은편 재래시장까지 닿도록 비명을 질러댔다. 하지만 돌아온 것은 원희를 낳은 여자의 매서운 손찌검이었다.

눈앞에 별이 번쩍인다.

"우리 원희가 너 없인 살 수가 없다는데, 어떤 부모가 가만히 있겠니. 애가 폐인이 다 됐어. 네가 그렇게 만든 거라고. 와서 봤더니, 얼굴만 반반했지, 별거 없네. 네가 내 아들을 홀려놓고 이제 와 거역해? 네가 그러고도 무사할 줄 알았어?"

아무리 여자의 삶이 남자에게 종속되는 시대라고 한들 이렇게 협박하며 강제해서는 안 되는 거다. 내 생각대로 말하면서 맞서고 싶었지만 나는 혼자고 나를 납치한 사람은 셋이었다. 더군다나 나는 지금 차 안에 갇혀있다. 더욱 상처였던 건 원희의 태도였다. 조수석에 탄 원희는 방관자처럼 앞만 쳐다보고 있었다. 아무리 섹스를 위한 감언이설이었다지만, 그래도 나를 사랑한다고 했던 사람이다. 그랬으면 최소한 인간적인 대우를 해줘야 하는 것 아닌가. 몸도 아팠고, 배신감에 마음도 아팠다. 다 놓아버리고 싶다는 내 소원이 하늘에 닿은 건지 정신이 아득해져 갔다. 귀에서 이명이 들리고 시야가 흐려지면서 현실감각이 사라져갔다.

정말 나 하나 잡아 족치려고 사람을 고용한 거구나. 온몸이 바들바들 떨렸다. 원희의 집에 갇히게 되면, 일거수일투족을 원희와 함께하는 삶을 살게 되는 걸까. 언제 폭력적으로 돌변할지 모르는 원희와 평생을? 그래도 힘에 부쳤던 모양인지 여자는 내 옆에서 잠이 들었다. 그 틈을 타 창문을 열고 나가려 했다가 머리채를 잡혔다. 열리지 않는 창문에 이마를 몇 번이고 박았다. 선혈을 보자마자 정신을 잃었다. 다시 눈을 떠보니 내 손을 기도하듯 꼭 쥔 원희가 보였다. 내가 죽을 듯 얻어맞고 있을 때는 지독하게 외면하더니 지금은 세상에서 나를 가장 소중하게 여기는 남자인 양 다정하게 내 볼을 쓰다듬었다.

"못 깨어나는 줄 알았어. 소원아, 몸은? 괜찮아?"

원희의 손이 닿는 곳에 소름이 끼치고 잔털이 쭈뼛 섰다. 마치 내가 이름 모를 불량배들에게 몹쓸 일을 당하기라도 한 것처럼 원희는 나를 걱정하고 있었다. 가증스럽다는 생각도 들지 않았다. 그저 빨리 이곳을 나가고 싶다는 공포만이 나를 뱀처럼 옥죄었다.

"우리 엄마가 형제 중 날 유난히 남다르게 생각하셔. 그래서 내가 폐인처럼 살고 있으니까 걱정이 되셨나 봐. 소원이가 이해해 줘. 알겠지?"

시간이 지나서 안 사실이다. 원희 엄마는 본처를 내보내고 첩으로 들어가 첫아들을 낳았는데, 그게 원희였다고 한다.

"…제발 나 좀 놔줘."

다정한 듯 굴던 따뜻한 눈빛이 순식간에 차갑게 굳었다. 원희는 한숨을 쉬며 고개를 좌우로 저었다. 아직, 내 말을 이해하지 못했구나. 마치 그런 눈빛으로.

"널 찾으려면 이 방법밖엔 없었어. 알잖아. 내가 널 얼마나 사랑하는지. 네가 나만의 여자가 되기를 얼마나 기다려 왔는지."

원희는 그렇게 말하며 아픈 내 몸 여기저기를 지분거렸다. 원희의 손이 아랫배를 지나 치골에 닿았다. 아슬아슬하게 쓰다듬으며 원희가 만족스러운 듯 웃었다.

"그러니까 날 떠나지 마. 네가 떠나면 걷잡을 수 없이 화가 나."

"왜?"

"왜긴. 넌 내 여자잖아."

"우리 혼인신고도 안 했어."

"소원아. 오빠 좀 봐주라. 응?"

원희는 나와 말이 통하지 않자 밑도 끝도 없이 떼를 부렸다. 명치 위에 돌덩이를 얹은 듯 속이 갑갑해졌다. 상체를 일으켜 세우려다 그마저도 원희에 의해 저지당했다. 온몸이 욱신거린다. 가슴팍을 눌러 거칠게 나를 눕힌 원희가 다시 다정한 표정을 지었다.

"내가 다 해줄게. 뭐가 필요해? 뭐 해줄까?"

"물 좀 줘."

"알았어. 조금만 기다려. 내가 가져올게."

원희가 방을 나섰다. 움직여지지 않는 몸을 겨우 굴려 발을 디뎠다. 이 와중에도 침대가 푹신하다는 생각이 드는 게 기가 찼다. 원희는 다른 건 몰라도 침대만큼은 좋은 걸 사야 한다고 입버릇처럼 말했었다. 다시 사력을 다해 거실로 걸어갔다. 부엌을 등진 채 주전자에다 수돗물을 담고 있었다. 금방이라도 심장이 멎을 것처럼 방망이질을 쳐댔다. 원희에게 들키지 않게 전화기 앞에 서는 것까지는 성공했다. 마치 공포영화의 주인공이 된 것처럼 섬뜩했다. 하지만 지금 나를 구원할 사람은 나밖에 없었기에 용기 내 전화를 걸었다. "여보세요." 다행히 원희가 다가오기 전에 수화기 너머의 상대는 전화를 받아주었다. 선우였다.

"선우야! 나 소원이야! 소원이!"

화가 난 원희가 성큼성큼 걸어오는 것이 보였다.

"나 여기 있어! 원희 집!"

나는 얻어맞을 각오를 하고 젖 먹던 힘을 다해 소리쳤다. 빠르게 다가온 원희가 내게서 수화기를 뺏어갔다. 곧 전화는 끊겨버렸다. 가스 불 위의 주전자가 끓는 소리 외에는 아무런 소음도 들리지 않았다.

나는 눈을 질끈 감았다. 어차피 뺨 한 대 맞을 각오로 벌인 짓이었으니까. 코앞까지 다가온 원희는 예상외로 나를 끌어안았다. 나를 아끼고 사랑한다는 사람이 왜 이런 폭력적인 방법을 동원해서까지 나를 가지려 했을까. 내가 뭐라고. 그렇게 아끼지도, 사랑하지도 않는 것 같은데.

"나만큼 너를 사랑할 수 있는 사람은 이 세상에 없어. 내가 장담해."

"아니."

"그러니까."

품에서 나를 떼어낸 원희가 도리질 치는 내 얼굴을 붙들더니 이마에 입술을 갖다 댔다. 마치 정말로 내가 자신에게 소중한 무엇이라도 되는 듯이. 두려움에 빨라진 내 맥박을 저에 대한 로맨틱한 감정으로 해석해 버릴까 걱정되었다. 그런 마음마저 사치라는 듯 원희는 또다시 돌변해 전화기를 들어 거칠게 집어 던졌다.

"악!"

소스라치게 놀라 외마디 비명이 터졌다. 코드가 뽑힐 정도로 충격을 받은 전화기는 그 자리에서 폐품이 되어버렸다. 여기저기 흩어진 파편이 이제 다시는 돌이킬 수 없는 원희와 나의 관계 같았다.

"다시는 이런 짓 하지 마. 알았지?"

원희가 걱정스러운 얼굴로 자세를 낮춰 나와 눈높이를 맞췄다. 네가 이러면, 내가 널 겁줄 수밖에 없잖아. 하는 얼굴이었다. 이제는 선우가 여길 찾아와 주길 기다리는 것 말고 탈출할 가망이 없었다. 아니면 원희가 잠든 사이에 베란다에서 뛰어내려 죽어버리든가.

쾅쾅쾅. 문 두드리는 소리가 들려온 건 한 시간쯤 지난 뒤였다.

"송원희! 문 열어!"

아직 소년의 티를 벗지 못한 앳된 목소리는 바로 선우였다. 나는 온몸이 욱신대는 것도 모르고 문 앞까지 달려갔다. 나보다 걸음이 빨랐던 원희가 문을 열었다. 원희의 팔이 내 앞을 가로막았다.

누가 보면 나를 보호하는 것처럼.

"소원아."

"선우야! 나 좀 집에 데려다줘. 나 지금 집에 가고 싶어."

생존을 내건 발악이었다. 나를 이 지옥 같은 상황에서 벗어나게 해주리라 희망과 기대가 섞인 눈빛으로 선우를 바라봤다. 그런데 웬일인지 선우의 표정은 걱정과 분노보다는 실망의 기색이 역력했다.

"소원아. 이게 어떻게 된 거야? 네가 사랑하는 건 나라며."

이럴 수가. 여태 내가 알던 선우는 다 내 환상이 빚어낸 가짜였을까. 나를 바라보는 선우의 눈빛에는 원희를 향한 질투와 나를 향한 배신감만이 가득했다. 그는 나의 구원자가 아니었다.

"너… 너는 지금 내 꼴이 안 보여?"

원희가 나를 돌아보는 바람에 또 심장이 멎을 것 같았다. 원희의 팔이 교묘하게 멍든 내 얼굴을 가렸다. 내 상태가 어떤지를 보여주고 싶어 얼굴을 기웃거렸지만 얼마 지나지 않아 깨달았다. 찢어진 이마는 빼곡한 앞머리에 가려져 있었고, 내 두 손은 원희에게 강하게 잡혀있다는 걸. 선우의 표정이 일그러졌다.

"소원아. 나와의 입맞춤은 뭐였니?"

이런 상황에서도 자신의 감정만을 내세우는 선우의 모습을 보고 직감했다. 선우는 내가 처한 상황이 어떤지 아예 알려고 하지 않는구나. 그렇다면, 그 또한 나를 사랑할 자격이 있는 걸까.

송원희나 백선우나 별반 다르지 않다는 걸 그제야 깨달았다. 사랑하는 사람을 쟁취하기 위해 서라면 날개 정도는 꺾어도 된다고 생각하는구나. 지금 생각해 보면, 어리숙했던 내가 제일 죄인이다.

"소원아. 나랑 얘기 좀 해."

실망하여 돌아선 나를 선우가 불러 세웠다. 아니. 보고 싶지 않다. 선우의 시선을 무시하고 원희를 쳐다보았다. 처음으로, 두려움이 느껴지지 않았다.

"내 마음이 정리되면 알아서 찾아올 테니까 다시는 오늘 같은 짓 하지 마."

생각 외로 원희는 나를 잡지 못했다. 결연한 내 모습에 말문이 막힌 듯했다. 내 손목을 꽉 쥔 원희의 손아귀에 힘이 풀리는 걸 느꼈다. 이렇게나, 이렇게나 쉬운걸. 회의감이 들었다. 욱신거리는 몸을 이끌고 계단을 걸어 내려갔다. 두 남자 모두 나를 붙잡지 못했다. 집으로 돌아오니 소선이 있었다. 여기저기 얻어터진 내 몰골에도 소선은 아무런 말이 없었다. 그저 말없이 상처 자국에 연고를 발라주다가 저다운 질문을 했을 뿐이다.

"너… 이런 취향이었어? 진작 말을 하지."

소선이 깔깔 웃었다. 소선은 내게 무슨 일이 있었냐 묻지도 않았고 나 또한 소선에게 설명하고 싶지 않았다. 그저 소선의 상상 속에서 나는 원희와 거칠게 잠자리를 하는 여자가 되었을 뿐이다. 옷을 죄다 벗어 살벌하게 피멍이 든 몸을 보여줘야 할까. 생각했지만 관두었다. 그래 봤자 달라지는 건 없었다.

"그만해. 나 피곤해."

"왜 그래. 좀 놀린 것 가지고."

"사랑이고 나발이고 다 싫으니까 나 좀 내버려 두라고! 부탁이야 제발."

맥이 탁 풀려서 눈을 감았다가 아무런 대답이 없는 소선을 보기 위해 다시 눈을 떴다. 소선은 내내 웃는 얼굴로 나를 쳐다보고 있었다.

"언니가 말했지? 사랑은 돈으로 사는 거야."

"됐어."

"되긴 뭐가 돼?"

"됐다니까?"

며칠을 내리 잠만 잤다. 화장실 외에는 누워만 있다가 오후가 되어서야 눈을 뜨는 나날들이 이어졌다. 내가 눈을 떴을 때는 언제나 소선이 곁에 없었다. 적막하다. 소선은 어디로 간 걸까. 동생이 혼자 있는데도 아예 집에는 들어오질 않았다. 어릴 적엔 서로 의지하느라 한마음이었고 언제나 뜻이 같았던 소선이는 변해 있었다. 어떤 이유인지, 언제부터인지 알 수가 없었다. 그렇다고 소선이 대놓고 내게 못되게 군 적은 없다. 일란성 쌍둥이라 그런지 느낌으로 알 수 있었다. 하지만 결국 나는 혼자가 아닌가. 사막 한가운데 홀로 남겨진 기분이다. 이따위로 살려고 집을 나와 멀쩡한 직장까지 때려치웠을까. 나를 향한 자책감에 한숨만 나왔다. 원래 계획은 이게 아니었는데. 문득 그런 생각이 들었다. 지금도 늦지 않았다. 이 길은 내가 가야 할 길이 아니라는 걸 깨달았다. 용기를 내어 학교 이사장님에게 연락했다.

"이사장님, 저 소원이에요!"

이사장님께 안부 인사를 드리며 이런저런 이야기를 주고받았다. 다행히 이사장님은 오랜만에 연락한 나를 반가워하셨다. 이 집을 얻을 때도 당돌하게 가불을 요청했었다. 어디다 쓰려고 그러냐는 물음에 집을 얻어서 언니와 함께 살고 싶다고 했다. 나의 가정사를 대충 알고 계셨던 이사장님도 자초지종을 들으시고는 흔쾌히 이사장님의 사비로 이 집을 마련해 주셨다.

당시에는 처음 입사를 할 때 보증인이 있어야 했다. 학교 서무과에서 합격 축하한다는 연락이 왔고 더불어 보증인의 서류도 제출해야 한다고 했다. 돈을 다루는 일인데 아무나 믿고 맡길 수 없는 노릇이라는 걸 나도 잘 알고 있었다. 아버지한테 학교에 취직됐다고 말씀드렸더니 크게 기뻐하셨다. 하지만 아버지를 포함해 친척들이 하나같이 보증을 서줄 만한 형편이 되지 못했다. 3일 이내에 보증인 서류를 제출하지 못하면 합격이 취소된다. 급하게 아버지의 지인들이 알려줘서 보증보험 기관에 부탁해 서무과에 서류를 제출했다. 그 소식을 나에게 전해준다는 게 학교 전화가 아닌 이사장님 직통 전화로 전화해서 아버지와 이사장님이 통화한 적이 있었다. 그리고 이사장님이 날 불러 이것저것 물어보셨고 나는 있는 그대로 내 가정사를 말씀드렸다. 그렇게 이사장님과 돈독한 관계가 되었다.

집을 얻고 나서 이사장님이 운전기사를 대동하고 집에 오셨던 적이 있다. 내 말이 진짜인지 확인차 오신 것이다. 학교를 그만둔다고 했을 때도 기사 없이 손수 운전해서 오신 적도 있다.

이 일은 이사장님과 나만 아는 일이다. 서무실 직원들, 교직원 선생들은 모른다.

"이사장님. 내일 일정 없으시면 찾아뵙겠습니다."

"소원아. 지금 올 수 있으면 지금 와라. 내일은 골프 치러 가야 해서 학교에 안 나가."

"네. 그럼 지금 바로 출발하겠습니다. 도착까지 1시간 정도 소요될 것 같아요."

"그래, 알겠다."

이사장님은 성격도 급하고 불같아서 혹시 내가 생각하는 일이 틀어질까 봐 대충 차려입고 얼른 택시를 탔다. 교문으로 들어와 누가 볼세라 바로 법인실이 있는 건물로 들어갔다. 무슨 이유에서인지 누구의 눈에도 띄고 싶지 않았다. 익숙한 문을 열고 들어갔다. 내가 자리가 있던 사무실에는 아무도 없었다. 바로 회의실을 지나 이사장실 앞에 섰다. 잠깐 망설이다 노크를 했다.

"들어와."

문을 열자 어서 오라며 밝게 맞이해 주는 이사장님이 보였다.

"그래, 지금까지 뭐 하고 지냈니?"

"그냥 이것저것 했어요."

이사장님이 전화기를 들어 차를 가져오라 지시했다. 곧이어 여직원이 커피 두 잔을 내어 왔다. 커피를 한 모금 홀짝이며 "새로 들어온 직원인가 봐요?" 물었다.

"아니, 서무과 직원이야!"

"아… 네."

실망의 기색이 들켰을까, 괜히 커피잔 손잡이를 손끝으로 톡톡 쳤다. 그런 내 마음을 읽기라고 한 듯 이사장님이 말했다.

"비서는 없어."

속이 들켰다는 생각이 들자 낯이 뜨거웠다. 하지만 무엇보다 반가운 말이었다. 이사장님이 그런 내 속내를 꿰뚫기라도 하는 것처럼 웃으며 덧붙였다.

"아직 공석이니까 너 다시 일하고 싶으면 내일이라도 출근해라."

"사실 이 문제로 찾아뵈려고 했었어요."

"내가 내일은 없으니까 월요일부터 출근하렴."

"이사장님 감사합니다. 서무과장님은 제가 직접 찾아뵙고 말씀드려야 할 것 같아요."

"그건 내가 알아서 할 테니까 월요일에 보자."

그렇게 자기 할 말만 하고선 이사장님은 약속이 있어 나가봐야 한다고 자리에서 일어났다.

항상 이런 식이었다. 이사장님은 제멋대로 행동하고 교장까지도 무시하는 그런 사람이었다.

상대방의 인격은 없는 것이나 마찬가지인 이사장님이 내게는 그나마 사람 대접을 해줬다. 원래는 처음에 서무과로 입사하고 얼마 되지 않아 법인실로 인계를 받았다. 그래서 이사장 비서가 된 것이다. 나중에 안 사실이지만 이사장 성격을 버텨내지 못하고 하나같이 퇴사하는 바람에 내게 비서 일이 떠맡겨진 것이었다. 어찌 됐든 나를 받아주는 자리가 아직 있다는 것이 감사한 생각이 들었다.

가벼운 발걸음으로 학교에서 나왔다. 벌써 해가 뉘엿뉘엿 넘어가고 있다. 바로 집으로 들어가기가 왠지 아쉬워 제일 친한 친구를 만나러 백화점으로 갔다. 소선이와 살면서 친구들과 거의 왕래가 없었는데 친구가 백화점에서 일하는 것이 생각났다.

"야! 너 어떻게 된 거야! 연락도 안 되고 뭐 하고 지냈어?"

나를 보자마자 친구는 내 등짝을 때리며 말했다. 지금까지 내게 있었던 어마어마한 일들을 차마 말할 수 없었다. 어디서부터 얘기를 꺼내야 할지 막막했다. 나중에 내 삶이 안정되면 말을 해줘야겠다고 생각했다. 일단 학교에 계속 근무한 것처럼 대충 얼버무렸다. 어차피 다시 학교에 가게 될 거니까 영 거짓말은 아니라고 합리화하면서. 그 이후로는 다시 학창 시절 철없던 여고생으로 잠시나마 돌아가 즐겁게 수다를 떨었다. 밥 먹고 차 마시고 친구들 근황도 물어보고 깔깔거리며 웃고는 있었지만, 친구와 헤어질 시간이 다가올수록 마음에 고구마가 대여섯 개 정도는 들어앉은 것처럼 묵직해졌다. 아직 해결하지 못한 현실의 문제들이 산적하다.

서로 아쉬움을 뒤로한 채 헤어졌다. 다시 만나자는 약속을 했지만 그게 언제가 될지는 모른다. 밤이 되니 겨울바람은 살을 에는 듯 아프다. 버스가 오자마자 얼른 올라탔다. 추위를 피하기 위해 따뜻한 이불 속이 절실해졌다.

혼자 걸어가니 어느덧 깜깜해진 골목이 무섭게 느껴졌다. 언제나 오가던 길인데. 집에 도착해 대문을 열고 현관까지 와서야 숨을 내쉴 수 있었다. 하지만 현관문을 여는 순간 또 후회했다. 불이라도 켜두고 나갈걸. 확실히 그날의 사건 이후에 나는 조그만 기척에도, 늘 다니던 어두운 골목에도 공포심이 들었다. 벽을 더듬어 불을 켰다. 나는 이번에야말로 소스라치게 놀랐다. 소파에 누군가가 앉아있는 것이다. 강도인 줄 알고 뒷걸음질 치다 그대로 현관문에 등을 붙였다. 자세히 보니 저건 강도가 아니라 선우였다.

"여긴 어떻게 들어왔어?"

선우는 평소와는 다른 모습이었다. 오늘따라 좀 더 반듯한 차림새에 처음 보는 차분한 색상의 카디건은 새것인 티가 났다. 마치 프러포즈를 위해 차려입은 사람 같았다. 그건 그렇다 치고, 여긴 어떻게 들어온 걸까.

"그냥. 확인할 게 좀 있어서."

선우가 소파에서 일어났다. 보일러를 꺼두어서 바닥이 얼음장 같았다. 아직 선우가 밉지만 그래도 이 냉골에서 나를 기다렸을 게 마음이 쓰여서 보일러부터 틀었다. 나한테 걸어오는 선우를 무시하고 욕실로 들어가 물을 틀었다. 선우는 그런 나를 그냥 두었다. 뭘 확인한다는 걸까. 손을 박박 씻으며 생각해 봤다. 머리를 굴려봤자 드는 생각은 정말 단순히 확인이겠지. 내 마음에 대한. 그런 생각이 들자 나는 이제 그 물음에 대해 뭐라고 답해야 할까 고민됐다. 사실 나도 잘 모르겠다. 다만 원희의 위협으로부터 나를 보호하기 위해서라면 선우가 필요할지도 모르겠다는 생각이 들었다. 아직도, 선우에게 일말의 기대가 남아 있는 걸까.

"생각 좀 해봤어."

화장실을 나오자 선우가 장식장을 보고 서 있었다. 뒷모습만 보이는 선우의 표정이 궁금해 장식장 유리에 비친 얼굴을 살폈지만 잘 보이진 않았다.

선우의 손가락이 장식장 유리를 톡톡 건드렸다. 그 안에는 하프를 들고 있는 천사 모양의 도자기 인형이 있었다.

"나 너 좋아해."

"선우야."

"너도 그런 것 같은데 내가 맞게 생각한 걸까?"

쉽게 입이 떨어지지 않았다. 내가 그를 좋게 보다 못해 신격화를 하고 있었던 것 같다. 그냥 세상에 널리고 널린 남자들과 크게 다를 바 없는 사람인데. 그래도 원희와 동일 선상에 놓고 싶지는 않았다. 내키지 않았지만, 여러모로 선우가 필요했다. 선우가 나를 돌아보았다.

"나도 그런 줄 알았지. 내가 준 테이프도 이렇게 자주 듣고. 그런데 넌 원희한테 갔어."

"그게 아니라."

"나를 사랑한다고 했을 때, 널 안고 입을 맞췄을 때. 나는 세상을 다 가진 줄 알았는데."

선우가 비틀린 미소를 짓고 걸어왔다. 선우의 머릿속에는 나와 원희가 한 집에 있었던 것. 그것만이 의미 있었나 보다.

"소원이 네가 그 세상을 다 찢어발기더라고."

나직한 목소리에서 은은하게 살기가 느껴졌다. 선우도 화가 나면 위협적일 수 있구나. 하긴, 잘 화내지 않는 사람이 제대로 화내는 게 더 무서운 법이니까. 그때까지만 해도 그렇게 생각했다. 선우가 다가와 내 머리카락을 거칠게 잡아채기 전까지는. 나를 노려보던 선우가 다른 손으로 내 가슴을 움켜쥐었다. 갑작스럽게 일어난 상황에 너무 놀라 숨이 멎었다. 선우에게선 상상도 하지 못한 모습이었다. 자세를 낮춘 선우가 혀를 내어 내 목빗근을 천천히 핥았다. '내 것'이라는 단어와 맞아떨어지는 짓거리였다. 축축하고 물컹한 혀는 상대를 흥분시키기보다는 제 탐욕을 채우는 것에 가까웠다.

"네가 나를 사랑한다고 해서, 나는 널 믿고 기다렸는데."

"선우야, 하지 마."

"그래서 그냥 소원이 네가 그때 했던 말만 기억하고 다른 건 다 잊어버리려고."

'내가 좋아하는 건 너야. 원희가 아니라. 나 너 좋아해.'

귀 뒤까지 핥아 올라가던 선우가 내 귀에 대고 속삭인 말이었다. 내가 했던 말을 토씨 하나 틀리지 않고 기억하고 있었던 것에, 또 소름이 돋았다. 귓바퀴를 물고 쪽쪽 빠는 선우는 더 이상 내가 알던 순수한 도련님, 순정남이 아니었다. 선우의 이성을 제어할 수 있는 것은 아무것도 없어 보였다. 나조차도. 이대로 있다가는 무슨 일이 나고야 말 것이다. 뒤늦게 정신이 들자 뒷걸음부터 쳤다. 다시 밖으로 뛰어나갈 작정이었다. 하지만 한 걸음도 채 떼기 전에 손목이 잡혔다.

"선우야. 이러지 말고 말로 하자. 대화로 풀어. 응?"

"너 지금 도망가려고 했잖아."

선우가 눈썹을 늘어뜨리며 웃었다. 저렇게 해사하게 웃는 모습을 좋아했었는데, 지금은 그저 소름이 돋았다. 곤란하다는 듯 손가락으로 미간을 긁적이던 선우가 내 양손을 잡았다. 그저 샌님처럼 보이던 선우도 남자랍시고, 남녀 간 힘 차이가 확연하게 느껴지며 나를 무력하게 만들었다. 선우의 손아귀 힘은 나와 비교할 수 없을 정도로 억셌다. 선우가 나를 비웃듯 웃었다.

나를 바라보는 선우의 얼굴은 지금까지 내가 알던 모습과 완전 딴판이었다. 숨겨둔 쌍둥이가 있었나 싶게 인격을 갈아 끼운 것 같았다. 나를 제압할 필요가 없어진 선우는 아예 대놓고 헐떡이며 내 가슴에 제 얼굴을 묻은 채 고개를 비볐다. 깊은 들숨과 날숨이 셔츠를 적셨다. 맨살을 보호해 주던 얇은 셔츠마저도 곧 선우의 손에 뜯겨 나가고 선우가 양손으로 가슴을 만져댔다. 헉헉대며 웃는 모습이 소름 끼치도록 역겨웠다.

"그러니까, 이걸 안 주려고 여태 내뺐다는 거잖아."

선우가 달려들어 온몸을 빨아대자 저질스러운 소리만이 집안을 가득 채웠다. 선우의 귀가 붉게 달아올라 있었다. 내가 아는 선우는, 내게 조심스럽게 말을 걸 때만 이렇게 귀가 빨개지곤 했는데. 한때 내가 그렇게도 수십 번 머리로 상상했던 선우와의 뜨거운 시간은 이런 게 아니었다. 지금의 선우는 그저 강간에 눈이 멀어버린 짐승 새끼와 다를 바 없었다. 원희와도 섹스하지 않았던 건 그만큼 첫 경험이 아름답고 황홀하고 소중했으면 하는 바람 때문이었다. 이렇게 삼류 포르노 영화처럼 막 다뤄지고 싶지 않았다. 하루아침에 변해버린 선우를 감당하기 힘들어 얼른 이 시간이 끝나길 바라며 눈을 질끈 감았다.

"제발 그만해."

"왜? 나는 너 갖고 싶은데."

선우의 눈빛은 이미 반쯤 맛이 갔다. 쇄골부터 차례로 먹어 치우듯 입술을 우물거리는 선우에 떠밀려 화장실 옆 벽에 붙은 꼴이 됐다. 더는 물러날 자리가 없었다. 기어이 내 앞에 무릎을 꿇은 선우가 나를 텅 빈 눈으로 올려다봤다. 곧 이어질 그림이 너무나도 뻔했다.

"나 정말 소원이 너 아니면 안 될 것 같다고 분명히 말했잖아."

가쁘게 내뱉는 숨과는 다르게 바지 버클을 풀고 지퍼를 내리는 선우의 손길이 느릿하고 여유로웠다. 충분히 밀쳐내고 도망갈 수 있겠다 싶을 만큼. 하지만 이곳을 빠져나가지 못한다는 걸 안다. 이미 선우에게 손이 묶였다. 발목이라고 묶지 않을까. 바지를 내려 속옷이 드러나자 선우가 다시 나를 올려다보았다. 나를 일부러 빤히 쳐다보면서 속옷 위로 입을 맞췄다. 내게 수치심을 주려고. 처음 느껴보는 묘한 감촉이었다. 분명 끔찍하다고 느끼면서도 목뒤부터 이상한 느낌이 들며 열이 확 오르는 내가 혐오스러웠다.

"제발 그만 좀 해."

이제는 울며 애원했다. 이 순간만큼은 신께서 인간의 성욕을 모두 가져가버렸으면 싶었다.

집요하게 혀를 놀리면서 뱉는 선우의 신음이 여과 없이 그대로 새어 나왔다. 소선이 돌아와서 이 장면을 볼까 봐 무섭기도 했고 선우의 폭주가 어디까지 이어질지 장담할 수 없었다. 한참을 빨아대던 속옷을 벗겨내고 선우의 혀가 그대로 닿았다. 생경한 느낌에 몸 둘 바를 몰랐다.

선우의 혀가 움직일 때마다 마찰 소리가 생생하게 들려왔다. 바들바들 떨던 나는 선우의 머리를 조금 밀어냈다. 별 소득은 없었지만.

"그만…."

그러는 내내 선우는 이마에 주름이 잡히도록 나를 올려다보고 있었다. 내 반응을 보면서 더 흥분하는 건지 자꾸만 축축한 신음이 샜다. 그러면서도 손을 뻗어 가슴을 주물럭대고 빳빳해진 젖꼭지를 긁어댔다. 내가 혼절할 때까지 이 애무가 계속되려나. 정신이 아득해졌다.

"언니 올지도 몰라. 진짜야. 나 언니한테는 이런 모습 보여주고 싶지 않아. 제발 부탁이야."

내 말이 아예 들리지 않는 건지 선우가 소파 위로 나를 엎어뜨렸다. 부딪힌 무릎보다, 선우에 의해 함부로 취급당하는 내 모습이 더 아팠다. 내 엉덩이를 마주한 채 앉은 선우가 양옆으로 엉덩이를 벌렸다. 한동안 그것을 물끄러미 관찰하듯 바라볼 뿐 뭔가를 하진 않았다. 그게 더 불안하다고 생각하는 순간 선우가 내 어깨를 홱 돌려 자신을 마주 보게 했다.

"소선이한테도 이참에 제대로 보여주면 되지. 나 소원이랑 이런 것까지 할 수 있는 사이니까 앞으로 나한테 함부로 추근거리지 말라고."

내 말을 듣긴 들은 모양이다. 하지만 먹히진 않았다. 곧 바지를 벗은 선우가 내 위로 올라와 자리를 잡았다. 한쪽 발은 바닥에 디디고 다른 쪽 무릎은 소파에 괸 채였다. 자신의 것을 잡고 입구를 비비적거리던 선우가 그 위로 침을 떨궜다. 물기를 더하자 감촉은 더욱 노골적으로 바뀌었다.

"어떻게 해도 너를 가진 기분이 들지 않네. 네 잘못일까? 아니면 내 잘못일까? 응?"

곧 선우의 성기가 밀려들어 왔다. 난생처음 느끼는 고통과 정신적 한계가 나를 지옥으로 몰아넣었다. 살갗이 서로 부딪히는 소리가 들렸다. 선우의 숨결이 한계를 모르고 뜨거워졌고 움직임이 점차 빨라졌다. 선우가 몸을 움직일 때마다 소파와 함께 몸이 밀려났다. 맥없는 신음이 숨과 함께 입 밖으로 뱉어졌다. 눈이 점차 풀리는 게 느껴졌다.

레코드 가게에서 선우와 함께 들었던 이문세의 노래가 머릿속을 맴돌았다. 간질간질 설레던 그때의 우리는 이제 없다.

강간. 이건 명백히 강간이었다.

6

착각

질펀한 섹스가 연달아 계속되었다. 모든 행위가 끝나자 현실에서 도망치듯 졸음이 쏟아졌다.

혹시라도 소선이 집에 들어올 수 있으니 정사의 흔적을 치워야 하는데, 그럴 기운도 없어 까무룩 잠에 빠져들었다. 선우가 내 쪽으로 몸을 돌려 허리를 끌어안았다.

"야, 너네들 지금…."

잠에서 깬 건 소선의 목소리 때문이었다. 나체로 누워 잠이 든 나와 선우의 모습을 그대로 목격한 것이었다. 소선에게 나는 아직 이성과의 성적인 접촉을 알지 못하는 순진한 동생이었고 선우도 여전히 샌님 같은 이미지였으니 얼마나 충격적인 그림이었겠냐만, 그녀에게 더 충격적이었던 것은 아마도 자신이 마음에 두었던 선우 때문이었을 것이다. 하지만 애초에 그것은 소선의 일방적인 마음이었고 그마저도 선우의 재력 때문이었으니 애초에 선우와 소선은 애정 관계였던 적이 없다. 선우와 소선이 몸을 섞은 것은 소선의 망상에서만 일어난 일이니까.

"언니, 그게 있잖아."

하지만 나는 뭔가 죄지은 심정이 되어 이불을 끌어다가 서둘러 몸을 가렸다. 자동으로 변명하는 모양새로 말이 튀어나왔다. 하지만 혼란스러운 나와는 다르게 선우는 눈썹 하나 꿈틀하지 않았다.

'소선이한테도 이참에 제대로 보여주면 되지. 나 소원이랑 이런 것까지 할수 있는 사이니까 앞으로 나한테 함부로 추근거리지 말라고.'

오히려 자신이 했던 말을 실현할 기회라고 생각하는 걸까.

"하나뿐인 피붙이라고 생각했어. 선우 너도 평생을 함께할 내 짝이라고 생각했다고."

선우도 나도 아무런 반박을 하지 못했다. 나는 애초에 당황해서 말문이 막혀버렸고 선우도 소선의 병적인 망상에 말문이 막힌 듯했다. 소선은 히스테릭한 예술가처럼 방안을 부산스럽게 오가며 중얼거렸다. 내용은 뻔했다. 선우와 자신이 백년가약을 맺었는데 그 말을 철석같이 믿은 자신 몰래 친동생과 약혼남이 몸 정이 들어버려서 배신감이 든다는 내용. 즉석에서 입으로 써 내려가는 시나리오에 내가 정신병이 발병할 것만 같았다.

"어떻게 너희들이 나한테 이럴 수가 있어?"

선우의 마음이 소선을 향했던 적은 없었다. 지금도 본인은 유부남 남자친구를 만나고 들어오는 길이 아닌가. 그런데 소선은 정말로 자신의 약혼남과 친동생의 외도를 목격한 사람처럼 상처받은 얼굴을 하고 있었다. 큰 눈에는 눈물이 가득 고였고 꾹 다문 입술은 벌벌 떨리고 있었다. 내가 헷갈릴 지경이었다.

"언니, 제발 없는 얘기 좀 지어내지 마."

"없는 얘기? 이게 없는 얘기야? 너는 끝까지 나한테 희생을 바라는구나. 내가 어디까지 양보해야 해? 너 이렇게 이기적인 사람이었니?"

직접적으로 없는 얘기를 지어내지 말라고 말해도 소선의 거짓말은 견고했다. 소선은 조금의 흔들림도 없이 정교하게 거짓말을 짜냈다. 정말 거짓말쟁이는 소선이 아니라 내가 아닐까 싶을 정도의, 단단한 믿음에서 기반한 허언. 비련의 여주인공 행세를 하는 소선에 의해 나는 저절로 악역이 되었다.

"정신 차리고 내 말 좀 들어, 언니."

"더 들을 것 없어. 나는 네가 너무 싫어."

귀를 닫은 채 끝까지 제 할 말만 하던 소선이 집을 나가버렸다. 소선이 도대체 왜 이렇게 길길이 날뛰는지 알 수 없었다. 내가 잡을 새도 없이 집 밖으로 뛰쳐나가는 걸 보면, 내 해명 따위는 듣고 싶지 않다는 뜻이다. 소선은 제가 만들어 낸 거짓말이 정말 진짜라고 믿는 것 같았다. 소선은 놀라우리만치 연극에 능했다. 배우보다 더 천연덕스러웠고, 사람이 모여있다 싶은 곳이라면 눈물을 흘리며 동생이 내 약혼남과 외도했다며 여론몰이를 해댔다. 이 사건이 꼬일 대로 꼬여버린 내 잡초 같은 인생의 시작이 될 거란 것을 당시에는 짐작하지 못했다.

"어떻게 꼬실 남자가 없어서 제 언니가 만나던 남자를."

"보통이 아니야 정말."

"법적 처벌은 안 된대?"

"어지간히 사랑받을 데가 없어서. 쯧쯧."

친척 중에 그 누군가가 한 말이다. 그렇다면 친척들이 다 안다는 뜻이다. 사실이 아니면 됐다. 아무리 함부로 말을 한다고 해도 사실이 아니면 저런 혈뜯는 말들도 다 소용없다. 생각은 그렇게 하려고 했지만, 대놓고 가슴을 할퀴는 듯한 험담을 직접 듣는다는 것은 견딜 수 없는 고통이었다. 한동안 여기저기서 들려오는 서슬 퍼런 악담과 나를 강제로 탐하던 선우에 대한 정신적 충격을 견디며 학교로 출근을 했지만, 그마저도 며칠을 가지 못했다. 지독한 열병으로 드러누웠고 사흘 밤낮을 앓았다. 소선은 그마저도 내가 벌이는 쇼로 생각한 모양이다. 고열에 시달리는 동생이 아주 약 올라 죽어버렸으면 싶은가. 제 거짓말 때문에 마음고생하다 생긴 열병이라는 걸 알 리가 없는 소선은 나에게 사과를 요구하며 나를 어르고 달랬다. 일어나서 소선의 머리채라도 잡고 싶었지만, 이불을 걷어낼 힘조차 없었다. 며칠간 나에게 사과하라며, 헤어지겠다고 약속하라며 울고불고하던 소선은 목적을 달성하지 못하고 다시 집 밖을 나섰다.

"원래는 오늘 투자금 돌려받는 날인데, 오빠한테 그냥 안 줘도 된다고 했어. 너한테 느끼는 배신감이 나를 너무 힘들게 하니까."

말도 안 되는 소리를 지껄이면서 소선이 나갔다. 그 이후로 소선은 나타나지 않았다. 깨어 있는 게 싫어 잠을 잤다. 몇 시간이고 눈을 감고 있어도 잠이 안 올 정도로. 갑자기 서러움이 울컥 밀려들었다. 내가 뭘 그렇게 잘못해서 모든 사람이 내게 함부로 대하는 걸까. 나를 사랑한다고 해놓고선 한순간에 폭력적으로 돌변한 원희, 한때는 좋아했던 사람이었지만 원희와 다를 바 없이 나를 강제로 탐한 선우, 거짓말로 나를 모함하며 미워하는 쌍둥이 언니.

"흐어엉."

네 살배기 어린아이처럼 울음이 터졌다. 울 수 있을 때 울어야 한다고 생각하니까 더 크게 터져 나왔다. 그때 현관문이 철컥 소리를 내며 열렸다. 무언가를 들고 들어온 건 선우였다.

"백선우…?"

내 영혼을 강제로 찢어발긴 남자였지만, 그래도 아는 얼굴이라고 반가운 마음이 드는 나 자신이 바보천치 같았다. 지금으로선 유일하게 나를 찾아와 주는 사람이었으니까. 반가워서 눈물이 다 났다. 이런 마음도 아직 사랑인 걸까. 아니면 일말의 정이라도 남아 있는 걸까. 고열로 어지러운 와중에도 이런저런 생각의 끈은 끊어지지 않았다. 선우를 향해 팔을 뻗었다. 힘겹게 뻗은 팔 안으로 선우가 들어왔다. 겨울 냄새를 잔뜩 묻힌 채.

"죽 해왔어. 아플까 봐. 맛있을지는 모르겠다."

"어떻게 들어왔어?"

"일단 일어나서 먹어 봐."

그때도 지금도. 선우는 현관문을 직접 열고 들어왔다. 아파서 정신이 없는 와중에도 선우가 내 물음에 답을 회피하고 있다는 걸 알아챘다.

"일어나 봐."

선우가 나를 조심스럽게 일으켜 앉혔다. 하도 어르고 달래서 아기가 된 기분이 들었다. 선우는 소반에다 쌀죽과 백김치를 가지런히 놓고 숟가락으로 죽 윗부분을 걷어내 후후 불어주기까지 했다. 맛은 그냥 그랬다. 입안이 깔깔해서 잘 넘기지도 못했다. 아직 궁금증을 해결하지 못했던 게 이유였다.

"어떻게 들어왔냐니까? 왜 대답을 안 해줘?"

"그게 중요해?"

"중요해. 말해."

"그게."

선우가 눈알을 굴렸다. 할 말을 생각하고 있는 모양이다. 선우의 소매를 잡아끌자 시선이 딸려 온다. 심각한 내 표정을 보고 작심한 듯 입을 연 선우에게 기막힌 소리를 들었다.

"돈을 좀 쥐여줬어. 소선이한테."

"그게 무슨 말이야? 돈을 왜 줘?"

"소선이가 돈을 요구했어. 그래야 널 볼 수 있게 해준다고."

"그렇다고 해도 어떻게 돈을 줘? 그걸 받은 언니는 또 뭐야."

"어떡해, 그럼. 네가 걱정되는데."

"그럼 너 필요한 게 있을 때마다 소선이한테 계속 돈 줄 거야?"

선우가 입을 다문다. 대답하지 않는 걸 보니 계속 그럴 작정인가 보다.

"자기가 원하는 게 있을 때마다 돈을 달라고 할 게 뻔한데. 지금 금액에서 사채처럼 점점 액수가 불어날 텐데 그거 감당하고 살 거야?"

또 대답이 없다. 미련한 선우의 처사에 속이 터질 것처럼 답답했다. 돈으로 뭐든 해결할 수 있다고 생각하는 선우, 돈이면 뭐든 팔아넘기는 소선. 어찌 보면 너희 둘이 천생연분이다 싶다. 기가 막히던 찰나, 선우가 안주머니에서 돈뭉치를 꺼냈다. 굳이 세어보지 않아도 꽤 많은 액수임을 짐작할 만큼 두툼했다.

"이거 생활비로 쓰고 있어."

"나 돈 있어. 안 줘도 돼."

"소원이 너한테 쓰는 건 하나도 안 아까워."

금방까지 언니한테 돈을 준다고 타박까지 한 내가 염치없이 이 큰돈을 덥석 받는 것이 양심에 어긋나 내뱉은 말이었다. 내가 소선과 다를 게 뭐가 있나. 소선을 비난하는 것은 결국 누워서 침 뱉는 일이었다. 나 역시 속물이었다. 나한테 쓰는 건 하나도 아깝지 않다는 선우의 말이 가슴을 울렸다. 소선이 말하는 물주 같은 남자가 내 인생에도 생겨서일까, 아니면 모든 걸 바쳐 나를 사랑해 주는 남자의 등장이 벅차서일까. 그렇다기엔 선우와의 만남은 이제 좀 평온해질까 싶었던 인생이 다시 역동적인 협곡을 타는 카약 선수처럼 굽이치고 있는데. 알 수 없는 남자였고, 알 수 없는 내 마음이었다. 수줍은 얼굴로 다가와 순정을 말하더니 갑자기 돌변해서 내게 큰 상처를 주었다가 이제는 세상에서 가장 다정한 얼굴로 나를 걱정한다. 아무리 모든 사람에게는 양면성이 있다지만 선우는 유독 시시때때로 급변하는 사람이었다. 이렇게 돈으로 문지기를 매수해서라도 만나러 올 정도로 그에게 내가 가치 있는 사람일까. 아무리 생각해도 내게 집착하는 이유를 알수 없었다.

상황은 예상대로 흘러갔다. 선우의 돈맛을 본 소선은 선우가 내게 생활비를 주는 걸 귀신같이 알아채고는 그 돈을 자신에게 주라고 선우를 설득했다. 그렇게 하면 자신이 나를 돌보겠다는 말이었다. 선우는 순순히 소선에게 돈을 상납했다. 하지만 소선의 말을 곧이곧대로 다 믿을 정도로는 순진하지 않았던 모양인지 소선에게 주는 만큼의 생활비를 나에게도 따로 줬다. 집에 정말 돈이 나오는 화수분이 있거나, 나를 정말 사랑하거나. 둘 중하나겠구나 싶었다.

그날은 유독 격한 섹스가 이어졌다. 등 뒤로 포개어진 손은 선우에게 붙들린 채였고, 이부자리에 처박힌 얼굴이 밀리도록 박아대는 통에 허리가 다 뻐근했다. 선우는 말에 올라탄 기수처럼 내 엉덩이를 움켜쥐었다. 선우의 물기 어린 신음이 내 허리 위로 쏟아졌다. 이제 몸이 다 회복되었으니 다시 육체의 욕구만을 채워주는 관계로 돌아간 건가, 서운하면서도 서운한 마음이 드는 것은 사치인 사이라는 양가감정이 들었다.

"기다렸어. 네가 나을 때까지."

예고 없이 내 허리를 끌어당겨 안는 선우 때문에 나도 모르게 외설적인 신음이 튀어나왔다.

선우가 엉덩이 근육을 움찔거릴 때마다 나도 허리를 꿈틀댔다.

"아픈 모습도 야하더라 넌."

선우가 혀를 내어 귓바퀴를 핥고 귓불을 잘근잘근 씹어댔다.

"너무 오래 참았어. 참아주지 말걸."

컨디션이 아직 완전히 회복되지 않아 쉴 새 없이 밀려드는 선우를 받아주는 것이 버거웠다.

집 안에서 선우만을 기다리고, 선우가 주는 생활비를 받고, 지금처럼 짐승 같은 섹스를 받아주는 일이 창녀와 다를 게 없다는 생각마저 들 때쯤 선우가 부르르 몸을 떨었다. 내 위로 길게 누운 선우는 한참이 지나도 나를 가만히 끌어안고 있었다. 선우를 밀어내고 싶었지만 내 허리와 가슴을 단단히 끌어안고 있는 바람에 그 자세 그대로 숨만 고르고 있었다. 선우의 몸이 땀으로 흥건했다. 한참이나 지나 휴지를 뽑아온 선우가 정액이 빠져나올 때까지 휴지를 대고 있다가 정성스레 닦아주었다. 허리를 숙여 남은 것을 다 핥아주기도 했다. 선우는 만족스러운 듯 웃으며 내 볼에 짧게 입을 맞췄다. 이럴 때면, 왜 이렇게까지 남자친구 행세를 하나 싶다. 괜히 심통이 나서 그대로 눈을 감아버렸다. 선우가 이불을 끌어 올려 목까지 덮어주었다. 격렬한 정사 후에는 언제나 깊은 잠이 쏟아진다.

"소원아."

얼마나 잤을까. 아주 오랜만에 꿈도 꾸지 않은 단잠을 자고 일어났더니 해가 지고 있었다.

선우는 잠들 때와 같은 자세로 나를 지켜보고 있었다. 부스스해진 머리카
락을 만져주는 손길이 다정하다. 그 얼굴을 올려다보니 선우가 방긋 웃었
다. 어딘가 모르게 어색해진 표정이었다.

이 표정을 본 적이 있었다. 선우는 사랑을 고백할 때 항상 이렇게 표정이
굳었다.

"할 말 있는 거 알아. 얘기해."

"나하고 같이 살자."

"응?"

"반포에 집을 얻었어."

죽도록 미워하기도 했지만 그래도 몇 번이고 죽을 고비를 함께 넘겨온 자
매였다. 태어나서부터 쭉 소선과 붙어살았는데. 아니, 바람처럼 떠도는 소
선과는 같이 살았다는 표현이 무색한가.

잊을 만할 때쯤 한 번씩 집에 돌아오는 소선이지만 소선에게는 내가 필요
했다. 하지만 이번만큼은 나도 나 하나만 생각하기로 마음을 먹었다. 그저
내 행복만. 망상 속에 사는 소선은 하나뿐인 동생을 형부하고 배 맞추는
천벌 받을 몹쓸 인간으로 만들었다. 그런 언니를 계속 끼고 사는 것이야말
로, 선우를 능가하는 호구일 테니까.

"그래 좋아."

"정말? 정말이지! 승낙한 거야!"

"응."

저렇게나 좋을까. 어린아이처럼 좋아하던 선우는 이내 다시 덤벼들기 시
작했다. 다시 시작된 정사에 힘이 풀린 다리가 몇 번이고 휘청거렸다. 그만
하고 넣어달라는 외설적인 말이 내 입에서 튀어나올 줄은 몰랐다. 자세가
흐트러지는 걸 붙들어 준 선우가 일어나 바지를 내리고 입구에 귀두를 문
질렀다. 이제는 그 느낌만으로도 다음에 올 자극이 어떨지 예상이 갔다. 흥
분보다는 안도하는 마음이 들었다. 아, 이제 끝이겠구나. 그 마음 하나만으
로 밀려드는 선우를 잠자코 받아주었다.

나를 온전히 제 것이라고 생각했는지, 선우는 본격적으로 나에게 돈을 쓰기 시작했다. 섹스를 마치자마자 백화점으로 나를 데리고 가더니 명품 옷을 여러 벌 맞추고 주얼리까지 척척 걸어주었다. 명품 가방도 그에게는 우스웠다. 평생을 가난하게 살아서 돈 따라기로 살겠다는 내 신념을 완벽히 충족시켜 주는 그런 남자였다. 고결하고 온전한 사랑 같은 건 이미 원희와 선우 사이에 휘말리면서 포기했다. 사랑은 애초에 허상의 개념이다. 다들 사랑한다고 믿는 거지, 지나고 나면 아무것도 아닐 감정이다. 두 남자가 나에게 일깨워 준 교훈이었다. 대신 선우는 변치 않을 행복을 안겨주는 사람이었다. 돈은 사랑처럼 변색되지 않는다. 평생을 벌어도 만지지 못할 어마어마한 금액이 내 몸에, 내 어깨에, 내 귀에 걸쳐졌다. 평범함을 원했던 소박함은, 소박하지 않은 돈으로 차고 넘치게 충족되었다. 선우와 함께라면 평생을 주어도 아깝지 않을 만큼 내가 꿈꿔온 모든 걸 이룰 수 있었다. 원래부터 부자였던 것처럼 백화점에서 VIP 대접을 받았다. 사모님 소리도 쉽게 들었다. 거울 속의 나는, 내가 봐도 그늘 하나 없이 사랑만 받고 살아온 부잣집 영애 같았다. 그래, 이거면 됐다. 더 바랄 것도 없다.

"나는 있지. 널 만나서 행복해."
선우와 함께 거실에서 TV를 보던 어느 날, 대뜸 꺼낸 말이었다. 한 번씩 나는 이렇게 선우의 옆에 오래도록 있을 것처럼 굴면서 선우를 안심시켰다. 선우의 무의식에는 내가 언제든 떠날 것이란 불안이 감춰져 있었다. 평소에도 그랬지만 특히 섹스할 때마다 그랬다. 몇 번이고 나에게 물었다. 넌 내 여자야. 나는 널 이만큼 사랑하는데, 너는 어때? 내 옆에 영원히 있을 거야? 나는 그럴 건데. 그럴 때마다 나는 조용히 고개나 끄덕였다. 진심이 재채기처럼 튀어나올 것 같아서. 그럼, 물론이지. 너랑 있으면 사치스럽게 살 수 있잖아.
"얼마나 행복한데?"
"말해봤자 입 아파."
"그래도 네 마음이 내 사랑의 크기보다는 작을걸."

"나 집 가고 싶어. 예전 내 집."

또 대뜸 꺼낸 말은 선우를 긴장시켰다. 이건 내 나름의 생존 방식이었다. 선우의 마음이 식는 속도를 늦추기 위함이었다. 언제고 같이 있어 줄 것처럼 안아주면서도 언제든 떠날 사람처럼 구는 것. 역시나 선우의 눈빛이 대번에 변했다. 둥지가 부서져 망연자실한 어미 새를 보는 것 같았다.

"나 도망치듯 여기 온 거잖아. 내 물건 다 우리 집에 있는데, 계속 여기서 살려면 가져와야지."

"내가 다 새로 사줄게. 뭔데?"

"새로 사는 것과는 달라. 추억이 깃들어 있잖아."

선우의 어깨에 턱을 괸 채 선우를 올려다봤다. 한참이나 아랫입술을 깨물고 고민하던 선우는 꽤 초조해 보였다. 자신의 결말이 송원희처럼 될 수도 있다는 불안이 담긴 눈빛이었다. 나는 선우의 약점 그 자체였다. 나는 집에 가기 위해 선우의 바지 버클을 끌어 내리고 손을 넣었다. 선우가 나른하게 몸을 소파에 기댔다. 난 그렇게 얼굴에 선우의 정액을 뒤집어쓴 후에야 집으로 향할 수 있었다.

선우가 조수석 문을 열어주면 가만히 앉아있기만 하면 된다. 운전석에 올라탄 선우가 내 안전띠를 매준다. 그런 대접들을 당연하게 받아야 선우가 불안해하지 않았다. 40분쯤을 달려 도착한 집은 내가 떠나올 때의 모양과 크게 다르지 않았다. 석 달 만에 돌아온 것인데도 대문을 여는 것이 익숙하다. 코트 주머니에 넣어두었던 열쇠를 꺼냈다. 그때 나는 조금의 생경함이라도 느꼈어야 했다. 반쯤 들어간 열쇠가 더 들어가지 않았다. 체중을 실어서 밀어 넣어도, 강제로 돌려봐도 꼼짝하지 않았다. 소란스러운 소리에 문을 열고 나온 사람은 초면의 아가씨였다. 그때까지만 해도 소선의 친구인가 싶었다.

"누구신데 이렇게 남의 집을 열려고 해요?"

"무슨 소리예요? 여기 제 집인데요."

"아가씨야말로 무슨 소리야? 부동산 가서 확인시켜 줘?"

나 때문에 단잠을 깬 아가씨는 신경질적으로 방 안에 들어가 외투를 가지고 나왔다. 언뜻 보이는 집 안 풍경은, 내가 알던 모습이 아니었다. 이 집은 이사장님이 나를 위해 얻어준 집이었다. 아가씨는 나를 데리고 부동산 중개인을 찾았다. 설마. 부정하고 싶었던 현실은 실오라기 하나 걸치지 않은 진실이 되어 내 뒤통수에 주먹을 꽂았다.

"그때 그 언니가 집 팔았잖아. 몰랐어? 상의 된 줄 알았지. 아가씨 도장 들고 와서 계약했어."

"…언제요?"

"석 달 좀 안 됐어."

헛웃음이 나왔다. 내가 집을 떠난 지 얼마 지나지 않은 시점에 내 집을 팔아넘긴 것이었다.

우두커니 서 있는 나를 보고 부동산 아주머니가 혀를 끌끌 찼다. 그래 다 내 잘못이었다. 소선과 함께 살고 있긴 했지만 내 명의로 된 내 집이었는데. 다시 돌아올 소선을 위해 집을 처분하지 않고 석 달이나 비워둔 내 잘못. 동생 명의의 집을 함부로 팔아버린 소선은 상종 못 할 인간이었다. 울화가 치미는 대로 중개인에게 쏘아붙이고 싶었지만 그런다고 그 집이 다시 내 소유로 돌아오진 않는다. 아등바등 잘살아 보고 싶었던 마음과 치열한 내 청춘의 기록이 남아 있던 집은 바닷가에 지어 놓은 모래성처럼 허망하게 사라졌다. 또 한 번 소선에 대한 배신감에 하염없이 눈물만 흘렸다. 도대체 소선은 무슨 생각을 하고 사는지 도통 알 수가 없었다.

이를 악물고 다짐하듯 연신 중얼거렸다. 선우는 더 좋은 동네에 거처가 있지 않냐며 나를 달랬지만 지금의 사태는 전혀 다른 문제였다. 아무리 내가 돈에 환장한 년이라지만, 그 집에는 남다른 애정이 있었단 말이다. 그날 처음으로 알았다. 돈으로 해결할 수 없는 것도 있다는 것을. 선우는 웃돈을 주고서라도 그 집을 다시 찾아주겠다고 했고 더 좋은 집을 한 채 사주겠다고 했다. 하지만 그렇게 해서 집을 되찾는다고 해도 이 배신감은 씻겨 내려가지 않는다. 그간 아무리 나를 못살게 굴었다지만, 그래도 핏줄로 엮인 유일한 존재였다. 그게 뭐라고 이렇게나 아프고 서러웠다. 정말 이럴 줄 몰랐냐고 스스로에게 질문을 던졌다. 아니, 너무나도 내 언니가 했을 법한 짓이었다. 그래서 결국 또 내 탓이 됐다. 언니가 내 집을 팔아버리고 도망갈 거라는 생각을 왜 하지 못했니? 왜 또 언니를 방치해서 상처받고 말았니? 네 인생 사느라 언니에게 관심을 쏟지 못한 건 너잖아. 나를 향한 비난의 화살을 스스로 가슴 중앙에 꽂아대는 생각을 하며 눈물 흘렸다.

피폐한 나날들이 계속되었다. 그날 이후로 생각하기를 멈췄고 그랬더니 일상도 멈췄다. 눈을 떠도 누운 채로 시간을 보냈고 깨어 있는 게 괴로워서 눈을 감고 계속 잠만 잤다. 절절매는 선우는 온갖 산해진미를 내게 먹이려고 했지만 뭘 먹든 고무를 씹는 것 같았다.

"바람 좀 쐬고 올게."

"같이 갈까?"

"아니야. 혼자 갈게. 이따 한두 시간 뒤에 데리러 와줘."

충격에 빠진 내가 그나마 하는 활동이었다. 산책 내내 안절부절못하는 선우가 내가 혼자 나가고 싶어 한다는 걸 알면서도 같이 가자고 했고 그럴 때마다 나는 선우가 불안하지 않도록 시간을 정해주었다. 그러면 선우는 따라 나오려던 발걸음을 멈췄다. 선우는 좀처럼 밖에 나가지 않았다. 내 옆에 종일 붙어 상태를 살피고 어쩔 줄 몰라 했다. 그게 나를 숨 막히게 했다. 봄의 한가운데였다. 한강에 날아가는 원반을 물어오는 개와 자전거를 타는 남녀와 까르르 웃으며 비눗방울을 쫓아가는 아이가 풍경에 생동감을 불어넣고 있었다. 그 알록달록한 풍경 속에 나만 흑백이었다. 저렇게 진심으로 즐거워서 웃어본 적이 언제였던가. 아니, 있긴 했었나.

남들에게는 저렇게 흔해 빠진 행복이 나에게는 왜 이렇게 어려운 걸까. 저들도 사실 행복하지 않은데 이 순간만은 행복하고 싶어서 행복을 연출하는 걸까. 행복이란 뭘까.

"기분이 안 좋아 보인다, 소원아."

"……."

"무슨 일 있었니?"

반포에는 선우 외에 연고가 없다. 누군가가 정확히 내 이름을 부른다는 건 일부러 나를 찾아왔다는 것이다. 나를 부르는 목소리는 굳이 얼굴을 확인하지 않아도 알아챌 수 있는 사람이었다. 소름이 돋았다. 내가 여기 있는 걸 어떻게 알고 찾아왔을까? 지금도 풀리지 않은 수수께끼였다.

"연락 끊고 이렇게 아무도 모르는 동네에 도망 와서 살면, 내가 못 찾을 줄 알았어?"

원희였다. 뒷걸음질 치는 걸 곧바로 알아챈 원희가 내 손목을 낚아챘고 나는 있는 힘껏 소리쳤다. 그러나 원희는 들은 체도 하지 않았고 공원의 분위기는 너무나도 평화로웠다. 원희는 누구 하나 말리는 사람이 있다면 경찰도 한 대 올려붙일 것 같은 살벌한 표정을 짓고 있었다.

원희에게 끌려가면서도 눈에 보이는 사람마다 도와달라 부탁하며 소리쳤지만 아무도 이 일에 관여하지 않았다. 잘 알지도 못하는 사람들 일에 잘못 얽혀서 평안한 일상이 어그러지는 게 싫은 거다. 마치 영화 속의 불청객이 된 것 같았다. 이 그림에 어울리지 않는 얼룩처럼 나는 지워지고 있었다. 끌려가는 나를 못 본 척하는 사람들을 핏발 선 눈으로 돌아보았다. 하지만 이미 깨달은 바 있는 사실은, 나를 구원할 사람은 나뿐이라는 거였다. 나는 내가 지켜야 한다. 그걸 몰랐던 것도 아니면서 나는 이 세상에 뭘 얼마나 바랐던 걸까.

"이 되바라진 년. 네가 감히 내 아들을 떠나서 다른 놈이랑 살림을 차려?"

다시 그 감옥 같은 집으로 돌아왔다. 문을 열고 들어가자마자 원희의 엄마가 매섭게 손찌검을 했다. 폭력적으로 이곳까지 끌고 온 장본인인 주제에 원희는 나를 제 뒤로 숨기며 두둔했다.

"그만해. 이렇게 돌아왔으면 됐잖아."

네가 잡아 온 거지, 내 발로 돌아온 게 아니잖아. 그렇게 말하고 싶었지만 언제 폭력적으로 돌변할지 모르는 원희가 두려웠다. 선우와 원희 모두 나를 향한 소유욕이 있었지만, 기조는 달랐다. 선우는 나를 사랑하는 마음을 볼모로 삼아 의도대로 조종할 수 있는 사람이었지만 원희는 아니었다. 나를 짓밟고 망가뜨려서라도 제 곁에 두고 싶어 했다. 꽃을 화분 채로 가져오는 것과 꽃을 꺾어 손에 쥐고 있는 것은 엄연히 달랐다. 감금 생활이 다시 시작되었다.

누가 들으면 부럽다고 할지도 모를 일이었다. 재미 볼 수 있는 기둥서방이 둘이라니. 자조적으로 웃으며 입꼬리를 올려 봤지만 쓴웃음조차 나오지 않았다. 감정을 느끼는 뇌의 어느 부분이 고장 난 것처럼 무감각해져 갔다. 순응. 그래, 제일 간단하면서도 안전한 방법이었다. 그래서 원희의 그림자를 자처했다. 그건, 조금도 주체적으로 행동할 수 없다는 뜻이었다. 나를 인형이라고 생각해야 비로소 사는 것이 편안해졌다.

원희와 지내면서 말하는 법을 잊은 채 살아가고 있었다. 원희가 무엇을 해도 눈길조차 주지 않았다. 마음이 가야 몸이 가듯이 투명 인간 취급을 했다. 원희의 목소리가 거실을 울렸다. 갑자기 들린 고성에 이명까지 들렸다. 찬물을 끼얹은 듯 조용한 집에서 들리는 건 쿵쿵 뛰는 내 심장 소리뿐이었다.
"나 죽는 꼴 보고 싶어서 이래?"
"······."
"내가 네 앞에서 죽어야 내 마음을 알아줄까?"
"나 귀 안 먹었어. 소리 지르지 마."
혼자 일인극을 찍는 것처럼 부산스럽게 거실을 배회하던 원희가 부엌으로 향했다. 씩씩대며 돌아오는 원희의 손에는 칼이 들려 있었다. 이러지 마. 입에서만 맴도는 말은 떨리는 입술 밖으로 새어 나오지 못했다.
"너 때문에 이렇게 고통받느니 내가 죽는 게 낫지. 그게 너도 편하고 나도 편한 길이잖아. 안 그래?"
말릴 새도 없이 원희는 자신의 팔뚝을 세로로 그어버렸다. 칼끝이 길을 만드는 대로 터진 살갗이 피를 여러 갈래로 뚝뚝 흘려보냈다.

"악!"

사람이 칼에 베이는 걸 본 것은 처음이었다. 하긴, 검은돈에 휘말리지 않은 이상 누가 이런 개 같은 꼴을 보겠는가. 원희는 피를 뚝뚝 흘리는 쪽 손에 칼을 쥐었다. 반대쪽도 그으려는 수작이었다.

"그만 해!"

비명 같은 악다구니를 질러댔다. 그리곤 카메라 렌즈의 덮개가 덮인 것처럼 눈앞이 캄캄해졌고 기억이 없다. 눈을 떠보니 하늘색 담요를 덮은 채 누워있었다. 흰 가운을 입은 사람들이 바삐 오가는 광경, 지독한 소독약 냄새, 삐삐거리는 기계음 소리. 응급실이었다.

"일어나셨어요? 수액 다 맞기 전까지는 누워 계셔야 해요."

방금까지 죽음의 공포에서 허덕이던 나와는 달리 친절한 간호사의 안내는 평온했다. 그건 아마 피칠갑을 하고 응급실을 찾은 원희보다도 더 위중한 상태의 환자들을 숱하게 봐왔기 때문이리라. 내 옆자리에 누운 원희의 팔에는 붕대가 칭칭 감겨 있다.

"남편분 상처가 그렇게 깊지는 않아요. 그냥 긁힌 정도입니다. 봉합 수술 마쳤으니까 걱정하지 않으셔도 돼요."

잊고 있었다. 내가 느꼈던 건 죽음의 공포라기보단 죽임의 공포였다. 누군가 나 때문에 죽을 수 있다는 걸 깨달았기 때문이다. 모두의 안녕을 위해서는 순종하는 것만이 답이었다. 나를 잃은 선우는 어떻게 지내고 있을지 가늠조차 할 수 없었지만, 원희는 내가 없으면 진짜 죽을 수도 있다는 걸 오늘 나에게 보여줬다. 앞으로 또 언제 칼을 쥘지, 칼을 쥔 손에 얼마나 힘을 줄지 알 수 없는 노릇이었다. 스르르 눈을 뜬 원희가 옆자리에 누워 있는 나를 쳐다보았다. 언제 난리가 났냐는 듯 부드러운 미소를 짓고 있었다. 나를 바라보는 원희의 얼굴에 다 쓰여있다. '이제는 내가 뭘 제안하든 넌 거절할 수 없을 거다.' 고개를 주억거리자 원희가 웃으며 손을 내민다. 소름이 끼쳤다.

7

시작

선우가 보고 싶었다. 그게 이 집에서 감금당한 채 살아가는 생활로부터 도피하고 싶은 마음인지, 진심으로 선우가 보고 싶은 마음인 건지 알 수 없었다. 정확히 얘기하자면 선우의 돈이 그리운 거였다. 선우 덕에 풍족하게 생활할 수 있었던 때. 그래봤자 지나간 기억들은 다 찰나고 허상이다. 지금의 난 원희의 집에 갇혔고, 조금이라도 곁을 벗어나려고 한다면 정말 죽겠다고 염산을 마셔버릴지도 모른다. 나 때문에 원희가 죽어버리기라도 한다면 가슴 한복판에 원희에 대한 죄책감을 얹고 평생을 살아내야 할 것이다. 그건 살아도 사는 것이 아니다. 그래서 그리움을 죽였다. 차라리 이 상황을 받아들이고 순응하는 편이 나았다. 원희는 내가 진심인지를 알고 싶어 했고 술상을 차리라고 했다. 마주 앉아서 연거푸 술을 마시더니 내게 물었다.

"이제 나하고 같이 살 마음이 생긴 거야?"

나는 정말 진심인 것처럼 원희의 얼굴을 똑바로 마주하고 말했다.

"그래. 네가 내 운명인가보다. 결국 이렇게 너와 함께 있는 걸 보면."

거짓인 걸 들킬까 봐 조마조마하면서.

역시나 원희는 마음을 놓지 않았다. 잘 때도 손마디가 아프도록 깍지 껴 잡은 후에야 잠이 들었고 내가 화장실을 가려고 일어나도 신경을 곤두세 운 채 눈으로 나를 쫓았다. 밖에 나가는 일도 손에 꼽을 만큼 적었다. 원희 는 가게에 출근하는 날을 최소한으로 줄였고, 나갔다가도 집으로 한 번씩 돌아왔다. 원희가 가게에 출근하는 날이면 원희의 엄마가 나를 감시했다.

"요즘 날씨 정말 좋은가 봐."

유원지에서 가족들과 왁자지껄 떠드는 사람들의 모습이 뉴스 화면으로 나 오고 있었다. 원희의 어깨에 얼굴을 기댄 내가 먼저 운을 띄웠다. 원희는 나를 이곳에 가둔 이후로 창문조차 제대로 열지 않았다.

"한창 더울 때 아냐?"

"아직 6월이라 다닐 만한 정도 아닌가?"

"그렇긴 하지."

원희는 내 머리칼을 만지며 고개를 끄덕였다. 슬슬 본론으로 들어가기 위 해 침을 꿀꺽 삼켰다.

"나들이 가고 싶다."

"나들이?"

품에서 나를 떼어낸 원희가 나를 내려다본다. 다행히도 경계의 눈빛은 없 어 보였다. 원희가 생각에 잠겼다. 나는 조르듯 원희의 어깨에 입술을 댔 다. 어깨를 감싸고 있는 원희의 손을 내 가슴으로 내려 만지게 하면서.

"그래. 우리도 저렇게 나들이 가자. 카메라 갖고."

제 손이 닿는 곳을 내려다본 원희가 만족스럽게 웃으며 허락했다. 가슴이 출렁이도록 위아래로 흔들던 원희가 내 입술을 오물거렸다. 나도 장단을 맞춰 원희에게 입을 맞췄다. 허리에 원희의 손이 닿길래 간지럽다는 듯 자연스럽게 원희를 밀어냈다. 원희와 섹스를 하고 나면 어김없이 진이 빠졌다. 아프고 힘이 달렸다.

"한번 봐줬다."

"……"

"나가자. 데이트하자."

데이트. 원희에게는 로맨틱할지언정 나에게는 세상과의 면회와 다름없다. 옷장에서 골라 입은 옷은 그나마 노출이 적은 원피스였다. 선우가 사줬던 고가의 명품 옷들은 원희에게 갑자기 잡혀 오는 바람에 챙겨오지 못했다. 원희는 나에게 좋은 것들을 먹이고 좋은 옷을 입힐 돈이 없었다. 그래 이만하면 괜찮다고, 원래 이런 삶이었다고. 순응하고 살려다가도 한 번씩 비참해지는 이유였다. 삐뚤어진 사랑 때문에 가난의 구렁텅이로 나를 끌어들인 거나 마찬가지였으니까. 밖으로 나가자 부는 바람이 달았다. 당장 지나가는 아무나 붙들고 납치를 당했다고 살려 달라고 말할 수도 있었다. 하지만 오랫동안 동물원에 갇혀 살았던 사자처럼 도망치는 것이 무서웠다. 원희는 이미 나를 데리고 동사무소에 가 강제로 혼인신고를 했고 남편이 아내를 납치했다는 건 누가 들어도 말이 안 되는 소리였다. 납치했다면 이렇게 탁 트인 곳에 아내를 데리고 나들이를 올 리가 없지.

"날씨 너무 좋다."

"그러게. 나오길 잘했다."

원희의 허리를 꼭 안은 채 떨어지지 않았다. 그건 원희를 안심시키기 위해서이기도 했지만, 나의 불안을 잠재우기 위해서이기도 했다. 원희가 만족스러운 듯 내 허리에 팔을 둘렀다. 길들이기에 완벽하게 성공했다고 생각하는 모양이었다. 진짜 그런 걸까. 아닐 텐데, 아니어야 하는데. 벗어나고 싶으면서도 혼자가 두려운 내 마음이 뭔지는 나도 잘 모르겠다. 고물이나 다를 바 없는 원희의 차는 시동을 거는 데도 오랜 시간이 걸렸다. 운전하는 내내 똥차가 어쩌고 하면서 욕을 읊조리는 원희의 팔을 쓰다듬어 주었다. 원희는 핸들을 돌리면서도 내 손을 찾아 잡았다. 내가 내 발목을 올가미에 얽어매는 것 같다.

"오랜만에 외식할까?"

"정말? 나 밥 안 해도 돼?"

"매일 밥하는 것도 힘들잖아. 모처럼 밖에도 나왔겠다, 같이 외식하자."

"그럼 난 너무 좋지."

말꼬리를 늘여가며 애교를 부리곤 원희의 손바닥에 입술을 꾹꾹 눌렀다. 원희가 소리 내어 웃는 모습을 보고 나서야 마음이 놓였다. 길들여진 게 맞네. 그걸 깨닫자 마음이 울적해졌다.

"가평 쪽으로 빠져볼까?"

"어디든 좋아."

원희가 콧노래를 흥얼거리며 나와 맞잡은 손을 흔든다. 차는 강남 방면으로 향했다. '반포대교'가 적힌 표지판을 지나쳤다. 찰나였지만 선우와 꿈결 같은 시간을 보냈던 곳이었다. 곧 익숙한 동네 풍경이 눈앞에 펼쳐졌고 폭우를 만난 흙더미처럼 마음이 무너져 내렸다. 벗어나기를 포기하고 지금의 상황을 받아들이려 했던 모든 마음을, 결심을, 반포동의 풍경이 자근자근 짓밟았다. 그리고 그 자리 위로 선우와의 추억이 다시 움텄다. 눈물이 나는 걸 들켜버릴까 봐 바깥 풍경에 시선을 주었다.

"바람이 너무 시원하다."

부러 내뱉은 말에 목소리가 잘게 떨려서 혼자 놀라기도 했다.

"단풍 질 때도 이렇게 놀러 가자. 단풍 예쁘잖아. 은행 냄새 때문에 좀 그런가? 요령껏 피해 다니면 그래도 좀 괜찮지 않아?"

"그래. 그러자."

원희의 말에 대충 대꾸하면서 바람에 눈물을 식히던 때였다. 길을 걷고 있는 남녀 한 쌍이 눈에 들어왔다. 선우와 소선이었다. 손을 붙잡고 걸어가는 둘의 모습은 누가 봐도 사랑하는 사이였다. 나는 원희의 시선을 의식해야 한다는 사실도 깡그리 잊은 채 둘의 모습을 쫓느라 고개를 있는 대로 돌려 작은 뒷모습이 멀어질 때까지 쳐다보았다. 내가 본 마지막 광경이었다.

어떻게 그럴 수 있을까. 내가 떠나면 세상이 두 동강이 나기라도 할 것처럼 굴어놓고 본색이 드러난 건지 아니면 그냥 마음이 그 정도였는지. 나를 붙잡기 위해 자신의 밑바닥까지 내보이며 애원해 놓고 어떻게 내가 없는 틈에 소선이와 연애를 할 수 있지? 쌍둥이니까 비슷하게만 생기면 된다는 건가? 울분, 배신감, 황망함 온갖 뜨거운 감정들이 속에서 부글부글 끓었다. 다른 남자는 몰라도, 선우는 그러면 안 되는 거였다. 그것도 다른 여자도 아닌 나의 유일한 혈육, 쌍둥이 자매이자 나를 가장 힘들게 했던 소선이와.

"어때?"
"어?"
내가 분노에 치를 떠는 동안 원희가 나에게 뭔가를 제안한 모양이었다. 급히 손바닥으로 눈물을 쓸어내곤 원희를 향해 미소 지었다.
"우리가 이렇게 같이 산다는 걸 소선이에게 알려야지. 네 유일한 가족이잖아."
"으응."
"소선이한테 찾아가는 게 어떠냐고."
"…그래. 그러자."
"선우 그놈 소선이랑 사귀는 거 같던데 둘이 놀러 오라고 할까? 그때처럼 같이 비디오 보고 놀면 되잖아."
원희는 이미 알고 있다. 선우와 소선이 깊은 사이가 되었다는 걸. 그러니까 선우와 내가 가까이해도 괜찮을 거라고 판단한 거다. 저하고는 혼인신고도 했겠다, 뭘 더 어쩌겠냐는 거지.
소선과 짜고 공작을 펼쳤나 싶기도 했다. 도대체 뭐가 어떻게 돌아가는지 그때는 전혀 납득가지 않았다. 소선도 나처럼 돈만 많으면 어떤 남자든 상관없는 싸구려였으니까. 본인이 전혀 이성적인 매력을 느끼지 못하는 남자였던 선우와 기꺼이 살림을 차릴 만큼.

"그래."

"그럼 우리 들어가는 길에 장 좀 볼까?"

"응."

"그럼 뭐 만들지도 좀 생각해 놓자."

"응."

뭐라고 하는지도 모르고 그저 기계적인 대답과 함께 눈물을 삼켰다. 선우도 마찬가지였겠지만 나 또한 선우의 마음을 종잡을 수 없었다. 선우는 왜 소선을 택했을까. 왜 그래야만 했을까. 왜 하필, 소선이어야 했을까.

"소원아. 잘 지냈니?"

문을 열자마자 소선이가 요란하게 조잘댔다. 소선이 뒤에는 두루마리 휴지 세트와 큰 상자를 안고 들어오는 선우가 보였다. 넷이서 다시 만난 건 1년 만인 것 같았다. 선우와 소선을 불러 집들이를 하는 날이었다. 소선은 역시나 세상 좋은 언니인 것처럼 집안을 둘러본다. 신혼집이 너무 아늑하단다. 나를 의식하고 하는 말이었다.

"오랜만에 소원이 음식 솜씨 맛보는 거야? 나 소원이가 해주는 밥 너무 그리웠잖아."

소선이의 어떤 말이든 행동이든 다 비꼬아서 생각하게 된다. 선우는 나를 쳐다보지도 않았다. 원희하고 소선이만 기분이 붕 떠 있다. 아직 선우와는 풀어야 할 말이 남아 있었고 소선에게는 집을 팔고 받은 돈은 어떻게 했는지도 추궁해야 했지만, 모든 것들이 부질없게 느껴졌다. 모두의 평화를 위해 참아야 한다. 지금 이 상태가 누구도 다치지 않는 가장 평온한 상태처럼 느껴졌다. 하지만 이게 완전한 최선인지는 알 수 없었다.

"임신이네요. 축하드려요."

축하할 일이 맞나, 생각했다. 나보다 더 기뻐하는 산부인과 의사의 얼굴을 물끄러미 바라만 보았다. 머쓱해진 의사가 초음파상으로 보이는 아이를 가리켰다.

"별다른 이상 없이 건강합니다."

그래도 나는 기뻐하지 않았다. 내 인생은 이제 끝났구나, 생각했다.

"기쁘지 않으세요?"

의사가 물었다. 누가 보면 성폭행으로 원치 않은 아기가 생긴 줄 알겠다 싶게, 나는 웃지 않았다. 의사는 다시 머쓱한 표정으로 팔을 내렸다. 애를 가지면 섹스를 안 할 줄 알았는데 원희는 배가 불러오는 와중에도 은근슬쩍 키스하며 무릎 사이로 들어왔다. 먹은 게 마땅치 않아 힘이 달리는데, 그런 것까지 배려하기에 원희는 너무나도 자기중심적인 사람이었다. 맥없이 위아래도 흔들리며 섹스가 끝나기만을 기다렸다. 애 낳는 기계, 성욕 푸는 인형. 그런 기분이 들었다.

원희는 애가 태어나면 돈 나갈 데가 많다며 사업을 시작했다. 잠만 자고 바로 출근하는 나날들이 늘어났다. 그러느라 예정일보다도 더 빨리 양수가 터졌을 때 병원에 오지도 않았다. 그래도 제 엄마가 그간 고생만 하며 살았다는 걸 헤아리기라도 하듯 아이는 세상 밖으로 비집고 나왔다. 살갗이 벌건, 말 그대로 핏덩이 어린 생명이 내 품에 안겼다.

"고생 많으셨어요, 산모님. 예쁜 딸이네요."

따스했다. 안고 있는 건 나였지만 안겨 있다는 기분이 들 정도로 제대로 된 내 편 하나 없는 세상에 나타난 유일한 내 편이었다. 그런 마음이 들자 눈물이 고였다. 이 아이가 원하는 것이라면, 그게 범죄라도 기꺼이 할 수 있겠다는 생각이 들었다.

원희의 사업이 내리막길을 걷고 있다는 건 임신 6개월쯤부터 알고 있었다. 나를 위해 작은 간식이라도 사 들고 오던 게 그 무렵부터 끊겼다. 사실 원희가 하는 일에 관심도 없었다.

몸이 무거워 섹스하자고 달려드는 원희를 받아줄 수 없을 즈음부터, 자기와 자주지 않는다는 이유로 심술을 부리는 것인 줄 알았는데 만삭에는 가져다주는 생활비가 아예 없어 눈치를 챈 것이다. 무슨 사업을 하면 돈을 날려 먹기만 하는지, 원희는 집 보증금마저 모조리 탕진해 버리고 말았다.

어쩌면 이때쯤부터 원희와 끝내야겠다는 마음을 가졌는지 모른다. 당장 길바닥에 나앉게 생겼고, 남편이라는 사람은 자취를 감췄다. 이쯤 했으면 나도 할 만큼 한 거 아니니? 원희에게 묻고 싶었다.

"여보세요?"

어쩔 수 없었다. 애정 관계고 뭐고 일단 살고 봐야 했다. 아니, 살리고 봐야 했다. 지갑을 뒤적여 용케 동전을 찾아내 공중전화 부스를 찾아 들어갔다.

"소원아?"

"언니, 나야."

품에 안은 아이가 울기 시작했다. 아이의 감정은 고스란히 엄마에게도 전달되었다. 만들고 싶지 않았던 그림을 나 스스로 연출하고 있다는 사실이 서럽고, 자존심 상했다.

"네가 어쩐 일이야? 임신했다는 소식은 들었어."

"……."

"나올 땐 한참 지났으니 낳긴 한 것 같고."

"응. 딸이야."

조금은 꽁한 말투였지만, 소선은 자신의 방법대로 나에게 안부를 묻고 있었다. 눈물이 나는 걸 보면, 오랫동안 정에 굶주려 있었나 보다.

"언니, 나 집이 없어. 갈 곳이 없어."

설움과 함께 눈물이 터져 나왔다. 소선에게 대충 나의 상황을 설명해 주었다. 말하면서도 소선이 알아들을 수 있을까 싶을 정도로 목소리가 짓뭉개졌다. 소선은 어쩐 일로 아무 말 없이 듣고만 있었다. 엉엉 울고 싶은 마음을 가다듬고 소선의 대답을 기다렸다.

"돈 입금해 줄게."

"……."

"울지 말고 일단 생활하고 있어. 애는 무슨 죄니? 송원희는 도대체 뭐 하는 거야? 마누라하고 아기가 있으면 정신 똑바로 차리고 살아야지, 이게 무슨 꼴이니?"

따박따박 조리 있게 내 남편을 나무라는 소선은 과연 친언니가 맞았다. 의지할 가족 하나 없는 인생인 줄 착각하며 살고 있었는데, 나한테는 소선이가 있었다. 그걸 깨달아서 터져 나오는 눈물은 도통 멈춰지지 않았다.

"그만 울라니까. 마음 아프게 왜 자꾸 울어."

"응. 미안해, 언니."

"미안해하지도 말고. 뭐가 미안하니?"

"응. 고마워, 언니."

나는 참 손쉽다. 점차 두터워져 가는 언니의 가면을 깨지 못해 미치기 일보 직전이었으면서 전화 한 통에 곧바로 언니를 다시 사랑하게 되어버렸다. 이러니 소선이 나를 계속 등쳐먹지.

울면서도 그런 회의감이 들었지만, 그럼에도 눈물은 멎지 않았다. 따뜻한 목소리, 내 편이 되어주는 말 한마디. 그런 것들이 얼마나 그리웠던가. 망망대해에 혼자 남겨진 것 같은 기분으로 살아왔으니, 그럴 수밖에 없다.

"나 이제 끊을게. 시간 너무 잡아먹었어. 이거 공중전화거든."

"소원아."

다급하게 이름을 부르는 목소리에 다시 수화기를 귀에 붙였다.

"어디 갈 건데, 집이 없다며."

"……."

"어? 갈 데 있냐고."

"그건 아직…."

"그럼 그냥 우리 집 들어올래?"

나를 걱정하는 마음이 진심이라 해도 집으로 들일 거라는 생각은 하지 않았다. 내가 집으로 들어간다면 선우와 한 공간에 있게 된다. 혹여나 마음 깊은 곳에 잠들어 있던 선우에 대한 마음에 다시금 불씨가 붙으면 어떡하지. 그렇게 된다면 그땐 정말로 인생 전체가 휘청거릴지도 모를 일인데. 어쩌면 소선이 나를 집에 들이는 것을 불안해하지 않을 만큼 선우가 확신을 줬을지도 모른다. 그래서 둘의 관계가 견고할지도. 그걸 지켜보는 일은 고통스럽겠지만, 나만 참으면 최소한의 의식주는 보장받을 수 있지 않을까. 잠든 딸을 내려다보았다.

"못 들었어? 우리 집 들어오라고."

"알았어."

"애 데리고 택시 타고 와. 택시비 들고 나갈 테니까."

고개를 끄덕이곤 바로 수화기를 내렸다. 짐을 챙기는 와중에도 아기는 왕왕 울어댔다. 이 아이를 위해서라면 내 마음 다치는 것쯤이야. 관계가 산산이 부서지는 것쯤이야. 눈물을 손등으로 우악스레 훔치곤 우는 아기를 얼렀다. 저 멀리서 택시가 오는 것이 보였다.

8

불꽃

"꼴이 이게 뭐야! 나 속상하게 진짜."

다시 선우의 집이었다.

짐을 받아 드는 소선은 날 안쓰럽게 바라보며 양팔을 쓰다듬어 주었다. 내가 묵을 방은 마치 5성급 호텔 객실처럼 깔끔하게 정리되어 있었다. 침대는 나와 아기가 눕고도 공간이 한참 남을 정도로 커다랗다. 그래, 과거의 감정이야 씻겨 내려간 지 오래다. 이런저런 걱정은 오히려 사치였고 당장 오늘이라도 이런 안락한 곳에서 딸을 재울 수 있음에 감사해야 했다.

"나랑 지애랑 어떻게 살지 막막했었어. 언니 고마워."

"아기 이름이 지애라고?"

"응."

소선이 내 품에서 지애를 데려갔다. 목을 받쳐 들고 연신 지애야, 지애야 이름을 부르며 어르는 것이 제법 능숙하게 아기를 다룰 줄 알아 보였다.

택시를 타고 반포로 가는 길에도 엉엉 우느라 퉁퉁 부은 눈으로 내 딸을 안은 소선을 향해 웃어 보였다. 처음 보는 조카에게 정신이 팔려있던 소선이 뒤늦게 내 시선을 느끼곤 치이, 하는 소리와 함께 나를 흘겨보았다. 그 눈빛에는 왜 이제야 자신을 찾아왔냐는 섭섭함이 서려 있는 듯했다. 그때 소선의 뒤로 선우가 걸어 들어왔다. 내가 알던 그 모습 그대로였다. 심장이 덜컥 내려앉았다.

"소원이 아기야? 예쁘네."

"그럼. 우리 집 유전자가 얼마나 대단한데. 우리 할머니가 얼마나 예쁘셨는지 모르지?"

대답을 한 건 내가 아니라 소선이었다. 손가락으로 조심스레 아기의 볼을 만져보는 선우는, 앞으로도 나를 쳐다보지 않을 것 같다.

소선은 역시나 부잣집 사모님처럼 지내고 있었다. 따로 가정부를 뒀기에 집안일을 할 일이 전혀 없음에도 매일 전신 마사지를 받으러 나갔고 백화점에서는 갖가지 명품을 사들였다. 기분 전환을 위해 헤어스타일도 자주 바꿨다. 머리를 아무렇게나 틀어 올린 채 목이 늘어난 옷을 입고 딸에게 분유를 물리는 나와는 정반대의 모습이었다. 소선은 마치 TV에 나오는 우아한 영화배우처럼 아름다워 보였다.

"선우야! 나 백화점 간다."

"어."

선우가 들어간 욕실에 대고 소선이 외쳤다. 선우의 허락은 애초에 중요하지 않았다는 듯 소선은 대충 질문만 던져 놓고 곧바로 문밖으로 나갔다. '저 자리가 내 자리였어야 했는데.' 같은 마음은 이제 더 들지 않았다. 내게는 지켜야 할 딸이 있었다. 딸이 커가는 모습을 보는 것만으로도 충분하다. 졸린 눈을 비비던 지애가 품 안으로 파고드는 모습을 보면서 다시금 다짐했다. 이 아이만큼은 나처럼 살게 하지 않으리라.

"소원아."

욕실 스위치를 끄는 소리가 들림과 동시에 비누 향이 퍼졌다. 등 뒤에 선우가 서 있다는 걸 인지했지만 부러 대꾸하지 않았다.

"우리 지애, 졸려?"

딸에게 신경을 쏟으며 선우를 무시하려 애썼다.

"소원아, 나 좀 봐봐."

그때였다. 선우가 뒤에서 와락 나를 끌어안았다. 갑작스럽게 선우의 벗은 몸 안에 갇히게 된 나는 빠져나오려 버둥거렸다. 그러나 선우는 좀처럼 힘을 풀지 않았다. 이제 와 뭘 어쩌자고 이러는 걸까.

"이러지 마. 지애 재워야 해."

우린 이미 끝난 사이라는 말부터 해야 했다. 우리가 끝난 인연이라는 건 선우도 알고, 나도 아는 사실이었으나 다시 한번 말로 우리의 관계를 정확하게 정립하지 않았던 것이 화근이었다.

"소원아, 너무 보고 싶었어. 안고 싶었고."

"하지 마, 싫어."

"이렇게 키스하고 싶었어."

선우의 입술이 목뒤에 닿았다. 그 잠깐의 입맞춤은 나를 잠시 그때 그 순간으로 데려다 놓았다. 그래, 너무나도 그리웠던 순간이었다. 당장 아기를 내려놓고 이 남자를 다시 마주하고 싶을 만큼. 하지만 그건 배은망덕하고 천벌 받을 짓이었다. 도리를 아는 인간이라면 그래선 안 되는 것이다.

"소선이를 선택한 건 너잖아. 이제 와 이러는 이유가 뭐야?"

"네가 그리서워 그랬어. 조금이라도 너와 연관되고 싶어서."

"그게 말이 돼? 웃기는 소리 그만해."

"소선이 하고 동거하면, 너를 볼 수 있을 것 같았어."

"이거 놔."

"이렇게 볼 수 있어서 얼마나 좋은지 몰라."

선우는 날 끌어안고 헐떡거리며 나를 성적 충동에 끌어들이려 갖은 수를 썼다. 선우의 손이 자꾸 아찔한 곳을 배회했다. 이래서는 안 된다. 선우의 얄팍한 유혹과 이 상황이 황당하기만 하다. 그런 생각을 하면서도 조금씩 선우에게 흔들리는 내가 싫어졌다. 다 잊었는데, 선우가 소선의 곁을 택한 그 순간부터 마음에서 지워야 했는데 왜 나를 흔드는 걸까. 그때도 지금도 선우의 말과 행동을 이해하기 힘들었다.

"나 지금 네가 너무 그리워서 미칠 것 같아. 널 안고 있는데도 네가 그리워."

선우는 이제 단단하게 선 자신의 성기를 등 뒤에 비비고 있었다. 등 뒤에 뜨거운 액체가 뿌려지는 느낌이 들었다. 나는 그게 뭔지 알 것 같았다. 나는 왜 선우가 이런 짓을 하도록 가만히 뒀을까. 이유는 내가 더 잘 알고 있다. 사실은 나도 같은 마음이라서. 혀를 콱 깨물고 죽어버리고 싶은 심정이 됐다.

"에그머니나."

탁, 걸레 떨어지는 소리가 들려 뒤를 돌아보니 가정부 아주머니가 입을 틀어막은 채 서 있었다.

"이모님, 아무것도 못 보신 겁니다."

"아…. 네. 알겠습니다."

"부탁드릴게요."

부탁드린다는 정중한 말과 달리, 태도는 그렇지 않았다. 아주머니가 황급히 다른 곳으로 사라졌다. 난 그제야 팔을 들어 휙 선우를 밀쳐냈다. 지애가 더 큰 소리로 울어댔다. 그러자 선우도 더는 나에게 달려들지 못했다. 하지만 그날 이후로 더 신경을 쓰게 되는 쪽은 나였다.

선우는 그날 정액을 뿌리면서 나에게 남은 미련까지 다 배설했다는 듯 굴었다. 선우가 정말 아무렇지도 않다는 듯 말을 걸어오기 시작한 것이다. 심지어 나를 '처제'라고 부르기까지 했다. 형부라는 호칭을 써서 벽을 세운 건 내가 먼저였음에도, 선우가 나를 처제라고 부르니 기분이 묘하게 좋지 않았다.

"원희야, 네가 여긴 어쩐 일이냐?"

지애를 재우고 나서 깜빡 낮잠에 빠져들었을 때였다. 선우의 목소리가 내 남편의 이름을 불렀다. 내가 선우의 집에 기거한 지 꼬박 3개월이 지난 후였다.

"너 어디 갔었어? 마누라랑 딸 두고 어디 갔었냐고."

지애가 듣지 않게 방문을 닫은 다음 원희에게 달려가 따졌다. 하루가 다르게 크는 아이의 성장 과정을 지켜보지도 못할 정도로 매달려야만 유지되는 사업이라면 해야 할 필요가 있을까.

"왜 이래? 왔으면 됐잖아."

"연락 한번 없었던 사람의 태도야, 그게?"

"나 머리 아프다. 그만 찡얼거려!"

"뭐? 그게 지금 할 소리야? 도대체 그동안 어디 있었냐고!"

"야!"

원희가 버럭 화를 냈다. 소리를 지르는 원희의 목구멍에서 술 냄새가 났다. 최악이었다. 같이 살자고 납치까지 감행하고 아기까지 낳게 해놓고 일말의 책임감조차 없는 모습에 화가 났다.

"넌 지애 아빠야. 지애 키울 돈을 가져오지는 못할망정 빈털터리로 와서 이렇게 행패 부리는 게 지금 말이나 돼?"

"그놈의 돈, 돈, 돈! 나는 그냥 너한테 돈줄이지? 씨팔!"

돈을 한 번도 제대로 가져다준 적이 없는데 돈줄 타령하는 게 우스웠다. 돈을 가져다주지 않으니 자꾸 돈타령하게 되는 건데. 말이 통하지 않으니 자연스레 전의가 상실되었다. 원희와의 짧은 결혼 생활을 정리해야겠다는 생각이 확고해졌다.

"그만해, 원희야. 아기 있잖아."

선우가 원희를 만류하자 원희의 눈이 뒤집혔다.

"하, 안소원이 무슨 네 첩년이라도 되냐? 너도 행동 똑바로 해, 이 새끼야."

"무슨 말 하는 거야? 나 선우한테 형부라고 하고 선우도 나한테 처제라고 해."

"이 쌍년아. 그래, 너 백선우한테도 다리 벌려주면서 살려고 이 집구석에 다시 왔지?"

술에 취한 원희는 차마 입에 담기 힘든 망언을 뱉어댔다. 원희를 선택한 것이 내 의지였더라면 이런 말을 들어도 억울하지나 않았을 텐데.

"미친 소리 그만해. 세상에 어느 가장이 갓난쟁이 아기를 길바닥에 나앉게 해? 내가 자존심 다 버리고 언니한테 전화해서 이 집에 들어올 동안 당신은 뭐 했는데? 그래, 당신은 새우잠이나 잘 수 있는 사무실이라도 있었지. 나하고 지애를 사무실에 데려가 재울 생각이나 했어? 그런 적도 없지? 그냥 너 살기만 급급했지?"

처음으로 원희에게 큰 소리를 냈다. 선우도 옆에 있고 여차하면 가정부 아주머니가 경찰에 신고해 줄 수 있을 것 같아 무턱대고 소리를 질렀다. 언제나 순종적이었던 내가 돌변한 모습을 보고 원희도 당황했는지 한동안 말을 잇지 못했다. 그 틈을 타 선우가 나를 제 등 뒤로 숨기며 원희의 손목을 잡았다.

"너 잘한 거 없어. 이러지 말고 여기 앉아서 얘기하자."

원희의 눈이 다시 돌아간 건 선우의 말 때문이었다.

"너희 둘이 뭔 일 있었지? 내가 생각하는 그거 맞지? 이 더러운 연놈들. 그래, 네 둘째는 선우 씨 받아서 낳겠다, 그렇지? 어?"

"말 가려서 해."

"나는 뭐 딴 여자 못 만나서 이러는 줄 알아? 나도 여기저기서 한 번만 자 달라고 비비는 년들 차고 넘쳤어. 애 낳느라 살 쪄지고 얼굴에 분칠도 안 하고 집에서 애나 보고 있는 지지리 궁상 하고는 비교도 안 되게 빵빵한 년들이 얼마나 많은데."

"송원희!"

결국 선우가 큰 소리를 냈다. 그러자 원희가 선우의 얼굴에 주먹을 꽂았다. 소스라치게 놀란 나는 자리에 주저앉고 말았다. 새빨갛게 달아오른 선우의 얼굴과 터진 입에서는 피가 새어 나왔다. 난 왜 또 이런 거지 같은 상황에 놓였을까. 눈물이 볼을 타고 흘렀다.

"아, 저년 우는 거 보니까 알겠다. 너희 둘이 잤지? 그년들이 자자고 할 때 오

케이 안 했으면 억울해서 뒈질 뻔했네."

"내 딸 양육비나 내놓고 꺼져."

"어쩌냐? 노름에 다 쏟아부어서 줄 돈 없는데."

"당신 사업자금 없어서 집 보증금도 다 뺐잖아. 근데 무슨 돈으로 노름을 해?"

"돈이야 만들면 만들어지는 게 돈이지."

"지금 빚졌다는 거야?"

"그럼 도박 말고 내가 돈 나올 구멍이 어디 있냐? 네 구멍에 손 넣으면 돈 나오냐?"

원희는 딱 본인 수준에 맞는 저급한 말들을 쏟아부었다. 사업은 이미 물 건너간 지 오래고 그간 도박장을 전전하며 온갖 여자들과 불륜이나 저지르며 살았던 거다. 그래 놓고 내가 선우의 집에 들어와 있다는 사실 하나에 이렇게 달려와 난장질을 하고 있다.

원희는 더 이상 사람이 아니라 괴물 같았다. 어차피 태어나면 죽을 목숨 아닌가. 지금 죽거나 병들어 죽거나 이 괴물을 처치해 버려야 내가 살 것 같았다. 그래, 내가 오늘 끝장을 내줄게. 귀신 들린 사람처럼 주방을 향해 걸어가 칼을 들었다. 나 아니면 죽겠다고 칼 들고 쇼했을 때, 그래. 그때 죽게 됐어야 했던 건데. 나는 곧장 원희에게 달려들었다. 칼끝이 원희 몸에 닿으려는 순간 원희가 나를 강하게 밀쳐냈다. 거실에 유리 탁자에 몸이 부딪히면서 유리가 산산조각이 났다. 곧 대리석 바닥이 피로 물들었다.

"나가! 당장 나가! 아주머니 뭐해요? 얼른 경찰에 신고하지 않고!"

아주머니가 화들짝 놀라 수화기를 들었다. 이미 원희가 법적으로 엮인 문제들은 수없이 많았다. 원희는 이를 바드득 갈며 자리에서 돌아섰다. 원희에게 맞은 채 주저앉아 있던 선우가 보였다.

"괜찮아? 미안해, 나 때문에."

"괜찮아."

"뭐가 괜찮아. 나 때문에 맞기까지 했는데."

선우의 팔을 목에 둘러 일으켜 세웠다. 아주머니가 문을 닫으려고 손잡이를 잡는 찰나에 문밖의 풍경을 보고 하마터면 소리를 지를 뻔했다. 소선이 문밖에 온몸을 부들부들 떨며 서 있었다.

"잤다고? 나 몰래 너희 둘이?"

원희만큼이나 소선이 예민한 주제였다. 백선우와 나. 소선은 원희가 아무렇게나 내뱉은 말을 사실이라고 믿는 모양이었다. 선우를 두고 집을 나가 다른 남자친구와 살림을 차린 쪽은 소선이었지만, 나는 다시 언니가 부재한 동안 형부와 붙어먹은 배은망덕한 인간이 되어있었다. 소선은 내게 해명할 기회도 주지 않았다. 곧 주변에 헛소문이 퍼졌다. 그래, 그간 정에 속아 까맣게 잊고 있었다. 소선은 언제, 어떻게든 나를 망가뜨릴 수 있는 사람이었다.

"언니 남편을 뺏어? 뺏을 게 따로 있지."

"어떻게 지 언니가 그렇게 잘해줬는데 은혜를 원수로 갚아? 천벌 받은 년이지."

대놓고 귀에 들리게 욕을 해대는 것은 어딜 가나 마찬가지였다. 이젠 두 번째라고, 그래도 면역이 생겼다. 실컷 떠들어라. 난 내 원수만도 못한 남편의 빚더미에 같이 휘말려 허덕이는 것만으로도 정신 붙잡기 바쁘니까. 소선이 처음으로 나에 대해 헛소문을 퍼뜨렸던 그때처럼 집에 마냥 갇혀 있을 수는 없었다. 아이가 생기니까 무탈하게 잘 크는지 주기적으로 검사해야 했고 그러려면 병원을 가야 했다. 날 언제 봤다고 뭔 년이라느니, 뭘 팔았다느니 하는 얘기를 들으면 달려가 뺨이라도 올려붙이고 싶었지만, 우리 아기에게 못 볼 꼴을 보이는 짓을 굳이 하고 싶지는 않았다. 내 아이는 좋은 것만 보고 자라야 한다. 나처럼 크게 할 수 없다.

"선우야."

"……"

"미안해."

문을 열고 들어가자마자 사과부터 한 건 집안 꼴이 난장판이었기 때문이다. 원희에게 돈을 빌려준 고리대금 업자들은 한 번씩 이곳을 찾아와 선우의 집을 쑥대밭으로 만들어 놓았다. 내가 머물고 있다는 이유로.

"나랑 아주머니랑 같이 치울게."

"아니야. 나 때문에 자꾸 이렇게 찾아오는 거잖아."

"됐어. 너 다쳐."

선우는 빗자루를 들고 허리를 숙여 유리 조각을 쓸어 담았다. 내색은 하지 않으려 노력하는 것 같지만, 가정부 아주머니가 날 보는 시선이 썩 곱지 않다는 것을 알고 있다. 나라도 그랬을 테지. 계산 하나는 확실한 선우가 보너스를 두둑이 챙겨주었겠지만, 매번 이런 험한 꼴을 보는 것에 진절머리 났을 터였다.

"나도 치울 수 있어."

"지애 데리고 방에 들어가 있어."

그걸 알아서, 이 집에서 고개를 들고 다닐 수가 없는데 선우는 왜 이렇게 자꾸 나를 과보호하는지.

"내 마음 편하려고 치우겠다는 거야. 이것마저 못 하게 하면 나 아무것도 할 수 있는 게 없단 말이야. 내가 무슨 인형이야? 아무것도 안 하고 가만히 있어야 해?"

"그런 말이 아니야, 소원아."

지겹다. 이리저리 치이면서 눈칫밥 먹는 것도, 또 그 화살을 괜히 선우에게 돌리는 나도. 그냥 내가 나갈게. 그렇게 성질대로 질러버리고 그 길로 당장 짐 싸서 나갈 수 있으면 얼마나 좋을까. 하지만 내 명의까지 사용해 사채를 쓰고 도박과 유흥에 미친 송원희가 빚을 갚을 리가 없었다. 이대로라면 나는 계속 마이너스일 테고, 매달 월세조차 감당하기 힘들 터였다. 결국 오늘도 내가 할 수 있는 건 조용히 방 안에 들어가는 것뿐이었다. 지애가 품 안에서 나를 올려다봤다. 눈에 티끌 한 톨 들어가는 일조차 없게, 행복하기만 했으면 좋겠는데. 그 와중에 고리대금업자들이 돌아가고 난 뒤에 귀가했다는 게 안심이 되었다. 어릴 때부터 고성과 소란에 노출되면 작은 소리에도 깜짝깜짝 놀라는 어른으로 자란다. 경험담이다.

"지애야. 우리 병원도 다녀왔으니까 맘마 먹을까, 맘마?"

눈물이 고이는 걸 꾹 참은 채 아이를 향해 웃으며 입으로 똑 소리를 냈다. 배고팠던 아이가 젖병을 찾아 힘차게 빤다. 그래, 앞으로 이렇게 씩씩하게 만 자라줬으면 좋겠어. 엄마는 더 바랄 게 없어. 지애의 작은 손등을 엄지로 어루만지다 그 위로 입술을 묻었다.

내가 아는 모든 이들에게 퍼지는 헛소문에도 타격이 없는 나를 대하는 소선의 태도는 늘 똑같았다. 백화점에 다녀오는 날이면 늘 내 걱정뿐이라며 온갖 고급 아기용품들을 사 들고 들어왔고 가끔은 화려한 문양의 스카프를 내 목에 둘러주기도 했다. 애 엄마라고 예쁘지 말란 법 있냐면서. 하지만 그런 소선의 행동에 나는 더 악녀가 되었다.

'저거 봐. 언니가 저렇게까지 동생을 아끼는데 어떻게 형부랑 그렇고 그런 짓을 해?'

'보니까 오늘도 언니가 아기 옷 사 가던데.'

'귀신은 뭐 하나. 저런 거 안 잡아가고.'

잠깐 바깥에 마실이라도 나가려고 하면 나를 흉보는 소리가 따라붙었다. 의도했든 아니든 상황은 소선에게 더욱 유리하게 돌아갔다.

"언니, 제발 하나만 해."

짙은 향수 냄새를 풍기며 집에 들어와 하이힐을 벗는 소선은 참 아름다웠다. 그래서 더 괴로웠다. 저 아름다운 껍데기와 나긋한 말씨로 동네 사람들을 선동해 하나뿐인 동생을 못살게 구는 게.

"응? 나 뭐 잘못했어, 소원아?"

또, 나만 이상한 사람 만드는 저 표정. 지긋지긋하다.

"날 대놓고 미워하든가, 아니면 정말 나를 위한 언니로 살든가! 둘 중 하나만 하라고. 언니가 내 얘기를 안 좋게 하고 다니는 거 내가 모를 줄 알아?"

"소원아. 내가 무슨 안 좋은 소리를 하고 다녔다고 그래?"

"내가 동네를 떠나길 바라는 사람처럼 있지도 않은 얘기를 퍼뜨리면서 내 선물은 왜 사 오는 거야?"

"대체 그게 무슨 말이야? 있지도 않은 얘기라니. 나는 사실만을 얘기해. 너도 알잖아."

"뭐? 사실?"

어떻게 얼굴색 하나 변하지 않고 저런 얘기를 할까. 소선이 할 수 있는 거짓말 중 가장 말도 안 되는 소리였다. 하지만 대놓고 따져 물을 수 없었던 건 역시 나도 완전무결하지 않았다는 것에 있었다. 나는 여전히 선우에게 흔들리고 있었다.

"언니. 정신병원에 좀 가 봐."

"내가? 가봐야 하는 건 너 아니야?"

"갑자기 난 왜 걸고넘어져?"

"사실이 그렇잖아. 선우가 형부인데 자꾸 선우한테…."

"그건 언니가 먼저!"

소선의 말을 끊고 악다구니를 지르고 싶었다. 하지만 그놈의 해묵은 감정을 붙들고 어쩔 줄 몰라 하는 내가 소선에게 어찌 큰소리칠 수 있을까. 내가 그럴 수 있으려면 선우가 나를 끌어안던 날 매정하게 뿌리쳤어야만 했다. 헛소문을 퍼뜨리는 언니와 언니의 남자가 된 선우에게 미련을 두고 있는 나. 누가 더 나쁘다고 판가름할 수 있을까. 나도 현실에 충실하고 싶다. 그런데 선우가 나를 사랑한다고 하며 자꾸 나를 흔든다. 갈 곳이 없어서 집을 떠날 수도 없다.

지옥, 내가 만든 지옥이었다.

"언니."

"응?"

"언니가 아무리 그래도 나는 이 집에서 절대 나갈 수가 없어. 어느 정신 나간 놈이 애 딸린 이혼녀 좋다고 졸졸 쫓아다녀서 집까지 장만해 오면 모를까. 그렇지 않고서야 내가 여길 나가는 날은 죽는 날일 거야."

"소원아. 네가 정신병원 가봐야겠다. 정말이야."

"그래, 그렇게 평생 나 좀 가엾어하면서 살아. 나 더 비참하게 만드는 건 언니라는 거 제발 알아주고."

소선은 내 말에 잠시 주춤했으나 이내 아무렇지도 않은 가벼운 걸음으로 화장실로 들어갔다.

여유로워 보이고 싶었던지 콧노래를 흥얼거리며. 등 뒤로 욕실 문이 닫히는 소리를 듣고 나서야 다리에 힘이 풀려 주저앉았다. 방 안에 있던 지애가 울음을 터뜨렸다.

그 이후론 똑같은 일상이었다. 나는 딸아이 키우기에 여념이 없었고 빚쟁이들은 매일 이곳을 찾아와 난장판으로 만들어 놓고 선우는 그들이 만든 난장판을 말없이 치웠다. 소선은 애인을 만나러 밖으로 나돌았고 가끔 소선과 결혼하기로 했다며 낯선 남자가 집으로 불쑥 찾아오곤 했다. 몇 개월 동안 연락조차 없다가 생사가 궁금할 때쯤 집으로 돌아왔다. 그 버릇은 나와 함께 살 때부터 지금까지 조금도 변하지 않았다. 해외여행 다녀오다 샀다며 면세점에서 산 가방이나 옷가지를 선우와 나에게 선물해 줬다. 여행이라기보다는 도피에 가까웠고, 선물이라고 하기에는 선우의 카드로 산 것이었다. 선우는 소선이 그러거나 말거나 내버려 두었다.

"넌 왜 언니를 가만히 두는 거야? 왜 이렇게 평온하냐고."

왜 선우조차 소선에게는 이렇게나 너그러운가. 하루는 몇 달이 지나도록 연락 한번 없이 돈이나 축내는 소선을 내버려 두고 있는 선우에게 화살을 돌려보았다. 소선을 만류해 봤자 어차피 벽에 대고 말하는 것과 같아서.

"역마살이 끼면 돌아다녀야 한다고 했어. 안 그럼 병난다고."

내게는 사업 타령을 하더니 선우에게는 사주 타령을 해둔 모양이다. 또 무슨 번지르르한 말로 구워삶았는지 똑똑한 선우마저 소선의 편이 되었다. 사랑을 나누는 사이가 아니더라도 부부라면 일심동체가 되는 건지, 소선의 외도 상대가 아파트 입구 앞을 지키고 서서 소선이 어디 있는지 알려주지 않으면 죽어버리겠다고 행패를 부렸다는 사실을 알려봤자 소선에 대한 선우의 믿음은 깨지지 않았다. 또 나만 답답하지. 해결되지 않을 것은 빨리 순응하는 게 여러모로 편했다.

"잘 잤어?"

선우가 물었다. 대충 고개만 끄덕이고 욕실로 들어가 씻었다. 아기가 자고 있을 때 얼른 씻어야 하는 것이 어쩔 수 없는 엄마의 숙명이다. 여러모로 아이는 좋은 방패막이가 되었다. 아이 핑계를 대면 선우와 거리를 둘 수 있었다.

"아주머니가 밥 차려놨어. 나오거든 바로 부엌으로 와. 알았지?"

"……."

"아기 깼나 봐. 우네."

"알았어."

"내가 달래주고 있을게."

내가 씻는 동안 선우가 욕실 밖에서 굳이 말을 걸었다. 내가 대답이 없자 아기가 우는 것을 핑계 삼아 내 대답을 유도했다. 경력이 오래된 파출부 아주머니는 아기를 곧잘 보셨다. 다행히 남의 손도 잘 타는 아이라 아주머니 품 안에서 울음을 그쳤다. 젖은 머리를 털면서 부엌으로 갔다. 아직 김이 모락모락 나는 흰 쌀밥과 미역국이 차려져 있었다.

"언니는?"

"새벽에 나가던데."

"안 들어왔어?"

"아직 못 봤어."

'부부 맞아?'라는 말이 목 끝까지 차올랐다가 쑥 내려갔다. 어차피 둘이 사랑으로 결혼한 사이가 아니라는 건 공공연한 사실이었고 불필요한 질문이었기 때문이다. 그래도 한집에 같이 있는데 밥때를 챙겨주지 않는다는 건 좀 미안하니까. 그날따라 집 어딘가에 있을지도 모르는 소선이 신경 쓰였다.

"언니, 집에 있어?"

선우의 넓은 집은 방도 많았다. 파출부 아주머니가 쉴 수 있는 방도 따로 있었다. 모두가 각자의 방에 있다가 이제 막 아침을 먹으러 나온 것이니 간밤에 사람이 없었던 방만 찾아보면 소선이 집에 있는지 알 수 있을 거라는 생각이었다. 먼저 옷방 앞으로 갔다. 내가 집 곳곳을 기웃대는 동안 선우는 묵묵히 식사만 했다. 소선이 어디 있든 신경 쓰지 않겠다는 무언의 시위 같기도 했다. 원희, 선우, 소선, 그리고 나. 이렇게 넷의 관계가 어떻게든 깨지지 않았으면 했던 과거의 나는 미련했지만, 지금 이렇게 소선을 찾고 있는 나도 여전히 미련하다. 그런 생각을 하면서도 소선을 찾는 다리는 여전히 분주하다.

"언니, 여기 있어?"

옷방 손잡이를 돌렸다. 잠겨있었다. 순간 온몸에 소름이 돋았다. 그땐 내가 신경쇠약이라 그런 줄 알았다. 가끔 문고리가 고장이 나서 잠기기도 했으니까. 우선 내 눈으로 옷방에 아무도 없는 걸 확인하면 바로 잠재워질 불안이라는 걸 알았다. 열쇠가 어디 있더라. 옷방 옆 진열장에서 열쇠를 찾았다. 맞는 열쇠를 넣고 비틀었다. 문틈 새로 불안의 이유를 보고 말았다. 바닥에 엉덩방아를 찧은 나는 버둥거리며 뒤로 밀려났다. 소선이 바닥에 쓰러져 있었다.

"무슨 일이야."

선우와 아주머니가 한달음에 달려왔다. 등 뒤로 아주머니의 놀란 외침이 들렸다. 가장 먼저 정신을 차린 건 선우였다. 선우는 곧장 전화기 앞으로 달려가 신고를 했다. 나는 소선을 위해 뭘 할 수 있을까. 뭐라도 해야 했다. 내가 소선을 미워하려면 소선이 살아있어야 했다. 그래야 내가 죽도록 그녀를 미워해도 죄책감을 느끼지 않을 테니까. 나는 소선에게 기어갔다. 소선이 왜 이렇게 됐는지 알 수 없어 얼굴을 안고 뺨만 계속 쳤다. 소선의 얼굴은 맥없이 흔들리기만 할 뿐 아무런 미동도 없었다. 아주머니가 달려와 소선의 팔다리를 주물렀다. 모두가 붙어 그렇게 난리를 피우는데도 도통 일어날 기미를 보이지 않았다. 점점 무서워졌다. 방안에서는 딸의 울음소리가 들려왔다. 나도 아기처럼 울고 싶은 심정이 됐다. 어느덧 구조대원이 와서 소선을 구급차에 실었다. 자리가 좁아 모두가 구급차에 탈 수 없다고 했고 내가 타겠다고 손을 들었다. 구조대원들 틈바구니에 자리를 잡고 앉은 나는 소선의 손을 꼭 잡았다. 아무리 미워도, 소선을 잃고 싶지 않았다.

"약을 좀 드신 것 같아요. 위를 세척하고 있습니다."
다량의 액체가 무지막지하게 소선의 목구멍을 타고 들어가는 걸 보고 내가 엉엉 울자 의사가 친절히 설명했다. 응급실에서 근무하면서 온갖 환자들을 다 상대해 본 의사는 고통스러워하는 소선을 보며 고개를 저었다.
"숨이 꼴딱꼴딱 넘어가는, 정말 살고 싶어 하는 응급환자들이 얼마나 많은데. 본인 목숨 귀한 줄 모르고 저렇게 약 먹는 사람들 사실 저는 이해 못 해요. 의료진들 피곤하게 왜 이런 짓을 벌이는지."
의사는 보호자로 따라온 나에게 눈치를 주고 싶은 것처럼 느껴졌다. 그런 무례한 의사의 말에도 화가 나지 않았던 이유는 소선이 이렇게 스스로 목숨을 끊을 사람이 아니라는 것을 이미 알고 있었기 때문이었다. 정말 독하게 마음먹고 죽을 작정이었으면 같이 사는 사람은 물론 오가는 빚쟁이들도 많은 선우의 집을 자살 장소로 선택하지 않았을 것이다. 이 또한 나를 향한 또 하나의 행위예술인 것이다. 주먹을 꽉 쥐어도 부들부들 떨리는 내 손이 그렇다고 말하고 있었다. 소선이 정말로 죽을병이라도 걸렸을까 봐 얼마나 두렵고 무서웠는데. 약 성분이 모두 빠져나갔는지 소선에게 붙어 있던 의료진들이 썰물처럼 빠져나갔다. 나는 소선의 앞으로 걸어갔다. 눈을 감고 있는 와중에도 기척을 느꼈는지 힘겹게 눈을 뜨는 소선이 보였다.
"왜 이렇게까지 하는 거야? 몸 버려가면서."
"……."
"언니 죽을 마음 없었잖아."
이유는 이미 짐작했다. 또 나를 나쁜 년을 만들고 선우에게 돈을 뜯어내기 위한 쇼.
"하나뿐인 동생인 네가 나를 미워하는 게 견딜 수 없을 만큼 힘들었어."

"⋯⋯."

"네가 날 찾을 줄 알았어. 그래도 우리가 자매는 자매인가 봐."

인과관계를 저버리고 내뱉는 소선의 사고회로에 순간 속에서 뜨거운 불이 치밀었다. 소선의 거짓말은 항상 이렇게 시작되었다. 부정적인 사실 하나에 매몰되어서 저 혼자만 세상 슬픔 아픔 다 짊어진 사람처럼 자기연민에 빠져 있다. 왜 나를 미워하는 걸까. 나는 동생을 위해 정말 많은 희생을 한 좋은 언니인데. 그런 억하심정이 거짓말의 원동력이 되었다. 가늠은 했지만, 가늠했던 것 이상으로 날카로운 아픔이 속을 파고들었다. 그동안 온갖 수모와 치욕을 겪어도 아직도 소선을 내 하나뿐인 언니라고 생각하는 나 자신이 싫었다. 소선에게 약이 남아 있다면, 그 약을 뺏어 삼키고 싶을 만큼.

뒤늦게 차를 타고 온 선우가 응급실로 달려왔다. 내 손을 잡으려는 선우의 손길을 쳐내고 소선이 심각한 수준이 아니라는 것만 전달해 주고 밖으로 나왔다. 아이를 가진 이후로 피우지 않았던 담배 생각이 절실했다. 한 아주머니가 담배를 든 채 망연한 눈으로 하늘을 쳐다보고 있었다.

"아가씨도 한 대 줄까?"

너무 빤히 쳐다보고 있었던 모양이다. 내 앞에 담배 한 개비가 쑥 들어왔다. 아이가 담배 냄새를 싫어하면 어쩌나 걱정됐지만, 지금은 담배라도 피워야 속이 뚫릴 것 같아 담배를 받아 입에 물었다. 아주머니가 담뱃불을 붙여주었다.

"하늘이 참 높고 푸르죠?"

그렇게 말하는 아주머니를 따라 시선을 하늘로 옮기자 정말 높고 푸른 하늘이 보였다.

"네, 그러네요."

"남편이 폐암 4기인데, 남편 보니까 속상해서 내가 이렇게 담배를 피우네요."

아주머니는 누구라도 붙잡고 하소연을 하고 싶었나 보다. 생전 처음 보는 나에게 자신이 왜 병원에 와 있는지를 설명했다. 나도 아무것도 모르는 아주머니를 붙잡고 언니 욕을 한 바가지 하고 싶었다. 하지만 마음과는 달리

입술은 꾹 닫혔다. 가족과의 순간을 조금이라도 더 오래 붙들고 싶어 하는 사람한테 할 얘기는 아닌 것 같아서. 소선은 며칠 입원을 하겠다고 했다. 말을 곧잘 하는 걸 보면 집에 와도 될 것 같은데 굳이 병원에 돈 내고 누워 있겠다고 하니 그러라고 했다. 소선을 두고 집으로 돌아왔다. 며칠이 지난 한낮, 전화기가 시끄럽게 울렸다. 수화기를 들지 않아도 소선이라는 걸 눈 치챘다.

"소원아. 퇴원 준비하게 선우보고 오라고 해."

"내가 갈게."

"너는 오지 마."

"왜?"

"병실 사람들 친하게 지내다 보니까 내가 왜 병원에 입원했는지 얘기했거든. 너 불편할까 봐서 그래."

소선이 난처해 죽겠다는 말투로 쩔쩔맸다. 형부, 바람, 섹스, 배신. 이런 자극적인 키워드에 속아 넘어가지 않을 사람은 없었고 나는 이미 온 병실에 천하에 나쁜 년이 되어있는 것이다.

'그러려고 그런 건 아니었는데...' 나를 난처하게 만들어 놓고 꼭 덧붙이는 말이었다. 어떻게든 다른 사람에게는 미련하리만치 착한 언니 행세하고 싶은 거다. 이제는 기도 차지 않았다.

"응, 그래. 알았어. 나는 남자에 환장해서 언니 자살 시도까지 하게 만든 년이고, 언니는 그래도 하나뿐인 쌍둥이 동생이라고 용서해 주고 물심양면으로 돕는 착해빠진 언니야."

"누가 그렇대?"

"내가 언니한테 약점 잡힌 거 없었어도 마녀사냥 제대로 했을걸."

"소원아. 선우하고 사랑해서 결혼했어도 언제나 내 1순위는 너라는 거 알잖아."

소선의 말에 말문이 턱 막혔다. 선우와 사랑해서 한 결혼도 아니었고, 소선의 1순위는 언제나 내가 아니었다. 저 병을 어찌하면 좋을까. 저걸 뿌리 뽑으려다가 내가 정신병원에 갈 것 같아 수화기를 내려놨다. 다시 벨이 울리는 전화기에 눈길조차 주지 않고 바깥으로 나갔다.

울화를 삭힐 시원한 바람이 필요했다. 편의점에서 이온 음료를 사 들고 파라솔 아래 앉았다. 페트병이 수직이 되도록 벌컥벌컥 들이켰는데도 갑갑한 마음은 가시질 않았다. 내 심장을 도려내는 것처럼 쓰렸다. 눈물이 볼을 타고 흘러내린다. 증오와 분노로 똘똘 뭉쳐진 감정 뭉치를 소선이 다 헤집어 놓았다. 이거 봐, 넌 내가 아무리 못살게 굴어도 아직 날 언니라고 생각하지? 애틋해 죽겠지? 그럴 줄 알았어. 소선의 음성이 상냥한 말투로 내 귀에 재생되었다. 그게 딱히 틀린 말도 아니었다. 내 마음속은 철저히 해부되었고 조금도 수습되지 않은 채 그대로 널브러져 있었다. 인생은 혼자라는 걸 이미 깨달았으면서 왜 도대체 핏줄에 연연하는 걸까. 집으로 돌아와 아이 옆에 누웠다. 잠든 아이 옆에서 울다 지쳐 잠이 들었다. 다시 눈을 뜬 건 누군가가 아랫도리를 축축하게 적시는 감촉 때문이었다.

"뭐야. 그만해. 옆에 지애 자는 거 안 보여?"

"……."

"너는 어떻게 날 네 욕구의 대상으로만 생각하는 거야!"

더 이상 지애는 핑곗거리가 되지 못한다는 듯 선우는 아무 대답도 없이 속옷을 적셨다. 그러다 결국 내 속옷을 움켜쥐었다. 그 손을 저지하자 선우가 허벅지를 붙든 채 혀를 밀어 넣었다. 짐승 같은 숨소리를 내면서 대적하지도 못할 정도로 힘이 센 손으로 내 아랫도리를 휘젓고 있었다. 내 뒤에서 자신의 아랫도리를 비비적대던 선우를 밀어낸 지 두 달 만의 일이었다.

"너 먹고 싶었어. 너 아니면 이제 섹스하고 싶지 않아. 너랑만 하고 싶어. 평생 너하고만."

두서없는 말을 흩뿌리면서 선우는 내 셔츠를 목 끝까지 올리곤 젖꼭지를 빨아댔다. 아기에게 젖을 먹이느라 브래지어를 벗어둬서 벗길 필요도 없었다. 출산 후 젖이 도는 가슴 이곳저곳을 핥았다. 오랜만에 느끼는 적나라

.

127

한 자극에 슬슬 몸이 반응하기 시작했다. 옆에서 지애가 곤히 잠들어 있다는 사실도 흥분을 높이는 데 일조했다.

"이러면 안 돼."

선우에게 하는 말이기도 하지만, 나에게 하는 말이기도 했다. 나는 분명히 결심했다. 백날 그래 봐. 난 널 평생 형부로 대할 테니까. 그 다짐을 하루도 지나지 않아 어기고 싶지 않았다.

하지만 선우를 밀어내고 가슴께에 뒀던 손이 어느새 선우의 목에 감겼고 마음껏 헤집어지던 아래는 더 노골적인 자극을 갈구하고 있었다. 그러면서 입으로만 안 된다고 하는 건 내가 생각해도 우스웠다. 속옷을 헤집던 선우가 흥건해진 손을 내 눈앞에 들어 보였다. 어둠 속에서도 액이 뚝뚝 떨어지는 게 보였다.

"뭐가 안돼? 너 이렇게 젖었잖아. 내가 형부인 게 대수야? 내가 소선이 사랑해서 결혼한 것도 아니고 너도 나 형부로 안 보잖아."

"형부."

"백날 그래 봐. 난 너 평생 처제로 안 보니까."

입술이 닿는 대로 핥고 빨았다. 몸이 달아오르는 걸 내 의지로 막을 수 없었다. 꾹 닫은 입술 새로 어쩔 수 없는 신음이 새어 나온다. 선우는 나의 몸 곳곳을 너무도 잘 알고 있었다.

어디를 어떻게 자극해야 내가 흥분하는지를. 나를 만지는 선우의 팔뚝을 잡은 채 속수무책으로 안쪽 허벅지를 바들바들 떨었다. 또 그렇게 함락되었다. 선우가 바지를 벗는 걸 도와주면서 조금 울었다. 우리 관계가 어떻게 꼬이려고 이렇게 흘러갈까. 그걸 내가 잘라낼 수 없는 걸까. 원희와 보낸 1년 동안 난 항상 선우를 떠올렸다. 머릿속에만 떠돌아다니던 선우가 실제가 되어 내 앞에 있다. 선우의 어깨에 다리가 걸쳐졌다. 엉덩이를 든 선우가 앞뒤로 허리를 흔들었다. 온몸을 잠식하는 성욕이 미칠 것처럼 좋았다 그러면서도 좋다고 느끼는 나를 혐오했다.

"먹고 싶었어. 이거 다 내 거잖아."

힘에 부쳐 선우의 손을 잡고 싶었다. 하지만 이미 이성을 잃은 선우는 내

가슴을 주물럭거리기 바빴다. 거칠게 움직이는 선우에게는 지애를 깨우지 않으려는 배려 따위는 없었다. 그래, 원래 이런 인간이지. 사람은 지독하게 변하지 않는다. 낮에는 소선이, 밤에는 선우가 알려주고 있다.

"아…!"

절정에 다다른 선우의 정액이 내 배 위로 흩뿌려졌다. 거친 숨에 배가 오르내릴 때마다 창문 밖 가로등 빛을 받은 정액이 번질거렸다.

"오늘 아줌마 없어!"

그 이후로도 선우는 내게 덤벼들었다. 우유를 먹던 지애가 잠들기가 무섭게 선우가 말을 내뱉었다. 벌써 이 변태 같은 짓을 저지르는 게 몇 번째인지. 손가락 발가락을 다 합쳐도 셀 수 없을 정도였다. 소선은 퇴원했지만 다른 남자들을 만나기 위해 집에 들어오는 날이 없었고 선우는 집에 나와 둘이 있기 위해 파출부 아주머니에게 자주 유급 휴가를 주었다. 아주머니야 손해 볼 거 없으니 흔쾌히 응했고 그러면 집에 나와 선우만 남았다. 그럴 때면 늘 이렇게 섹스하려고 시동을 걸었다.

TV 앞으로 걸어간 선우가 비디오를 밀어 넣었다. 곧 온몸이 묶인 여자가 엉덩이를 흔들어 대며 제 뒤에 있는 남자를 돌아보는 장면이 나왔다. 비디오는 남자의 시각대로 앵글을 비췄다.

여자의 온몸이 구석구석 노골적으로 비추어졌다.

"어때? 우리도 해보자."

"싫어."

어디서 포르노를 빌려오는지 신기하기까지 했다. 포르노 속의 여자는 신체 구조를 조금도 배려받지 못한 채 아무렇게나 칭칭 감겨 있었다. 저렇게 묶여서 아무런 저항도 못 한 채 당하는 꼴이 보고 싶은 거구나. 선우와 섹스를 해서는 안 됐다. 선우는 점점 나에게 변태적인 성행위를 요구했다. 선우와의 섹스는 이제 인내의 시간이었다. 살덩이가 흔들리는 것, 그 이상으로밖엔 보이지 않았다. 이젠 선우가 내 몸을 훑어보는 것만으로 소름이 끼쳤다.

"하아, 좋아?"

"좋냐고?"

"응."

"……."

"더 미치게 해줄까?"

'너 같으면 좋겠니?'라고 대답하고 싶었다. 그래도 차라리 지금처럼 포르노를 모방하는 건 참아줄 만했다. 선우 대신 포르노를 보면서 흥분을 느낄 수 있었으니까. 그리고 화면 속 성인 배우가 신음하면 나도 따라 하면 되니까. 그렇게까지 선우의 기분을 맞춰주는 건 더 이상 저 때문에 흥분하지 않는다는 걸 알아챈 선우의 태도 때문이었다.

"나 말고 다른 놈 생긴 거지? 어? 그런 거잖아!"

가슴을 있는 힘껏 꽉 움켜쥐는 선우의 턱 근육이 꿈틀댔다. 이렇게까지 적의를 비출 일이었나. 밀어내지 않은 것만으로 내 소임을 다하고 있다고 생각했는데, 선우의 성에 차지 않은 모양이었다. 그래서 거짓으로라도 소리를 내야 했다. 그게 나와 우리 지애를 살리는 방법이었다. 처절하지만 이게 내가 처한 현실이다.

파출부 아주머니가 유급 휴가를 떠난 날 오전이었다. 무릎을 세운 채 엎드려 있는 나를 보던 선우가 엉덩이를 내리쳐서 더욱 바짝 들게 했다. 관찰하듯 얼굴을 가까이 대고 이리저리 살펴보던 선우가 팔뚝만 한 딜도를 쑤셔 넣었다. 갑자기 찾아온 고통에 숨이 턱 막혔다. TV 아래 유리 장식장에 내 모습이 비쳤다.

"아아…!"

일부러 콧소리를 더 섞고 톤 높은 교성을 다급하게 질렀다. 이러면 선우가 만족하니까. 픽 웃는 소리 다음에는 딜도가 빠른 속도로 박혔다. 흥분해서가 아니라 고통스러워서 내뱉는 신음에도 선우는 흥분했다. 장식장에 비치는 선우는 다른 손으로는 자위를 하고 있었다. 선우의 정액을 온몸에 뒤집어쓴 후에야 정사가 끝이 났다. 숨 쉴 힘조차 없었다. 선우가 티슈를 꺼내 머리카락과 얼굴을 닦아주었다.

파출부 아주머니는 3일간 휴가를 보냈다고 했다. 무슨 일을 꾸미고 있기라도 한 건지 소선도 집에 일주일째 들어오지 않았다. 옷이 캐리어와 함께 한 무더기 사라진 것을 보면, 한동안 집으로 돌아오지 않을 것 같았고 한숨이 푹푹 새어 나오는 와중에도 딸의 울음소리에 뻐근해진 몸을 움직여야 했다.

그러던 어느 날, 소선의 소식이 우편함에 구겨 넣어진 큰 서류 봉투와 함께 전해졌다. 받는 사람은 백선우. 열어보니 내용이 손 떨리게 기가 막혔다. 소송을 걸겠다는 내용의 문서였다. 간통죄로 인한 정신적 피해보상 금액으로 백억을 받아야겠단다.

"선우야."

집으로 들어가 선우에게 서류를 보여주었다. 선우가 굳은 얼굴로 서류를 바라보았다. 서류상으로는 소선과 선우가 혼인신고를 마친 부부였기에 나와 선우의 관계는 당연히 간통이 맞았다.

"어떡할 거야? 이제 우리 어떡해."

이제야 정신이 든 얼굴이었다. 소선이 선우와 결혼을 감행한 게 나를 엿먹이기 위함이며 사랑 따윈 애초에 없었다고 해도 법적으로 그들은 부부였다. 소문의 시작은 소선의 거짓말이었지만, 내가 그 거짓 소문을 사실로 만들어 버린 꼴이다. 패소할 게 뻔했다. 송사에 휘말려 본 적이 없었으니 아무리 유명한 변호사를 부른다고 해도 얼마나 막대한 배상금을 지급해야 하는지 도통 대책이 서지 않았다. 어떻게 해야 하지. 속으로 되뇌어도 대책보단 앞으로의 불행만이 그려졌다. 선우의 그늘에서 벗어나고 싶었지만 이런 식으로는 아니었는데. 그러면 나는? 지애는?

"소원아."

선우가 나를 안심시키듯 끌어안았다. 난폭한 섹스와는 상반된 따뜻하고 부드러운 포옹이었다. 오랜만에 선우의 품에서 오래도록 울었다. 선우가 만든 그늘은 나를 말라버리게도 했지만, 한편으로는 나와 지애를 지켜주는 우산이기도 했다. 평생 소선의 올가미에 발목이 묶여 산다고 해도 선우의 곁에 있어야만 내가 안전할 것 같다. 선우의 집을 나왔다. 집을 나가기로 결정한 날에 선우는 나에게 통장을 주었다. 통장에는 목돈이 들어있었다. 선우는 다달이 나와 지애가 살 수 있는 생활비를 부쳐주겠다고 했다.

"잘 가."

선우가 아닌 소선이 내게 한 말이었다. 이 집을 나가겠다고 선우와 아예 인연을 끊고 살겠다는 말에 소선은 눈물을 찍어내며 고소를 취하했다. 목적을 달성했으면서 울긴 왜 또 우는 건지. 뭐, 애초에 소선의 마음에서 진심과 가식을 가리는 일이 무의미해진 지는 오래됐으니까.

선우는 말없이 물기 어린 눈으로 캐리어를 끌고 나가는 나를 쳐다볼 뿐이었다.

11월이었다. 아파트 통로를 벗어나자마자 눈물이 쏟아졌다. 선우를 사랑하지 않았고, 지금도 사랑하지 않는다. 사랑한다 생각했던 건 지난날의 착각이었다. 지금 눈물이 나는 건, 걱정과 불안 때문이었다. 평생 먹고살 수 있는 생활비를 입금해 준다고 해도 그게 언제까지 이어질 거라는 보장은 없었다. 지금의 상황에서 제일 먼저 해야 할 일을 곱씹었다. 바로 송원희와 연결 고리를 끊어내는 것이다. 쫓겨나 집도 절도 없는 판국에 빚쟁이들의 눈을 피해 원희를 만나는 것쯤은 두렵지도 않다. 두려움이라는 감정도 상대적인 거구나. 당연한 것들을, 경험을 통해 체득하고 있다.

"잘 지냈어?"

원희는 잘도 잘 지냈냐는 물음을 한다. 본인 때문에 그럴 일이 없다는 걸 잘 알았을 텐데도.

"너하고 떨어져 있으니까 살 만하더라."

물론 이것도 상대적인 거다. 선우의 온갖 변태 행각을 참아내기만 하면 등 따뜻하고 배부르게 살 수 있었다.

"지애는 잘 커?"

"이혼하자."

대답 대신 본론부터 꺼냈다. 이 인간 앞에서 지애 얘기를 꺼내고 싶지 않았다. 이혼 얘기를 입에 올리자 원희의 표정이 눈에 띄게 굳었다. 하지만 원희는 무슨 소릴 하는 거냐며 언성을 높이지 않았다. 못 본 새에 양심이란 게 다 생긴 모양이다.

"해줄 거지?"

"이혼? 해주긴 해줘야지."

원희는 고개를 떨구며 피식 웃었다. 그리곤 재떨이를 제 앞으로 주욱 끌어오며 주머니에서 담뱃갑을 꺼냈다. 순순한 원희의 모습이 적응되지 않았다. 금방이라도 저 큰 손으로 내 목을 조를 것만 같은데.

"그래, 나 이제 오래 못 잡고 있겠다. 너는 그렇다 치고, 지애한테 못 할 짓인 것 같아."

나한테는 미안할 게 없다는 소리로 들렸다. 그래도 화가 나진 않았다. 내가 죽고 나면 몸에서 사리가 한 바가지는 나오겠다는 쓸데없는 생각이나 했다.

"대신 지애는 내가 데려갈게."

어이가 없었다. 끝까지 아이를 무기 삼아 흥정하려는구나.

"그럼 애는 누가 키울 건데?"

"다음 주에 데려갈게."

원희는 대답 대신 언제 데려가겠노라 말했다. 얼마 지나지 않아 원희 엄마로부터 연락이 왔다. 너희들이 좋아서 낳은 아이니 데려가라고 했다. 이미 짐작하던 바였다.

원희는 그동안 자신이 어떻게 돈을 낭비했는지 알려주었으나 굳이 다 듣지 않아도 내용은 죄다 한가지였다. 빚을 갚으려고 큰돈을 벌기 위해 도박장에 발을 담갔던 것이다. 도박으로 부자가 됐단 사람을 본 적도 들은 적도 없는데, 왜 그렇게 같은 실수를 반복하는 건지 알 수 없었다. 그런데 다시 생각해 보니 나와 크게 다를 것도 없었다. 나도 돈에 쫓기는 삶을 살며 같은 실수를 반복하다 이 모양 이 꼴이 된 거니까. 누가 더 나을 것도, 못할 것도 없었다. 원희를 다시 만난 건 한 달 뒤 법원 앞에서였다. 내가 조금이라도 더 독했다면 소송을 걸어서 위자료를 톡톡히 받아냈을 텐데 그럴 만한 체력도 마음의 여력도 남아 있지 않았다. 합의 이혼으로 최대한 빠르게 원희와의 결혼 생활을 끝내고 싶었다. 원희와 나의 이혼은 별다른 법정 공방 없이 조용히 마무리되었다. 할 수 있는 온갖 나쁜 짓들로 내 가슴에 피멍을 들게 한 사람 치곤 너무나도 초라하고 허무한 결말이었다.

"서류 다 확인했습니다."

"이제 다 끝난 거죠?"

"네, 맞습니다."

법이 원희와 나 사이에 경계선을 그어주었다. 분할할 것이라고는 양육권뿐이라 절차는 더욱 간편했다. 이렇게나 무 자르듯 간단한 것이었으면 진작 이혼할 걸 그랬다는 후회가 밀려들었다. 원희가 도박장을 전전하며 다른 여자들의 기둥서방을 자처할 때 법원부터 찾아올걸. 법원을 나서자 길게 늘어선 계단이 보였다. 머리와 가슴이 텅 빈 것처럼 공허했다.

"가기 전에 국밥이라도 한 그릇 하고 가면 안 돼?"

계단을 다 내려갈 때쯤 원희가 나를 붙잡았다. 나는 나보다 한 계단을 덜 내려온 원희를 올려다보았다.

"나도 개털이야. 국밥은 무슨 국밥."

밤새도록 함께 비디오를 돌려보던 예전처럼 아무런 앙금 없는 말투였다. 원희를 아무렇지 않게 대하자 예전 추억들이 무섭게 되살아나 마음이 무거워졌다. 차라도 한 잔 마시고 돌아가야 할 것 같았다.

"그렇지? 나 같은 개차반이 무슨 양심으로."

하지만 원희는 그렇게 돌아섰고, 나는 굳이 그를 잡지 않았다. 이대로 영영 보지 말았으면 하는 마음과 그래도 언젠가 다시 만나면 어색하지 않도록 인사 정도는 할 수 있지 않을까 하는 마음이 교차했다. 나와 원희 사이에는 지애라는 연결 고리가 있기 때문이었다. 아직 닥치지 않은 미래를 상상

하면서 원희가 걸어간 방향과 반대 방향으로 걸었다. 내 인생의 20대는 그
렇게 끝이 났다.

9

휴전

일하지 않아도 남들이 버는 월급보다 더 많은 돈이 통장에 꽂혔다. 하지만 소선이 알게 된다면 얼마 지나지 않아 선우가 매달 보내주는 생활비가 끊길 수도 있다. 지독한 빚쟁이들이 원희 대신 내가 있는 곳을 찾아와 돈을 내놓으라고 행패를 부릴 수도 있었다. 강해지려면, 일해야 했다.

"어서 오세요."

선우가 주는 생활비를 최소한만 쓰면서 돈을 모았다. 지애를 위해 쓰는 돈을 제외하고 남은 돈을 모으니 꽤 큰 금액이 되었다. 그 돈으로 나는 카페를 차렸다. 낮에는 커피를, 밤에는 술을 팔았다. 물론 저녁에 운영하는 술집은 아저씨들이 어린 아가씨들을 끼고 노는 곳이다. 내가 해본 일이라곤 술집에서 남자한테 아양 부려가며 웃음 파는 게 전부였기 때문에 큰돈을 버는 방법으로는 물장사 외에 생각나지 않았다.

"블랙커피 한 잔 주실래요?"

"너무 블랙만 드시는 거 아니에요? 밤에 심장 두근거려서 잠 못 자고 어쩌시려고."

단골에게 자연스럽게 말을 붙이는 일에는 도가 텄다. 사장에게 친밀감이 생기면 다른 카페를 가려다가도 우리 카페로 올 테니까. 술집에서 일하며 터득한 노하우였다. 그래서인지 내 가게는 차츰 단골 장사가 되어갔다. 노력하는 만큼 돈이 벌리는 게 재밌었다. 선우는 내가 살 만해진 줄도 모르고 여전히 생활비를 보내주었다. 아직 소선이 알지 못하는 모양이다.

"글쎄요. 심장이 뛰긴 뛰는데. 그게 블랙커피 때문은 아닌 것 같은데요?"

으, 이런 구닥다리 화법은 뭐람. 이리저리 구르며 사회의 때를 묻힌 나는 표정도 곧잘 숨길 수 있게 되었다. 젊은 여사장에게 수작을 거는 남자를 향해 기계적인 미소를 지어 보였다. 이마에 주름이 잡혀있는 것이 나보다 최소 일고여덟 살은 많아 보였다. 피부도 푸석푸석해서 나이 든 티가 났고. 그래도 많을 때는 하루에 서너 번도 오는 손님이었으니까, 나는 일단 친절하게 응대하기로 했다.

"사실 사장님이 좋아서 매일 오는 거예요."

"감사합니다."

명함을 내미는 건 번듯한 직장이 있음을 어필하는 것이겠지. 날카롭게 각이 서 있는 흰색 명함에 적힌 남자의 이름은 이지원이었다. 남자는 나보다 열 살이 더 많다고 했다. 다섯 살 많은 선우보다도 더 나이가 많다고 생각하다가 이내 고개를 저었다. 도대체 언제까지 마주치는 남자마다 선우와 연결해 생각할 작정인가. 일에 집중하고, 나와 새롭게 마주치는 사람들에게 집중하자. 어느 노래 가사처럼, 사람은 새로운 사람으로 잊는 거니까. 그렇게 마음을 먹으니 남자와 말을 섞는 일이 썩 나쁘지 않게 느껴졌다.

"저녁에 술도 파는 거 아시죠?"

"네, 근데 제가 아직 술맛을 잘 몰라서."

"아니, 오시라는 게 아니라요."

살풋 웃었다. 아주 오랜만에 낯선, 그것도 내게 호감이 있는 남자와의 대화가 어색해 간질거렸다.

"지원 씨 만날 시간을 많이 할애할 수 없다는 거예요. 초등학교 다니는 딸도 있고요."

"그건 알고 있었어요."

"그래도 괜찮겠어요?"

"안 괜찮으면 시작도 안 했어요."

조건 없는 마음을 받아들이지 않을 여자가 세상에 얼마나 될까. 그날 이후로 그 남자가 카페에 오는 것이 왠지 기다려졌다. 지원은 다소 좋은 남자인 것 같았다. 어느 날 대뜸 장미 꽃다발을 들이밀 때는 난처하기도 했다. "우리가 사귀는 사이는 아니잖아요." 못 박아도 흔들리지 않았다. 뚝심인지 집착인지 그때는 알 수 없었다. 지원의 사랑 방식이 뒤틀리기 시작한 건 보름도 채 걸리지 않은 시점이었다. 간만에 직원들과 새벽까지 회식을 갖고 집으로 돌아가던 길에 불쑥 나타난 지원은 몸조차 제대로 가누지 못하는 인사불성 상태였다.

"야, 안소원! 너 나 가지고 장난치는 거지?"

"지원 씨, 이 시간에 무슨 일로…."

"네가 놀러 오라고 했잖아!"

지원은 나를 안을 것처럼 성큼성큼 다가왔다. 반사적으로 팔을 쳐내다 지원의 손이 내 가슴이 닿았다. 지원의 손은 의도적으로 가슴을 주물럭거리고 떨어졌다.

"지금 뭐 하시는 거예요? 경찰에 신고할 거예요."

"신고? 네가 나를?"

알아들을 수 없는 발음으로 나를 비웃던 지원은 급기야 더 가까이 다가와 내 허리를 꽉 끌어안았다. 하반신에 발기된 성기가 느껴졌다. 끔찍한 고문이었다.

"싫다고! 비켜!"

비명을 지르며 뺨을 치고 힘이 닿는 대로 주먹을 꽂았다. 내가 낼 수 있는 최대의 힘을 필사적으로 끌어낸 것이다. 하지만 풍채가 좋았던 지원은 쉽사리 떨어지지 않았다. 멀리서 호루라기 소리가 들리고 나서야 지원이 쏜살같이 도망쳤다. 하. 짧은 숨을 뱉으면서 바닥에 주저앉았다. 경찰 한 명이 날 부축했고 다른 한 명은 지원을 쫓았다.

"놓쳤어요."

"아까 분명히 쫓아가셨잖아요."

"네. 그랬는데 어찌나 빠르던지…."

경찰관이 면목이 없다는 듯이 말끝을 흐렸다. 지원은 종적을 감췄지만 이후 한동안은 가게에 모습을 드러내지 않았다. 그게 오히려 나를 더 두렵게 했다. 또 속았다. 애초에 좋은 남자란 있을 수 없다. 아니, 나를 만나면 다들 그렇게 머리들이 돌아버리는 걸까. 그 누구에게도 기대지 않고 자력으로 살아가는 게 인생이라는 걸 깨달았으면서 왜 또 남자라는 해로운 동물을 만나려고 했던 걸까. 나 자신을 끊임없이 질타했다. 답은 간단했다. 나는 사랑받고 싶었으니까.

다들 쉽게 얻는 사랑, 관심, 행복. 왜 내게는 이렇게 힘든 걸까. 쓸데없는 상념이 깨진 것은 날카로운 전화벨 때문이었다. 습관처럼 온몸에 긴장이 들어찼다. 제발 지원이 아니기를 바라며 수화기를 들었다.

"잘 있었어?"

지원의 목소리였다. 두 손으로 붙든 수화기가 덜덜 떨렸다. 나는 아무런 말도 하지 못한 채 얼어붙었다.

"내가 길을 가다가 말이야. 누굴 만났는지 알아?"

"당신이 누굴 만나던 나와 무슨 상관이야? 끊어."

"누굴 만났는지 알면 못 끊을 텐데."

지원이 신난다는 듯이 낄낄 웃었다. 심장이 밖으로 넘쳐 나올 듯이 쿵쾅거렸다.

"지애를 만났어."

쿵쾅거리던 심장이 쿵, 바닥으로 떨어졌다.

"지애 털끝 하나라도 건드렸다간 봐! 내가 너 죽여버릴 거야!"

"제대로 오버하네. 누가 뭐 어떻게 했대?"

"너 어딨어!"

"네가 날 안 만나 주니까 지애랑 같이 있는 거야."

"지금 어디 있냐고!"

"지애 학교 운동장."

"그대로 있어."

직원에게 경찰에 신고해 달라고 부탁하고 당장 지애 학교를 향해 차를 몰았다. 운동장에 도착하니 이미 경찰이 와 있었다. 경찰 두 명과 지원이 실랑이를 벌이고 있는 게 보였다.

"선생님. 아무 말 없이 애를 데려오는 건 죄가 됩니다."

"안 사장이 만나주지 않으니 어쩔 수 없는 거 아닙니까!"

"별일 아니니 화해하세요."

경찰은 다가온 내게 기가 막힌 말을 했다.

"선생님도 좀, 태도를 바꾸세요."

"그게 무슨 소리예요?"

"사실이 그렇잖아요. 얼마나 사랑하면 이렇게까지 하겠습니까."

나는 내 귀를 의심할 수밖에 없었다. 경찰관의 표정은 진심으로 남자의 순정을 받아주지 않은 내가 잘못이라고 말하고 있다.

"선생님이 이해하시고 마음 좀 받아주세요."

더러 이런 진상들이 몇 명 있었다. 그런 난관들이 숱하게 있었지만, 장사는 날이 갈수록 번창했다. 가게도 세 군데로 늘었다. 여러 가게를 돌며 굵직한 손님에게만 얼굴을 비쳤다. 어차피 장사는 아가씨들이 하기에 사장이 차려입고 나갈 필요는 없다.

선우의 집에서 나온 지 3년 됐을 무렵, 종업원이 가게로 걸려 온 전화기를 내게 넘겼다. 선우였다.

"어떻게 알고 전화했어?"

선우의 지원이 더는 필요하지 않았지만 연락할 용기가 없어 그냥 모른 척
했다. 나를 강제로 구속했던 백선우도 한때 내가 좋아했던 남자랍시고, 목
소리를 듣자 마음이 철렁했던 것도 잠시.

"소원아, 나 너 정말 행복하게 해줄 수 있어."

"뭐라고?"

기어이 헛웃음이 터졌다. 선우는 그 비정상적인 관계를 계속 이어가자고
말하기 위해 전화한 모양이다. 부인과 함께 사는 집에 애 딸린 처제를 섹
스파트너로 들이고 싶다고 한다. 나도 이제 번듯한 사장 명함이 있고, 내
힘으로 지애와 잘 살아가고 있는데 뭐가 아쉬워서 그 지옥 같은 집에 다시
들어간단 말인가.

"잊었어? 너랑 나랑 깨끗하고 떳떳한 사이 아니야."

"알고 있어."

"소선이랑 이혼했어? 아니잖아."

"했어. 나 이제 혼자야."

당황했다. 소선은 돈 나오는 구멍은 지구 끝까지 쫓아갈 텐데, 선우와 이혼
을 했다고?

"내가 짐승도 아니고, 내 친언니와 부부였던 너와 같이 살라는 거야?"

*"내 마음을 오롯이 준 건 소원이 너고, 소선이한테는 미안해서 돈으로 해결한
것뿐이야!"*

허, 하고 숨을 뱉었다. 나를 붙잡고 싶으면 더 진정성 있는 말을 준비했어
야 했다. 지금껏 나에 대한 부채 의식도 돈으로 때우고 있던 사람이 할 소
리가 아니었다. 어쩌면 나 또한 그간의 세월을 선우의 돈으로 보상받으려
는 건지도 모르겠다만.

"있잖아, 나는 말이야. 너랑 더는 엮이고 싶지 않아."

그렇게 전화는 끊어졌다. 선우의 연락을 얼마 지나지 않아 또 왔다. 한 달

정도 지난 후였다.

발신자를 확인하자마자 전화기 선을 뽑아 놓지 않은 것이 후회됐다.

"또 왜? 왜 전화했는데?"

인사도 없이 화부터 버럭 냈다. 가게 안의 손님들이 힐끔거렸다. 선우는 풀 죽은 목소리로 두서없이 말했고 나는 알아듣지 못했다.

"할 말 없으면 끊는다."

"소선이가 아파."

수화기를 내려놓으려던 찰나, 손이 허공에 멈췄다. 어렴풋이 들린 소리였 지만 확실했다. 소선이 아프단다.

"어디가?"

"많이 아파."

"그걸 왜 나한테 말하는데."

"말하지 않으면 날 원망할 것 같아서."

시종일관 퉁명스럽게 굴었지만 맞는 말이었다. 나는 소선을 미워하면서도 한편으로는 피의 점성만큼이나 진득하게 그녀를 그리워하고 있었다.

"언니 지금 어디 있는데?"

선우는 소선의 전화번호를 알려주었다. 잊어버리고 싶었지만 듣는 순간 뇌리에 깊이 박혀버렸다. 유일하게 의지하고 지내는 핏줄에 대한 의무감 인가 싶기도 했다.

"알았어, 일단 끊어봐."

전화를 끊자마자 다시 수화기를 들어 소선의 전화번호를 눌렀다. 자존심 때문에 왠지 내 도움은 받지 않으려 할 것 같기도 했고, 원망 섞인 소리를 할 것 같기도 했다. 우스운 건 그 어느 쪽도 싫지 않을 것 같았다. 둘 다 너 무나도 내 언니가 할 법하니까.

"여보세요."

"언니, 나야 소원이."

"네가 어쩐 일이야?"

내가 알던 그 목소리와 같아서 왈칵 눈물이 치솟았다. 하지만 소선으로 인해 온갖 수모를 다 겪었으니 속없는 어린아이처럼 마냥 반가운 마음을 내비칠 수도 없었다. 목소리를 최대한 가라앉힌 채 말했다.

"언니 아프다면서."

"선우가 그래?"

"응."

소선이 또 특유의 콧소리를 내며 웃음을 터뜨렸다. 그 웃음소리에 그리움이 더 진해졌다. 소선은 정말 아픈 모양이었다.

"그래, 나 아파. 죽을 것처럼. 곧 죽어도 이상하지 않을 것 같아. 나 아직 젊은데 이렇게 살아야 할까? 인생이란 게 참 덧없다."

소선의 말이 마디마디 저려 왔다. 나를 못살게 굴었던 소선이라고 해도 언니는 언니였다. 마지막 가는 길 외롭지 말라고 끝까지 곁을 지키고 싶었다. 소선을 위해서라기보다는 혼자 남겨질 나를 위해서였다. 남아 있는 삶을 후회로 채우고 싶지 않았다.

"언니 어디 살아? 내가 갈게. 어디든 갈게. 얼굴이라도 보자. 응?"

"그냥 집에 있어."

소선이 일러주는 주소를 듣자마자 달려 나가 택시를 잡았다. 평일 대낮이라 도로변에 차가 없어 쌩쌩 달리는 중인데도 입안이 바짝바짝 타들어 갔다. 소선의 집은 새로 지어진 번듯한 아파트였다. 선우와의 별거를 조건으로 받은 것일 터였다. 그래도 집 안에 누워서 혼자 아픔을 삭이고 있다면 비싼 집이 무슨 소용인가. 저 큰 집에서 혼자 움직이지도 못한다면 오히려 더 큰 외로움을 느끼고 있을 것이다. 소선의 동으로 찾아 들어갔다. 엘리베이터가 내려오는 것도 기다릴 수 없어 계단을 찾았다. 경비원이 말하길 다른 층에 이사가 진행 중이라 엘리베이터가 바로 내려오지 않을 거라고 했다.

"언니 나 왔어."

가쁜 숨을 몰아쉬며 문을 두드렸다. 기척은 들렸지만, 문이 열리기까지는 오랜 시간이 걸렸다. 문 너머의 언니는 어떤 모습을 하고 있을까. 제대로 먹지도 자지도 못해 피골이 상접했으면 어쩌지. 언니가 아프다는 소식을 이제 알았다는 사실만으로도 미안해 죽을 지경이었다.

제발, 내 힘으로 되돌릴 수 있는 정도로만 아프기를. 문 열리기를 기다리는 내내 빌고 또 빌었다.

"열려있어. 들어와!"

소선의 까랑까랑한 목소리가 들렸다. 수화기를 거치지 않고 소선의 목소리를 듣는 건 헤아릴 수 없을 만큼 오랜만이었다. 들어가자마자 소선을 꼭 안아줄 생각이었다. 하지만 문을 열자마자 내 눈에 보인 광경은, 고급스러워 보이는 원피스 두 벌을 제 몸에 이리저리 대보고 있는 소선이었다. 화장까지 한 얼굴은 화사하기 그지없었다. 콧노래를 흥얼거리는 소선은 도저히 아픈 사람 같지 않았다. 한 박자 늦게 깨달았다. 또 속은 거다. 미리 눈치챘다면 좋았을 텐데, 가족과의 정을 끔찍이 여기는 내 마음을 악용한 소선 때문에 또 보기 좋게 속아 넘어갔다.

"뭐야? 또 거짓말한 거야?"

"거짓말이라니? 내가 언제 거짓말하는 거 봤어? 병원 가서 검사도 받았어."

립스틱을 바른 입술을 뻐끔거리며 소선이 거울에 비친 나를 향해 미소 지었다. 이번에도 거짓말이겠지. 나의 약점은 곧 가족이라는 것을 소선은 알고 있었다. 물론 선우도 알고 있었다.

소선과 선우가 나를 주무르기란 숨 쉬는 것보다 더 쉬운 것이다. 보기 좋게 놀아나는 내가 바보 천치지. 춤추듯 골반을 씰룩대며 걸어온 소선이 내 어깨에 원피스 하나를 걸었다. 오랜만에 만난 동생을 옷걸이 취급하다니.

"돈도 없다며, 이게 다 뭔데."

"없기는. 내가 언제 돈 없는 거 봤어? 남편이 부잔데?"

"지금 그걸 말이라고 하는 거야?"

"병원비가 엄청 천문학적인가 보지."

이젠 거짓말에 성의도 없다. 언니를 죽이고 나도 죽어버릴까, 생각했다.

"다른 변명거리 댈 수도 있었잖아. 아님 그냥… 보고 싶다고 하던가."

"너 정말 서운하게 한다. 나 아픈 것도 부정하고. 내가 믿는 건 소원이 너 하난데."

"근데 왜 자꾸 그렇게 날 속여, 왜! 왜 자꾸 내 마음을 이용하는데!"

순식간에 목이 쉴 정도로 처절하게 내뱉은 고함이었다. 토끼 눈이 된 소선이 가슴을 쓸어내리며 말했다.

"소원아, 언니가 아프다니까."

"언니, 단 한 순간만이라도 좀 정상적일 순 없어? 제발 좀 한 번만이라도 진정성 있게 살 수는 없냔 말이야! 나 진짜 거품 물고 죽는 꼴 보고 싶어? 언니 앞에서 내가 죽어야 고칠래?"

눈썹을 아래로 늘어뜨린 소선이 팔짱을 낀 채 나를 바라본다. 누가 보면 내가 미친년인 줄 알겠다 싶다. 딱히 틀린 말도 아니다. 안소선 때문에 나도 덩달아 미쳐버릴 것 같으니까.

"그래, 내가 나쁜 년이고 죽일 년이지. 언니는 무조건 착하고 천사고 동생 생각뿐이고! 이제 알았네. 어? 내가 나가 죽어야겠다. 언니 거짓말에 넘어가고 언니가 사고 친 거 수습하고 다니느라 명이 줄어서 곧 있으면 내가 죽겠어!"

내 말을 들은 소선의 눈에 눈물이 차오르는 게 보였다. 그 눈빛에는 소선에게 던진 비수의 방향을 반대로 틀어버리는 묘한 힘이 있었다. 소선에게 상처를 주려 입을 놀릴수록 내 마음이 찢어지게 아팠다. 온몸에 힘을 풀고 참았던 숨을 뱉었다. 긴장되어 있던 어깨 근육이 풀리는 게 느껴졌다.

"밥 먹고 가지!"

씩씩대며 문밖을 나서는 나를 가만히 쳐다보던 소선이 외쳤다. 지금 밥이 목구멍으로 넘어가겠냐고, 내가 정말 어떤 마음으로 여기까지 온 건지 소선은 모르는 것 같았다. 엘리베이터를 기다리는 잠깐의 시간도 머무르기 싫어 계단으로 내려갔다. 고급 아파트 한 채 뜯겼으면 됐지, 뭘 자꾸 뜯는 대로 뜯겨주는 건지. 평생 소선의 돈줄로 살 거면 그렇게 살면 되는 걸. 아니면 나를 확실히 붙잡든지. 둘 중 하나만 확실히 해주면 좀 좋아. 사고의 흐름이 이렇다는 건 역시나 선우에 대한 미련이 아직 남아 있음을 의미하는 것이기도 했다. 다 타버린 자존심은 구겨질 것도 없었다.

10

흉터

"엄마, 왜 그래?"

요즘 지애가 나에게 제일 많이 하는 말이다. 나와 평생 함께 갈 인연은 내 배 아파 낳은 딸 지애뿐이라는 걸 느끼고부터는 아무 말 없이 지애를 쳐다볼 때가 많았다. 가게 일로 바빴던 나는 지애와 함께 있는 시간에 지애를 바라보는 눈길이 점점 길어졌다. 언제부턴가 지애의 웃음소리에 마음이 몽글해졌다. 지애와 눈빛이 마주치는 것은 일종의 의식과도 같았다. 여느 엄마처럼 잔소리하거나 사랑한다고 안아주기는커녕 그냥 같은 여자로서의 감정을 가졌다. 지애 또한 마찬가지였다. 엄마가 아닌 언니처럼, 여자끼리 나눌 수 있는 말들로 서로 푸념을 늘어놓았다.

사업은 더 번창했고, 이젠 내가 관여하지 않아도 일이 잘 돌아갔다. 평생의 인복이 직원들에게 몰려 있었던 모양인지 채용한 직원들이 하나같이 일을 잘했다. 개인 시간이 많아졌고 당연히 지애와 보낼 수 있는 시간도 많아졌다. 하지만 그럴수록 마음은 더 공허해졌다. 시간적 여유가 생길수록 인생을 반추하는 시간도 많아졌고 내 곁에 오래도록 있었던 사람들이 문득 그리워졌다. 이젠 더는 언니와 형부로 엮지 않아도 되는 둘. 그 누구라도 좋으니 기대고 싶었다.

기댈 사람이 필요했다. 생각이 거기까지 미치면 양 뺨을 톡톡 치며 정신을 깨웠다. 의지는 지금 직원들한테 해도 되는데, 또 섶을 지고 불구덩이로 들어갈 생각을 하다니.

사업은 생계였고 관심사는 따로 있었다. 술집에 출근하던 시절 언니들을 따라 머리카락을 말고 립스틱을 바르면서 어떻게 하면 내 장점을 살려 치장할 수 있을까를 고민하다 보니 자연스레 관심이 생긴 분야였다. 몰두할 만한 게 필요하다. 그렇지 않으면 소선과 선우에 대한 분노와 그리움 같은 양가감정에 휩싸여 참을 수 없을 것 같다. 어떤 날은 갑자기 눈이 뒤집혀 머리채를 잡으러 갈 것 같았고 어떤 날은 지나치게 그리움에 사무쳐 다 괜찮다고, 모든 것을 다 지난 일이라 포용하고 안기고 싶었다. 그러다가도 이렇게나 소모적인 일에 마음을 쏟고 있다니, 이제 진짜 먹고 살 만해졌구나 싶기도 했다. 잡생각을 떨쳐낼 겸 이참에 미용이라는 기술을 익혀두면 가게 운영을 못 하게 되더라도 마음이 불안하지 않을 거란 생각이 들었다.

여자들과 남자들이 목까지만 있는 마네킹을 앞에 두고 선생님을 따라 머리카락을 돌돌 말았다. 미용은 생각했던 것보다는 수월했고, 생각지 못했던 게 난관이 되었다. 이론을 떼고 한창 실습을 진행하다 보니 손이 성할 날이 없었다. 가뜩이나 실습하느라 자주 가게를 비워서 서운함을 토로하던 단골손님들은 엉망이 된 손을 보고 하나같이 혀를 찼다.

"그러게, 나한테 시집오면 이 고생 안 할 텐데."

속으로는 그 손님을 경멸하면서 겉으로는 상냥하게 "그렇죠?" 하며 웃어 보였다.

"소원 씨는 정말 소질이 있는 것 같아요. 왜 이제 배우시나 싶을 정도로 아주 우수하세요."

수강생들의 솜씨를 지켜보기 위해 교실을 배회하던 선생님이 내 작업물을 보고 박수를 쳤다.

일부러 나 듣기 좋으라고 하는 말 같은데, 강의실에 있는 수강생들이 일제히 내가 있는 쪽을 돌아보았다. 실력이 고만고만한 아마추어들이라 다행이었다.

"감사합니다."

선우가 한참 나를 탐하기 시작할 때는 조금 더 예뻐 보였으면 하는 바람으로 공들여 꾸미곤 했는데 선우는 그런 내 노력이 무색하게 화장이 번지도록 입술을 비비고 핥으며 즐거워했다.

제멋대로 굴어도 되는 자신의 위치가 좋았던 걸까, 자신에게 가냘픈 여자로 보이고 싶어 하는 나를 보며 자존감을 채웠을까, 그것도 아니면. 진짜 사랑이었을까.

"아…!"

손가락이 아렸다. 가위로 손가락이 집혔다. 피가 뚝뚝 떨어지는 손가락을 감싸 쥐고 화장실로 달려가 물에 손을 넣었다. 피가 씻겨 내려간 손을 쳐다보고 있으면 괜스레 뿌듯한 마음이 들었다. 손이 상하는 만큼 미용 실력이 쌓이는 것 같았다. 쓰라림이 가시자 다시 선우 생각이 났다. 나를 멋대로 유린했지만 잠시나마 사랑받는 여자의 달콤함을 느끼게 해줬던, 인간 안소원의 인생에 가장 오래도록 질척대고 있는 백선우라는 사람이.

"소원 씨. 좀 쉬셔야겠다."

"밴드 좀 사 올게요."

"네, 그러세요."

선생님에게 양해를 구하고 학원 밖으로 나왔다. 약국에 가려면 길을 건너야 한다. 횡단보도는 학원에서 꽤 먼 거리에 있어 돌아가야 한다. 다리가 불편한 노인들은 무단횡단을 하기도 했다. 지나다니는 차도 없겠다, 그냥 건너버릴까 하다가 이참에 바람이나 쐬고자 횡단보도로 향했다. 볕이 따사롭다. 답답한 교실을 벗어나 밖으로 나온 김에 정처 없이 동네를 한 바퀴 돌았다. 이렇게 산책을 해본 지가 언젠지 잘 기억나지 않을 정도로 분주한 삶을 살았구나.

"소원아."

광이 나는 구두가 길 한가운데 멈춰 서는 게 보였다. 이렇게 값나가는 구두를 신은 사람 중에 나를 알고 있는 젊은 남자는.

"백선우."

백선우 하나뿐이었다.

"오랜만이다."

선우의 집을 나오고 선우가 부쳐주던 생활비를 받아 악착같이 아등바등 가게를 굴리던 세월이 5년이었다. 그 공백만큼이나 오랜만일까. 선우를 다시 마주한 게 얼마 만인지 궁금했지만, 굳이 헤아리고 싶지 않았다. 중요한 사실은 어떻게든 돌고 돌아 저 남자를 지금 다시 마주하고 있다는 것.

"손은 왜 그래?"

"아."

왜 밖으로 나왔는지를 순간 잊고 있었다. 휴지로 둘둘 만 손가락을 등 뒤로 숨겼다. 선우는 제 손가락인 양 내 손을 가져가 조심스레 살폈다. 나는 항상 이런 다정함에 약했다. 실질적인 도움을 주지 못하는 따뜻한 말 한마디라든가, 내 일을 자기 일처럼 들여다봐 주는 이런 눈빛이라든가.

"약 발라야겠네."

"안 그래도 사러 가는 길이었어."

"약국 어딨지? 내가 갔다 올게."

이젠 나이도 먹을 만큼 먹어서 아무 이유 없는 선행은 없다는 것쯤은 아는데, 아직도 이런 다정함이 눈물 나게 좋은가 보다. 콧잔등이 시큰해지려고했다. 아직도 이렇게나 쉽다니. 나란 사람은 호구 취급을 당해도 싸다고 생각했다. 선우는 약국이 어딘지도 모르면서 무작정 왔던 길을 되돌아 뛰어갔다. 바보. 길도 건너야 하고 방향도 반대편인데. 받을 때 얼마나 큰 행복감을 느끼는지는 내가 제일 잘 알았다. 그래서 순수익이 큰 폭으로 깎이는 것을 감수해 가며 직원들에게 보너스를 두둑이 주었고 단골손님들에겐 서비스로 조각 케이크도 곧잘 가져다줬다.

웃게 해주고 싶어 내 딸 지애한테도 뭐든 주려고 했다. 그렇게 했던 건, 나도 그만큼의 사랑을 받고 싶었기 때문이었다. 잊고 있었는데 선우가 일깨워 줬다.

"소독약 뿌린 다음에 연고 바르고 반창고 붙이면 된대. 소독약 아프다는데, 참을 수 있지?"

짜증이 났다. 선우는 분명 내 인생을 망쳤다. 선우가 보내주는 돈을 모아 어엿한 사장이 될 수 있었지만 애초에 내 가게를 차리기 위해 개고생을 해야 했던 이유는 선우의 어리석은 선택 때문이었다. 나를 사랑했다면 소선과 결혼해선 안 되는 것이었다. 결론적으로 소선은 교묘한 거짓말로 선우와 나를 비롯한 많은 사람의 마음을 조종해 가며 여기저기서 사기를 치고 다녔다. 낯빛 한 번 바뀌지 않고 계략을 꾸며대는 소선 때문에 핏덩이 같은 딸과 맨몸으로 길바닥을 전전해야 했다. 이유야 어찌 됐든 소선을 택했으면 소선과 단란한 가정을 꾸리려는 노력이라도 했어야지. 나에 대한 마음이 사랑이었든, 그저 욕망이었든 간에 나를 탐내서는 안 됐던 것 아닌가. 속에서 터져 나온 울분은 한계를 모르고 증폭되었다.

"이 동네 아는 사람 있어?"

"아니. 왜?"

"그럼 무슨 일로 온 거야?"

"그냥, 너 보러."

"나를 왜?"

무의식적으로 던진 질문에 진짜 내 사랑은 소선이 아닌 너였다는 헛소리를 또 할까 봐 바로 선우의 말을 잘랐다.

"소선이나 챙겨. 어디서 또 거짓말해서 사고 치게 두지 말고. 도대체 처제한테 왜 이렇게까지 애틋하게 구는 거야? 이러니 내가 남자에 미친년이라고 욕먹지. 나 욕 먹기 싫으면 다시는 이러지 마."

이렇게 말하지 말걸. 언행이 거칠어질수록 내가 선우를 그리워하고 있었다는 걸 들키는 것만 같다.

"아무튼 가. 약은 내가 알아서 바를 테니까!"

약은 그냥 약일 뿐이다. 선우의 마음을 모진 말로 다 쓸어버렸다. 선우의 손에 멋쩍게 들려 있던 약봉지를 낚아챘다. 이것마저 받지 않는다면 그거야말로 선우를 잊기 위해 발버둥 치는 사람처럼 보일 테니까. 그러고 나서는 무슨 정신으로 밴드를 바르고 남은 수업을 다 들었는지 모르겠다. 가게로 돌아와 멍하니 앉아 자리나 겨우 지켰다. 나를 구질구질하게 만드는 선우가 싫고 미웠다. 내가 이렇게 갈팡질팡하지 않게 견고한 확신을 주지도 않으면서 잊을 만하면 나타나 성가시게 구는 선우가. 그건 아마도 나에 대한 마음이 자신의 모든 것을 걸 만큼은 아니었기 때문이겠지. 고작 그 정도의 마음이 아니라면 그는 나를 찾아와서는 안 된다.

"사장님."

나에겐 가만히 앉아 청승이나 떨 시간이 없었다. 내 앞까지 걸어온 직원 하나가 나를 불렀다. 전화벨 소리를 알아채지 못하고 있었던 모양이다. 허둥지둥 수화기를 들었다. 오랫동안 말을 하지 않은 탓에 목소리가 갈라져 나왔다. 이조차도 복잡하고 미묘한 속내를 들킨 것 같아 자존심이 상했다.

"나 원희."

"뭐?"

"원희야. 송원희."

어디서 나를 부아 치밀게 하라는 지령이라도 받았는지 이제는 송원희가 나에게 전화를 걸었다. 양육비 한 번 제대로 준 적도 없으면서 죽은 듯 숨어 살기라도 하지. 내가 가게를 차렸다는 건 어디서 어떻게 알고 전화를 한 걸까. 머리가 띵했다.

"양육비 줄 거 아니면 끊어."

"소원아, 내 얘기 들어봐."

"들을 거 없어."

"나, 돈 좀."

152

대화의 흐름이 뻔뻔스럽기 그지없다. 이혼 후 처음으로 전화해서 한다는 말이 돈을 꿔달라는 소리다. 사람이 변하는 걸 기대하느니 강산이 변하는 걸 기다리는 게 빠르다고 개새끼는 끝까지 개새끼였다. 그걸 알면서도 화가 치밀었다. 아마 아까 미련 섞인 얼굴로 내 주변을 맴돌던 선우를 발견한 탓에, 평소보다 신경이 더 예민해진 탓이리라.

"양심이 없어도 정도껏 없어야지. 오랜만에 전화해서 한다는 말이 돈 달라는 소리야?"

"그럼 이혼한 마당에 사랑한다는 말이라도 기대한 거야?"

"말귀 못 알아먹어? 나 찾지 말라고 말하는 거잖아."

"빌릴 데가 너뿐인 걸 어떡해?"

소리라도 지르고 싶은 심정이었다. 씩씩대면서 벌떡 일어났다. 힘겹게 부여잡고 있던 마지막 인내의 끈을 송원희가 모조리 잡아 뜯어 버렸다. 순간 눈앞이 뿌옇게 변했다. 눈물 때문은 아니었다. 누군가가 심장을 쥐어짜는 것 같은 고통을 감지한 순간, 온몸이 통나무처럼 뻣뻣하게 굳어버렸다. 도와달라고 외칠 수도, 손을 뻗을 수도 없었다. 그대로 바닥에 엎어지면서 손에 들고 있던 수화기가 바닥에 나뒹굴었다. 꼬불꼬불한 선으로 수화기와 이어져 있던 전화기도 통째로 바닥을 굴렀다. 그 소란에 직원들이 놀라 달려왔다. 무슨 말을 하려고 해도 끄윽, 끄윽, 소리만 겨우 냈다. 그 뒤로는 기억이 없다. 정신이 들었을 땐 바퀴 달린 무언가에 실려 어딘가로 향하는 소리만 들렸다. 코를 찌르는 짙은 알코올 냄새에 이곳이 병원이라는 것을 알아차렸다. 오른팔에는 주사가 꽂혀있었다.

"의사 선생님이 그러는데, 사장님 큰일 날 뻔했대요."

"맞아요. 우리 없었으면 사장님 돌아가셨을 수도 있었대요."

내가 누운 침대를 둘러싼 직원들이 시끌시끌해지자 의사가 곧장 걸어왔다. 갓 스물 된 직원들이 팔꿈치를 서로 밀쳐대며 "나와, 의사 선생님 오시잖아."하고 귀엽게 투닥거렸다. 하지만 의사가 알려준 내 병명은 전혀 귀엽지 않았다.

"환자분, 이전에도 이런 증상 있으셨나요?"

"아뇨, 처음이에요."

"그렇다면 지금부터 정말 조심하셔야겠습니다. 심근경색이었어요."

"심근경색이요?"

"평소에 가슴이 조이는 듯 아프신 적은 없으셨나요?"

말로만 들어본 심근경색. 심장에 혈액을 공급하는 관상동맥이 막힌 것이다. 그동안 냉가슴 앓으며 가슴 친 세월이 길어서인지 의사가 말한 전조 증상을 느꼈던 기억이 뚜렷하게 나지는 않았다. 의사는 내 눈을 똑바로 보고 말했다.

"심근경색은 평생 관리해 줘야 하는 아주 까다로운 병이에요. 지금은 운 좋게 사셨지만, 나중에 이런 일이 또 생기지 않으리란 보장이 없어요. 주변에 아무도 없는데 쓰러지면 그땐 꼼짝없이 돌아가시는 거예요."

과장 섞인 말이라고 생각했지만 심각하게 경고하는 의사를 보니 그렇지만도 않은 모양이었다. 죽을 수도 있다는 공포가 30년 만에 다시 나를 덮쳤다. 어릴 때는 새엄마의 무자비한 폭행 때문이었지만, 지금은 내 속에서 생기는 변화가 내 삶을 좀먹는다. 나조차 어찌할 수가 없고 다른 사람은 더더욱 해결해 줄 수 없는 일들이다. 심장을 계속 뛰게 하기 위해선 내 노력이 제일 중요하단다.

"다른 가족분들은 이런 적 없으세요? 가족력 가능성 있는데."

가족이라고는 소선 뿐이었다. 의절하다시피 한 아빠의 심장이 안녕한지는 알 길이 없었다.

소선도 혹시 나와 같은 일을 겪은 적이 있을까? 미워서 끊어버리려 했던 유일한 핏줄이 새삼 걱정되기 시작했다. 평소에 알고 있는 것과 모른 채 살다가 쓰러지는 건 천지 차이다. 미워 죽겠더라도 알려줘야 했다.

"언니. 나 병원이야."

"병원? 소원이 네가 왜? 괜찮아? 어디가 아파서 간 거야?"

병원 공중전화로 소선에게 전화를 걸었다. 소선은 나를 걱정했다. 이제는 지극히 당연하고 정상적인 감정의 흐름마저도 의심스러웠다. 소선이 나를 그렇게 만들었다.

"나 심근경색이래. 내가 어떻게 할 새도 없이 갑자기 아프더라."

"이 젊은 나이에?"

심각한 병명에 소선은 잠깐 멈칫하더니 깔깔 웃었다. 가뜩이나 기운 빠져 너덜거리는 몸에 여남은 힘마저 다 빠져나가는 것만 같다.

"너 점점 거짓말이 는다? 말투가 진지해서 나 순간 진짜인 줄 알았잖아."

"거짓말 아냐."

"돈도 잘 벌고, 딸도 예쁘고, 괴롭히는 사람도 이젠 없는데. 그런 병이 왜 와?"

"유전일 가능성 있댔어."

"무섭다, 무서워. 됐지?"

"언니. 내 말 좀 진지하게 들으면 안 돼?"

갑자기 커진 언성에 병원을 산책하던 환자들이 일제히 나를 돌아보았다. 다른 건 몰라도 이 말만은 귀담아 들어줬으면 했는데. 제 인생을 거짓말로 꾸며대니 동생의 병명도 거짓말로 생각하는 소선에게 무슨 말을 해야 할까. 죄 없는 수화기를 퍽 소리 나게 내려놓곤 한참을 화를 삭였다. 하긴, 선우의 돈으로 호의호식하는 주제에 아플 새나 있을까. 심근경색이고 뭐고 아주 지독하게 오래도록 살아갈 안소선을 안다. 항상 그래왔으니까.

심근경색은 나에게 좋은 방패가 되었다. 원희에게는 내가 심근경색으로 쓰러졌다는 말을 전했고, 스트레스를 받지 않도록 잘 관리해야 재발이 없을 거라고 말했더니 초상 치르는 꼴은 보기 싫은 모양인지 더 이상 돈 빌려달라는 연락을 하지 않았다. 그대로 잊을 만하면 한 번씩 전화를 걸어 내 안부를 묻곤 했다.

"나한테 자꾸 불쌍한 척하는 이유가 뭐야?"

하루는 자꾸 청승을 떠는 원희에게 짜증을 냈다. 원희는 말을 얼버무리더니 시간이 없다며 전화를 끊었고 그 이후로는 나에게 전화하지 않았다. 원희와의 연락이 다시 두절된 것은 다행이었지만 그만큼 헛헛함도 밀려들었다. 선우와 원희가 연락하지 않으니 나에게 안부 연락을 하는 사람이 아무도 없었다. 나를 진정으로 생각하고 아껴주는 사람은 아무도 없구나. 이래서 부부끼리 지지고 볶고 싸워도 같이 사는 걸까. 가슴 한복판에 큰 구멍이 뚫린 것 같았다. 지애로는 채워지지 않는 외로움이었다. 내가 만족할 만한 크기의 사랑을 되돌려주기엔 지애는 아직 어렸다. 지애는 당연히 내게 사랑을 받기만 해야 하는 존재다. 다시 전화벨이 울린 건 한 달 정도 지났을 때쯤이었다. 화난 목소리의 선우였다.

"아무리 그래도 언니잖아. 어떻게 한 번을 안 찾아올 수가 있어?"

"내가 왜 언니를 찾아가? 오랜만에 전화해서 왜 그러는데?"

"인간의 도리는 해야지. 인간이라면."

"갑자기 그게 무슨 소리냐니까?"

왜 이렇게 돌아가면서 전화로 날 못살게 구는 건지 요즘 부적 가게에서 화내는 모습만 보여주는 것 같아 직원들에게 미안하던 차였다. 진정하려고 숨을 깊게 마셨다가 후 내뱉었다. 말이 안 통할 때는 그냥 무시하는 게 상책이다.

"끊을게."

"소선이가 많이 아파. 정말 많이 아파."

"이젠 형부까지 거짓말에 동참하게 하냐? 안소선 진짜 지독하다."

"소선이 입원했어."

"왜?"

"고열이 심해서."

"병명이 뭔데?"

"혈관 기형이래. 당장 수술하지 않으면 패혈증으로 죽을 수 있다고 일단 뭉쳐 있는 혈관들을 떼어냈어. 근데 여파가 너무 커."

"어떻게?"

"걷지를 못해."

.

156

갑작스럽게 땅속에 파묻힌 것처럼 온 세상이 캄캄해졌다. 뿌옇게 올라온 눈물 때문에 시야가 흐렸다. 당장 택시를 타고 소선이 있다는 병원으로 갔다. 선우가 일러준 병실에 도착했을 때, 그 침대가 비어 있었으면 했다. 언니가 또 내 관심을 받기 위해 없는 말을 지어낸 것이었으면 했다. 언니의 제일가는 특기가 바로 거짓말이었으니까. 아주 가능성 없는 얘기는 아니라고 생각하면서도 가슴이 자꾸만 불쾌하게 쿵쾅거렸다.

"왔어?"

바람과는 다르게 알아보지 못할 만큼 수척해진 선우가 나를 맞았다. 그래도 전남편이라고 속이 좀 썩었나 보지. 푸석한 선우의 모습이 영 꼴같잖았다. 문을 열고 소선을 찾았다. 더 야윈 소선이 침대에 누워있었다. 나를 돌아보는 얼굴은 병색이 짙었지만, 여전히 예뻤다. 꼴 좋다고 비웃고 싶었지만, 입이 떨어지지 않았다. 나를 어떻게든 망하게 하려고 온갖 저주를 퍼붓던 언니는 어디로 가고 순한 양이 되어 맥없이 나를 쳐다보고 있었다.

"왜 말 안 했어?"

"방금 말했잖아, 선우가."

거짓말. 저렇게 힘없이 누운 채로 간신히 대답하는 사람은 내가 아는 소선이 아니다. 내가 아무리 화를 내도 구김 하나 가지 않은 빳빳한 얼굴로 아무렇지도 않게 나와야 안소선이지.

지금 소선의 목소리는 듣는 것만으로도 힘이 쭉쭉 빠지는, 누가 들어도 아무런 희망도, 의욕도 없는 목소리였다.

"거짓말도 하루 이틀 했어야지. 나한테 계속 거짓말하니까 이 상황도 거짓말 같은 거 알아?"

"내가 언제 거짓말했다고 그래."

소선이 눈을 스르르 감으며 말했다. 곧 바스라질 것만 같은 소선을 향해 몸이 발발 떨리도록 소리 질렀다.

"꼬시다! 언니 그렇게 될 줄 알았어. 세상천지에 어느 언니가 하나뿐인 동생을 그렇게 못살게 굴어? 나 못살게 군 벌이야. 언니는 벌 더 받아야 해! 이걸

로는 모자란다고!"

핏대 선 목이 갈라져 듣기 싫은 쇳소리가 나왔다. 저주를 퍼붓고 있는 입이 민망하게 눈에서는 눈물이 쉴 새 없이 흘러나왔다. 코까지 막혀 코맹맹이 소리로 소릴 질러대는 나는, 누가 봐도 우스꽝스러울 거다. 손등으로 눈물을 훔치고 나니 눈 하나 깜짝하지 않고 나를 바라보고 있는 소선이 보였다.

"왜 화 안 내? 동생이 언니한테 대들잖아! 버릇없이 말하잖아! 아니면 평소처럼 나한테 다 뒤집어씌우고 다 죽어가는 언니 모함하는 나쁜 년 만들어야지! 왜 가만히 누워있어, 왜! 진짜 죽을 사람처럼."

스테이션에 있던 간호사들이 우르르 들어와 악다구니를 써대는 나를 말렸다. 절대적으로 안정이 필요한 환자라는 말이 엿 같은 현실을 다시 알려주었다. 그렇다면, 나는 이제 어떻게 해야 할까?

소선을 이대로 둘 수는 없다. 걷지 못하는 소선의 손과 발이 되어줄 수 있는 사람은 나밖에 없다는 사실에 우리가 처한 현실이 서러웠다. 삶이 안정을 좀 찾을 만하면 보란 듯이 다음 언덕이 나타난다. 나도 누군가에게 좀 기대고 싶은데, 내 이번 삶에는 불가능한가? 끊임없이 아무도 대답해 주지 않는 질문을 내던지며 생각에 생각을 거듭한 끝에 모든 걸 정리하고 소선과 시골로 내려가 살기로 결심했다. 내 30대는 이렇게 끝내기로 한 것이다. 선우는 그저 알아서 하라고 했다. 모든 결정은 내가 하도록 믿고 맡기는 건지 아니면 이 시궁창 같은 쌍둥이 자매의 인생에 더는 엮이고 싶지 않은 건지 선우의 의중은 알 길이 없었다. 소선의 마음도 마찬가지였다.

소선은 증평이라는 시골에서 안정을 취하면서 꽤 많이 호전되었다. 여전히 다시 걸을 수는 없었지만, 살이 포동포동 올라와 예쁜 얼굴이 보기 좋아졌다. 소선은 아무리 아파도 여전히 자신을 치장하고 가꾸는 것을 좋아했다.

서울 소재의 대학병원에 가는 날이었다. 통원진료를 마치고 의사와 면담하면서 소선이 되지도 않는 소리를 했다.

"수술을 한 번 더 강행하면 어떨까요? 걸음을 걷는데 좀 더 호전되지 않을까요?"

소선은 여전히 자력으로 보행하는 것에 대한 미련을 떨치지 못했다. 어쩌면 당연하다. 의사는 예후가 좋을 수도 있다며 환자가 원하면 시도해 보는 것도 괜찮다고 답했다. 긍정적인 답에 소선의 얼굴은 환해졌지만, 나는 아니었다. 소선이 사전에 내게 어떤 의논도 없이 불쑥 재수술을 희망한다고 내뱉은 것이었다. 나는 앞으로 소선과 내가 겪어야 할 고생과 혹시라도 감당해야 할 부정적인 예후에 대한 걱정이 들었지만 소선의 고집은 쉽게 꺾이지 않았다.

증평으로 내려오고 나서는 선우가 종종 내게 연락한다. 내용은 주로 소선의 건강 상태, 생활의 어려운 점 등을 보고하는 수준이었다. 어쩌다 한 번씩 나 모르게 소선이와 개인적으로 통화한다는 사실도 알았다. 선우는 소선의 말들을 다 받아주는 모양이었다. 선우가 그렇게 굴수록 소선은 옛날처럼 의기양양해졌다.

닫히는 수술실 문틈 사이로 소선의 모습이 사라졌다. 수술실 앞에서 몇 시간이고 소선이 무사히 나오기를 기다리고 있었다. 6시간이 넘어가자 속이 점점 타들어 갔다. 선우로부터 계속 전화가 왔다. 그렇게 애타고 가엾으면 직접 오면 될 텐데, 선우에게는 그럴 용기도 없었다. 한참 뒤에 수술을 마친 교수님이 나왔다.

"수술 잘 끝났으니 너무 염려 마세요."

일반 병실로 올라왔다. 소선이 아파하는 모습을 눈 뜨고 보기 힘들었다. 불쌍해서 어찌할 바를 몰랐다. 내가 대신 반이라도 아파주고 싶었다. 통증의 반이라도 나눠주고 싶었다. 나는 의사에게 진통제를 더 넣어 달라고 떼를 썼다. 의사는 짜증을 내면서 지금도 다량의 진통제를 투여 중이라 더 놔줄 수 없다고 딱 잘라 말하고선 내 앞에서 사라졌다.

일주일이 지났다. 정말로 호전이 조금은 있었다. 지팡이를 잡고서 걸을 수 있는 정도가 되었다. 하지만 이 수술이 소선에게 죽음의 그림자를 더욱 짙게 드리우게 할 줄 누가 알았을까.

집으로 돌아와 허리부터 꼬리뼈까지 이어진 수술 상처를 밤낮으로 드레싱

해 주었다. 수술 부위에서는 척수액이 새고 있었다. 척수액을 막기 위한 수술을 다시 여러 번 해야 했다. 소선의 살이 붙지 않아 소와 돼지의 경막을 몇 번이고 덧댔지만, 그 노력을 비웃기라도 하듯 척수액이 질질 새어 나왔다. 설상가상으로 소선에게도 심근경색이 찾아왔다. 응급처치로 운 좋게 살아났던 나와는 다르게 이미 투병 중인 소선에게는 더욱 치명적일 수밖에 없었다.

"소원아, 제대로 좀 닦아줄래? 시트가 자꾸 젖어 있으면 언니가 욕창이 생기지 않을까?"

"나도 노력하고 있어. 조금만 참아줘."

"나는 한평생 소원이 너 하나만 바라보고 희생하고 살았어."

"그래서?"

"내가 이렇게 아픈 것도 그 결과물이라는 생각을 좀 해야 하지 않을까 싶어."

"지금 나 때문에 이렇게 됐다는 말이 하고 싶은 거야?"

죽을 날 받아둔 몰골로도 끝까지 내 탓을 하는 소선이 원망스러웠다.

"언니가 지금 아파서 뭐든 탓하고 싶은 마음 알아."

"아니, 넌 몰라."

"그래. 당사자가 아닌 이상 완전히 느낄 수 없겠지. 그런데 말이야. 나도 언니 못지않게 힘들었어."

의사가 신신당부했었다. 간호도 중요하지만, 내 스트레스 관리도 게을리하면 안 된다고. 소선 때문에 뻐근해진 목뒤를 만지며 심호흡했다.

"근데 있잖아, 소원아."

"……."

"나는 너에게 하나도 미안하지 않아. 내가 있어서 너도 살 수 있었던 거잖아."

자신으로 인해 힘들게 살아왔단 말을 하는 동생에게 하기에는 너무 잔인한 말이 아닌가. 더더욱 죽어가는 자신의 수발을 들면서 인생의 황금기를 보내고 있는 동생에게.

"아, 언니 지금 혼자 죽기 무서워서 나까지 요절하게 만들려고 이러는 거지?

그런 거라면 성공했어. 언니 장례 치르고 나도 곧 따라갈 것 같아."

할 수 있는 한 실컷 비꼬았다. 하지만 소선은 여전히 눈만 깜빡이고 있을 뿐, 그 어떤 대꾸도 하지 않았다. 대답을 듣고자 한 말은 아니었지만. 속이 답답해서 소선을 두고 베란다로 나갔다. TV를 보고 있던 지애가 혀를 차며 나를 돌아보았다. 다소 냉소적인 성격의 지애에게는 자주 눈물을 보이는 엄마가 지켜줘야 할 존재처럼 유약하게 보이겠지. 지애가 볼세라 뒤돌아서 눈물을 흘렸다.

"내가 이모한테 갈까? 이모한테 뭐 해주면 되는데?"

"아침마다 약 먹어야 하는 거 있잖아. 그거 좀 챙겨줘. 고마워."

나 대신 지애가 소선을 돌보는 걸 가만히 두는 이유는 소선이 지애에게는 더없이 좋은 이모였기 때문이다. 지애가 엄마 좀 그만 괴롭히라고 화를 내도 웃으면서 그러겠다고 하고, 삼키기 역겨운 약을 먹으라고 건네도 군말없이 먹었다.

며칠 전 척수액에서 붉은색이 나와 청주에 있는 병원 응급실에 다녀온 적이 있었다. 응급실 전문의가 말하길 철분이 빠져나와 위험하니 대학병원으로 바로 가야 한다고 했다. 소선은 싫다고 버텼다. 어차피 이틀 후에 내원할 건데 지금 가면 수술밖에 더하겠냐는 입장이었다. 급한 대로 수액이나 맞고 괜찮아지면 집으로 갈 거라고 우겼다. 더 이상 의사는 소선을 말리지 않았다. 월요일이 되어야 대학병원을 갈 수 있다. 나도 알고 있었다. 새는 척수액을 막으려면 그 지긋지긋한 수술밖에 없다는 걸.

"소원아."

"응."

"나 무서워. 이번에 서울 가면 여기 돌아오기 힘들 것 같다."

"언니. 살려고 하는 수술인데 뭐가 무서워. 언니 옆에 내가 있는데."

소선은 지팡이를 짚고 증평 집 여기저기를 둘러보았다. 마치 오래도록 마음에 담으려는 사람처럼. 이곳은 소선의 맘에 드는 곳으로 골라 매입했고 구석구석 소선이 원하는 인테리어로 바꾼 곳이다.

증평에 온 지도 벌써 8년째 접어들고 있었다. 시간이 속절없이 흘렀다. 소선과 함께 사는 동안 나는 한 번도 깊게 잠을 자본 적이 없다. 발이 스치는 소리만 들어도 잠이 깰 정도로 예민해져 있었다. 그날도 이상한 느낌에 눈을 떴다.

"언니…!"

"……."

"안소선! 너 지금 뭐 하는 거야!"

그 밤, 소선이는 사람이 아니었다. 뭐에 홀린 것처럼, 실오라기 하나 걸치지 않고 설거지를 하다가 행주로 바닥도 닦고 거울도 닦고 있었다. 주방은 온통 물바다가 되어있었다. 그러다 갑자기 악을 써가며 내 이름을 불렀다. 나는 초점이 나간 소선을 붙잡고 울었다. 재빨리 119를 부르고 니트로글리세린을 소선의 혀 밑에 밀어 넣었다. 그리고 그것이 소선의 마지막 모습이었다.

11

멸망

소선의 죽음은 예견된 것이었다. 소선은 서서히 죽어가고 있었다. 누군가의 죽음을 가까이서 본 적이 없는 나에게도 그게 보였다. 소선은 아플 때마다 내가 온갖 헛소리들마저 다 받아준다는 걸 알았다. 그래서 뭐든 자신의 마음에 차지 않으면 내 잘못이 아닌데도 나에게 신경질을 냈다. 하지만 그마저도 힘이 빠지는지 시간이 지날수록 맥없이 누워 눈만 깜빡거리는 날들이 많아졌다. 소선이 고개를 젓지 않으면 긍정의 뜻으로 알고 아침밥을 차리고 산책을 할 채비를 했다. 소선이 대답할 기력조차 남아 있지 않다는 걸 알았기 때문이다.

무릎을 끌어안은 채 소선의 영정사진을 올려다봤다. 이렇게 갈 줄 알았으면 소선이 많이 아프기 전에 함께 사진이라도 찍어둘 걸 그랬다. 조금이라도 초라해지는 꼴을 죽기보다 싫어했으니 증평에 같이 내려가고 나서는 사진 한 번을 안 찍었다. 그랬더니 영정사진 속 소선은 참 젊고 팽팽하다. 한창 나를 형부하고 붙어먹는 상간녀 취급을 할 시기에 나와 선우 사이를 갈라놓을 만한 명분이라곤 오로지 돈뿐이었을 텐데 왜 그렇게까지 나를 못살게 굴었을까. 지금은 대답해 줄 소선이 곁에 없다. 소선이 죽어버린 지금에 와서 소선을 탓하고 싶지 않았다.

지금 생각해 보면 나 또한 소선과 똑같은 속물이었다. 그저 못 해준 것들만 자꾸 생각난다.

"지애는 자?"

"응. 자."

공기처럼 다가온 목소리에 뒤를 돌아보았다. 새까만 정장 차림의 선우가 구두를 벗으며 다가왔다. 소선과 내가 모든 걸 정리하고 증평으로 오고 나서 선우는 처음으로 증평에 온 것이다.

선우는 기독교 집안이라 묵념으로 고개 숙여 한참을 울었다. 30분 동안 바닥에 눈물 자국이 흥건해질 때까지, 아주 한참을.

소선은 자기애성 성격 장애였다. 자신의 이익이 된다면 뭐가 됐든 이루고야 말았다. 어떤 이유에서 소선이 그렇게 변했는지 알 수가 없지만 소선의 이기적인 행동은 모두 자신의 짧은 생을 예측해서 잠시라도 원하는 바를 이루며 행복하게 살고자 발버둥 친 결과물이라고 생각하고 싶었다. 소선이 죽고 나의 40대는 이렇게 끝이 났다.

무수한 일들이 나를 짓밟았고, 곧 죽을 것처럼 시들어도 다시 살아나고야 마는 나의 생명력은 잡초가 따로 없었다. 해가 바뀔 때마다 다시 살아나는 잡초. 내가 그 잡초였다. 제아무리 끈질긴 잡초라도 제초제를 뿌리면 바로 죽을 것이다. 그걸 알면서도 망설여지는 이유는 내가 저질러 놓은 또 하나의 잡초가 있기 때문이다. 딸 지애였다. 하찮은 잡초 같은 인생이라도 꽃을 피우게 할 것인지, 그냥 여기저기 짓밟히다 뿌리 뽑히고야 마는 잡초로 자라게 둘 것인지는 내 손에 달렸다. 그래, 결심했다. 내가 만든 잡초는 반드시 꽃이 피게 할 것이다. 그러기 위해서는 이 지긋지긋한 삶의 모진 풍파를 여전히 맞서 살아나가야 한다.

애도의 눈물을 다 흘렸는지 옆으로 다가온 선우가 내 손을 찾아 잡았다. 지금 상황에서도 내 손을 잡는 선우가 지긋지긋했지만, 위로의 의미라고 생각하기로 했다. 그렇게 가만히 두니 이제는 슬그머니 손가락 사이로 깍지를 낀다. 목뒤로 소름이 끼쳤다.

"이 상황에도 이 짓이 하고 싶어?"

뱉어놓고도 과민 반응이었나 싶었지만, 내가 생각했던 게 맞는 모양이었다. 연인 사이에서나 할 법한, 욕구를 해소하기 위한 행위.

"말했잖아. 내가 진짜 사랑하는 사람은 소원이 너라고. 소선이는 그냥… 정이랄까. 정말 미운 정 고운 정 다 들었어. 소선이가 있었기에 소원이 너랑 여기까지 올 수 있었던 거야."

소선은 마지막까지 선우와 살 거라고 했다. 그렇게 고통스러워하면서도. 그런데 지금 그 끔찍한 투병 끝에 죽은 소선의 장례식장에서 저딴 소리를 지껄인다. 애초부터 바닥을 기던 사회성이라 인간적인 위로나 격려는 바라지도 않았다. 차라리 말해놓고 아차 싶어서 제 입을 스스로 틀어막았으면 했다. 하지만 선우는 정말 자신이 무슨 말을 지껄이고 있는지 모르는 눈치였다.

"그래도 나는 남편 된 도리로 최선을 다했다."

아주 결백하다는 표정으로 변명을 해대는 얼굴이 역겨워 구역질이 났다.

"소선이를 정신과에 데리고 가서 치료받게 했으면 좋았을 텐데, 그게 아쉽네."

소선과 한패가 되어 나를 물 먹이던 것도, 이딴 말 한마디로 쉽게 죄를 사하려고 하는 것도 싫다.

"잊었어? 나 소선이랑 한 배에서 태어난 자매야. 소선이 내 쌍둥이 언니라고."

"알아."

"아는데 이런다고?"

"왜 모르겠어?"

"언니는 내 곁에 유일한 가족이었어. 그런 언니가 죽었어. 아무리 나를 힘들게 했어도 곁에 있는 것과 아예 이 세상에 없는 건 달라. 지금 나한테 필요한 건 상황 파악 못 하고 손이나 잡는 이딴 짓거리 말고, 그냥 입 다물고 가만히 있는 거야."

"아니, 나는 그냥 네가 내 마음을 알아달라는 거야. 나는 지금까지 너만 바라보고 살았어."

"내가 네 속을 모를 줄 알아?"

말을 잇기도 전에 눈물이 치솟았다. 말할수록 겹겹이 쌓아온 설움의 세월이 한꺼번에 밀려들었다. 곁에 남은 남자라고는 이 인간 하나라는 현실이, 이런 인간과 엮인 우리 자매의 운명이 서글퍼 나를 울게 했다. 꼬일 대로 꼬여버린 내 인생, 어디서부터가 잘못된 건지 알 수도 없다. 바로 잡기엔 너무 많은 시간이 흘렀다. 뒤엉킨 실타래처럼 시작과 그 끝이 보이지 않았다.

통째로 버릴 것인지 아니면 중간중간 잘라가며 끝이 보일 때까지 풀어나갈 건지는 내 선택에 달렸다.

개 같은 내 인생의 끝은 보이지 여전히 보이지 않는다. 다른 사람들도 마찬가지겠지만 인제 와서 뭘 얼마나 행복하기를 바라겠는가. 새 삶을 살기엔 적지 않은 나이를 먹었다. 내가 키우고 있는 잡초에 예쁜 꽃이 피기만 바랄 뿐이다.

소선아. 너의 못다 한 삶까지 내가 끝까지 살아보련다. 네가 있는 세상에서 날 기다리고 있어. 내가 필요하면 옛날처럼 불러줘. 달려갈게. 마음이 문드러지도록 미운 너지만 널 마냥 미워할 수가 없구나. 너는 나의 일부이기에. 나 열심히 살아볼게. 내 잡초에 꽃을 피워볼게.

최대한 경멸스러운 눈빛으로 선우를 노려보았다. 새벽이라 조문객도 없고, 당장은 백선우를 피하고 싶은 마음이 제일 커 뒤도 돌아보지 않고 방으로 들어갔다. 나를 따라 들어온 선우가 뒤에서 나를 끌어안았다. 손이 닿은 아랫배와 가슴이 더럽혀지는 기분이 들었다. 내가 이 자리에서 혀 깨물고 죽어도 내 시체에다 박아대며 희열을 느끼려나. 상상하자 다시금 속이 거북해졌다.

"난 너뿐이야. 이 세상 다 멸망하고 너 하나만 있어도 난 살 수 있어. 내가 그만큼 너를 사랑해."

끝이 떨리는 목소리는 꽤 절박하게 들렸다. 순간을 모면하기 위한 변명이 아닌 진심 같기도 했다. 나를 평생 놓칠까 봐 두렵겠지만 나는 선우에게 나뿐이라는 사실이 공포다. 잘 끊어지지 않는 굵은 밧줄로 발목이 묶여 몇 번이고 도망쳐도 밧줄만 당기면 허무하게 잡히는 처지가 된 기분이었다. 그래, 나는 마치 백선우의 손에 붙들린 장난감 요요 같았다.

"소름 끼쳐. 그만해. 나는 단 한 순간도 너 사랑한 적 없어. 너는 그냥 나한테 형부일 뿐이야. 이제는 언니도 죽었으니 완벽한 남이지."

선우의 손을 뿌리치려 할수록 나를 안은 팔에 단단히 힘을 주었다. 슬슬 겁이 났다. 지애가 깨서 이 광경을 볼까 봐 무서웠고, 소선을 보내는 이 자리에서 상복이 온통 헤집어진 채 선우에게 다시 유린당할까 봐 겁이 났다. 여태껏 참으며 살아온 인생이라지만, 나한테도 참을 수 없는 일이란 게 있었다.

"지금 여기서 어쩌자는 거야?"

"가지 마. 나 버리지 마. 내가 잘할게."

선우는 내가 전부라고 했고, 나는 아니라고 했다. 그뿐이다. 선우는 당장 죽을 것처럼 불안해하고 있었다. 뿌리치려고 움켜쥔 선우의 팔이 덜덜 떨리고 있었다. 다시금 깨닫는다. 명석한 두뇌로 집 안에만 있어도 돈 몇억은 우습게 버는 백선우의 유일한 약점이 나라는 것. 그간 선우의 주변 사람들을 본 적이 있었나 생각해 봤다. 아무리 생각해도 원희 말고는 없었다. 그마저도 나와의 이혼으로 사이가 데면데면해졌을 것이다. 아니, 나를 좋아한다고 말한 그 순간부터 원희와 선우는 따로 연락하거나 만나지 않았다. 당연한 노릇이다. 그제야 선우의 말이 진심으로 다가왔다. 선우에게는 나말고 사회적 관계를 맺는 사람이 아무도 없었다.

마음이 약해졌다. 그리고 도울 수 있을 것 같았다. 소선에겐 그러지 못했으니까 선우라도 보통의 인간으로 만들고 싶었다. 그 누구하고도 왕래하지 않았다면, 내가 도와주면 된다. 친구를 사귈 수 있도록. 이 세상에 나 말고도 다른 사람들이 많다는 것을 내가 알려주면 된다.

"알았어. 나 어디 안 가. 그러니까 그만하고 앉아."

"정말이지?"

"그래. 내가 어디를 가. 그간 받은 게 미안해서라도 못 가지."

그간 선우로부터 금전적인 도움을 받은 사실을 떠올렸다. 방금 한 말은 나에게 하는 다짐과도 같았다. 선우는 내 인생을 망쳤지만, 다시 살게 했다. 선우가 있어 내 몸과 영혼은 숱하게 망가졌지만, 선우의 재력으로 빚더미인 원희에게서 벗어날 수 있었고 지애를 풍족하게 키울 수 있었으며 어엿한 사장님 소리 들어가며 사업도 할 수 있었다. 선우에게 여태 받은 돈을 다 합하면 강남의 고급 펜트하우스도 살 수 있을 것이다. 제 명만큼은 아니었지만 소선은 선우의 돈으로 누릴 만큼 누리면서 살다 갔다. 하늘로 간 마당에 언니를 손가락질하고 싶지 않았다.

소선의 죽음과 나의 고통이 등가교환 됐다는 생각이 들면 마음이 한없이 무거워졌지만, 소선은 같은 병을 가진 다른 사람들보다는 비교적 편안하게 눈을 감았다. 이 사실을 계속 상기하는 이유는 선우를 뿌리치지 않기 위한 실낱같은 명분이 남아 있었으면 했기 때문이다. 여태 이만큼 힘들었으니 이젠 나를 위한 어떤 선택이든 괜찮다고 생각하고 싶었다. 그리고 나때문에 선우가 죽지 않으면 했다. 나를 붙드는 선우는 정말 죽을 것처럼 매달렸으니까.

"일단 자."

"네가 떠날까 봐 못 자겠어."

"그런 게 어딨어, 상중인데."

"그냥 지금 마음이 그래."

선우에게 차갑게 굴었던 게 처음이었다. 아마도 나에게 있어 선우가 더는 아쉬운 존재가 아니라는 걸 일깨워 줘서 그런 것 같다. 나는 선우를 최대한 이해하려 애썼다. 구석에 있던 담요를 가져와 선우를 눕히고 나도 누웠다.

"자. 내가 재워줄게."

선우를 바라볼 수 없는 방향으로 누웠다. 가만히 배를 토닥여 주자 불안정하던 호흡이 점차 잦아들었다. 몰랐는데 그새 배가 불룩 튀어나와 있었다. 놀랍지는 않다. 선우는 집 밖에 잘 나가지 않았고 컵라면이나 인스턴트 음식으로 끼니를 대충 때웠으니까.

"손잡아 줘."

선우가 아이처럼 징징거렸다. 잠들고 나면 내가 어디로 도망이라도 갈 것 같나 보다. 이제 무슨 짓을 해도 선우를 온전히 안정시킬 수 없었다. 여태 충분히 숨통을 조이는 구속해 놓고 얼마나 더 나한테 매달릴까. 어둠 속이라 굳은 표정은 수월히 숨겨졌다. 불룩한 선우의 배가 고른 속도로 오르내렸다.

넌 내가 전부라고 했지? 나를 전부라고 말하는 너 때문에 나는 모든 것을 잃었다. 내가 언제까지 네 곁에 머물면서 더 잃어야 할까? 네가 책임질 것도 아니잖아. 매일 밤 꾸는 똑같은 꿈에서 내가 선우에게 하는 말들이다.

"악!"

외마디 비명을 지르며 잠에서 깨면 걱정스러운 지애의 얼굴이 보인다.

"엄마! 괜찮아?"

"미안해. 얼른 들어가서 자. 엄마 괜찮아."

"또 수면제 먹고 자려고?"

"응."

등 돌리고 누운 나를 지애가 끌어안았다. 자길 버리지 말라고 애원하던 선우가 떠올랐다.

"아참, 떡 있는데. 좀 챙겨줄까?"

"안 그래도 캐리어 엄청 빵빵하거든? 그리고 아줌마가 잘 먹여주시는 거 알잖아."

대학생이 된 지애는 신촌에 집을 얻어 살고 있다. 지애가 공부에만 몰두할 수 있도록 도우미 아주머니가 빨래며 반찬거리를 다 해결해 주시고, 지애는 방학에만 증평에 내려온다.

지애를 호사스럽게 키울 수 있는 것은 선우가 기반을 마련해 준 덕분이었다. 소선의 장례식에서 선우를 만난 이후 나의 지옥 같은 일상이 시작됐다. 내가 잠시라도 다른 곳으로 벗어날 수 없도록 선우는 더 많은 돈을 다달이 부쳐주었다. 통장에는 일하지 않아도 여유롭게 살 수 있을 만큼의 돈이 쌓여 갔다.

"지애 갔어?"

"응."

창밖으로 지켜보고 있기라도 했는지 귀신같이 선우로부터 전화가 왔다. 애증. 사실 증오하는 마음이 더 커서 애정이 모조리 덮일 만큼 선우가 지긋지긋하다. 그런데도 선우의 말을 순순히 들어주는 건, 나 아니면 선우를 상대해 줄 사람이 없기 때문이고. 더 솔직히는 선우가 주는 금전적 보상이 평생 이어지길 바라서다.

선우는 항상 잔소리로 대화를 튼다. 나에게 별로 할 말이 없어서다. 그래도 대화는 하고 싶으니까 연신 잔소리를 해댄다. 사람 함부로 믿지 말라는 것도 선우의 고정 레퍼토리였다. 그 외에도 돈거래 하지 마라, 남이 주는 거 함부로 받아먹지 마라, 날것을 먹지 마라, 심지어는 양치질을 제대로 하라는 잔소리까지 해댔다. 어릴 때는 이런 외톨이 같은 면모를 어떻게 숨겼는지 모르겠다. 대부분의 일을 직원들이 대신해 주는 터라 스마트폰 사용이 미숙했는데 선우는 무엇보다도 이런 면을 특히 답답해했다. 순진하다는 둥, 멍청하다는 둥. 걱정인지 비난인지 모를 말들이 내 얕아진 내 마음을 쉽게 찌르곤 했다.

"세상 사람이 어디 다 못된 줄 알아? 다들 열심히 밥벌이하는 성실한 사람들이야."

이렇게 맞받아치면 선우는 항상 입을 다물었다. 다른 사람이었으면 네가 더러운 꼴을 안 당해봐서 모르는 거라며 우기기라도 했겠지만, 선우는 그럴 수 없었다. 밖에 나가서 사람하고 대화를 해 봤어야지. 그런 적이 없으니까 그냥 모든 게 두렵고 싫은 거다. 더 솔직히 말하자면 자신이 알지 못하는 사람들과 내가 말을 섞는 것이 불안한 것이었다.

선우는 아침에 일어나 저녁에 잠들 때까지 일거수일투족 나의 생활을 보고받았다. 선우, 원희, 소선 그리고 나. 시작은 이렇게 맺어졌지만 결국은 선우가 원하는 그림이 완성됐다. 너무 많은 시간이 걸렸지만, 결국엔 나와 선우만 남았다. 이때부터 선우의 집착은 날이 갈수록 더 심해졌다. 의처증 증세까지 보였다. 오죽하면 다른 여자들 몇을 소개해 주기도 했는데, 한 번 이상 만난 여자는 없었다. 남자라면 여자에게 호기심을 갖는 건 당연한 일인데 도통 선우의 머릿속을 이해할 수가 없었다. 매일 먹는 밥도 지겨워 다른 음식을 먹듯이 여느 부부도 오래 살다 보면 둘 중 하나가 바람이 나는 일이 허다한 세상이다. 소선도 그랬고, 원희도 그랬다.

내가 뭐라고 죽자 살자 나에게만 매달려 남은 인생을 허비하는지 알 수가 없다. 선우의 재력이라면 여자들이 줄을 섰을 텐데. 그러면 그럴수록 선우가 밉다가도 불쌍하기도, 안쓰럽기도 했다. 소선에게 매여있던 줄이 끊어지자 선우가 내 발목을 붙잡기 시작했다. 선우에게 가장 눈엣가시 같은 존재는 바로 예전 가게 일을 함께했던 상훈이라는 직원이었다.

상훈은 내가 남동생처럼 아꼈고 가게를 정리할 때도 끝까지 도와줬던 성실한 아이다. 상훈이는 내게 이성적 호감을 품고 있었고, 그래서인지 내가 시키는 일에 그 어떤 반문도 하지 않고 응해주었던 직원이었다. 상훈이에겐 미안한 일이지만, 나는 그런 상훈이의 마음을 이용해 이것저것을 부탁하기도 했다. 상훈은 나와 함께 증평까지 내려와 소선의 병간호를 같이 도와주기도 했다. 이제는 소선이 없으니 더는 상훈이가 내 옆에 있을 필요가 없는데도 내보내지 않은 것이 선우의 불만이었다. 기회를 보고 얘기할 참이었다. 미친놈처럼 구는 선우를 견디다 못해 상훈이에게 솔직하게 얘기를 하고 내보냈다. 다행히도 이해한다며 오히려 나를 위로해 줬다. 그리고 상훈이는 영영 내 옆을 떠났다. 그런데도 선우는 믿지 않았다. 상훈이에게 거액을 챙겨줬는지, 고가의 선물을 얼마나 줬는지 추궁하기도 했고, 자신이 모르게 연락하고 지내는지, 혹시나 미래를 약속했는지 등을 캐물었다. 지금까지 몰랐던 선우의 말과 행동이 섬뜩했다.

선우는 날이 갈수록 혼자만의 상상 속에서 의심을 키워갔다. 나는 그 무렵 사랑하는 남자친구도 생겼지만, 선우로 인해 점점 힘들어져 갔다. 그러나 선우가 독립적으로 살 수 있을 때까지 최선을 다하기로 한 결심을 지키기 위해 선우의 옆 동에 작은 방을 얻었다. 선우와 같이 지내고 싶어서가 아니라 선우의 현실성 없는 의심을 조금이라도 거두게 하기 위한 특단의 조치였다. 같이 있어도 네가 나에게 해줄 수 있는 게 없다는 걸 인식시켜 주기 위해서였고 나는 달라진 게 없다는 걸 확인시켜 주고 싶었다. 한 달에 일주일은 서울에서 생활했다. 마포로 이사하는 날, 남자친구인 규현이 도와주었다. 그것도 이사라고 힘에 부쳤다.

"선우야! B동으로 어제 이사 왔어. 한 달에 일주일은 너랑 지낼 거야."

"미리 얘기하지."

선우는 꽤 놀란 눈치였다. 미리 얘기해 봤자 어차피 결정은 내 몫이었다. 설마 진짜 올 줄 몰랐다고 말했지만 선우 얼굴에는 좋아하는 기색이 역력했다. 그 한 주는 내가 잠깐 머물 때 필요한 생활용품을 사느라 일주일이 후딱 지나갔다. 증평으로 내려가는 날이면 선우가 몹시 아쉬워했다.

"다음 달에 또 올 건데 뭐. 너무 아쉬워하지 마."

"소원아! 남자친구 도착할 때까지 나가지 마. 밖에 너무 추워."

"응."

선우는 규현이 도착할 때까지 나와 함께 있다가 곧 도착한다는 연락을 받고서야 후다닥 사라졌다. 규현은 내가 증평과 서울을 오고 갈 때마다 함께해 주었다. 장거리 운행이 힘든 내게 든든한 지원군이었다. 시간이 왜 이리 빨리 흐르는지, 또 마포 가는 날이 다가왔다. 마포에서 지내는 일주일 동안 딱히 하는 일은 없었다. 책 보고, 영화 보고, 선우가 챙겨주는 음식을 먹는 것 말고는. 나는 마치 선우가 애지중지 여기는 인형 같다는 생각이 들었다. 새벽 5시면 선우가 현관 비밀번호를 누르는 소리와 함께 잠에서 깬다. 나는 눈앞에 검은 그림자가 드리우면 감은 눈을 뜨지 않은 채로 입을 연다.

"왔어?"

"응. 나 신경 쓰지 말고 더 자!"

"응."

선우가 현관문을 들어서는 순간 잠은 벌써 달아난 지 오래다. 눈을 감고 선우가 움직이는 소리에 귀를 기울이며 무엇을 하는지 집중한다. 선우는 내가 아침에 먹는 약을 탁자 위에 준비해 두고는 방에 들어가 컴퓨터를 켜고 일할 준비를 한다. 내가 자리에서 일어나는 기척이 들리면 의자에서 벌떡 일어나 달려온다.

"다 잔 거야?"

"응."

"소원아, 물 줄까?"

"아니. 화장실 먼저."

화장실에서 나오면 물과 함께 약이 놓여있다. 약을 먹고 나면 커피를 대령한다. 커피 한 모금 먹고 있으면 아침밥을 주기 위해 즉석밥을 전자레인지에 데우고 주문한 밑반찬을 접시에 옮겨 준다. 내가 다 먹고 나서야 다시 컴퓨터 앞에 앉아 선우도 밥을 먹는다. 선우가 밥을 먹는 동안 나는 TV를 본다. 오래도록 TV를 보고 있으면 어김없이 눈이 좀 쉬어야 하지 않겠냐는 선우의 잔소리가 날아든다. 나는 바로 TV를 끄고 책을 본다. 책을 오래도록 보고 있으면 쉬엄쉬엄 보라고 한다. 선우는 계속 일을 한다. 점심때가 되면 뭐가 먹고 싶은지 물어본다. 사실 이곳에 오면 원래 없던 입맛이 더 사라진다. 그래도 내가 먹지 않으면 선우도 덩달아 먹지 않아서 선우가 좋아할 법한 메뉴를 선택한다.

"햄버거 먹을래."

그러면 이것저것 햄버거 가게 책자들을 펼쳐서 들이민다. 워낙 입이 짧은 데다가 입맛은 토종인데 선우가 좋아하는 것을 시키다 보니 한 입 먹고 나면 도무지 넘어가질 않는다. 선우는 내가 먹다 남은 것을 가져가 컴퓨터 방에서 먹는다. 선우는 절대 나와 겸상하지 않았다. 자기가 먹는 모습을 나에게 보이고 싶지 않다고 한다. 이유는 모르겠다. 오후가 돼서 일을 마치면 저녁밥 또한 선우가 챙겨준다. 내가 수면제를 복용하고 잠이 들어서야 자기 집으로 돌아갔다.

이렇게 같은 일주일이 반복되면서 깨달은 점이 있다. 선우가 내 몸을 탐하지 않는 것이다. 선우는 성기능에 문제가 있었다. 그것은 내게 다행인 일이었다.

선우는 나에 대한 사소한 일까지 다 공유하고 싶어 했다. 지금 규현과 교제할 수 있었던 것도 선우의 허락이 있었기에 가능한 일이었다. 선우가 규현과의 연애를 허락한 것은 서울과 증평을 오갈 때 규현의 도움이 없이는 힘들었기 때문이었다. 또 규현은 나보다 한참 연하였기 때문에 선우는 더 마음을 놓았다. 일정 거리 이상 관계가 발전할 일이 없다고 생각한 것이다.

그렇게 일주일을 선우와 보내고 내려가는 날이면 친정엄마가 시집간 딸에게 그러하듯 과일, 밑반찬 등을 바리바리 싸주었다.

"소원아, 친구한테 문자해 봐."

"몇 시쯤 도착하는지?"

"응."

"8시 30분에 도착할 것 같아."

"절대 무거운 짐 들지 말고 친구보고 올라와서 들라고 해."

소선과 함께 살면서부터 선우의 말에 한 번도 토를 달지 않았다. 이유는 소선 때문이었다.

소선의 이간질로 살 수가 없었다. 그 여파로 지금까지도 선우 말에 대답만 했지 내 주장을 한 번도 내보인 적이 없었다. 이러한 행동이 맘에 들었는지 선우가 자기 마음을 표현할 수 있는 유일한 수단인 돈을 아낌없이 주었다.

"소원아. 안 가면 안 돼?"

"가야지. 내 일이 있는데."

규현이 도착했다는 전화가 올 때까지 손을 붙잡고 내 옷에 코를 박고 있었다. 전화벨이 울리자 규현의 이름을 확인한 선우가 냉큼 일어나 또 꽁무니

빠지게 나가버린다. 혹시나 복도에서 마주칠까 봐 그런 거다. 증평에 내려온 지 얼마 지나지 않아 선우에게 연락이 왔다. 어쩐 일인지 목소리가 매우 격양되어 있었다.

"미디어 연결 누가 해줬어?"

"친구가 해줬어. 왜?"

"거짓말하지 마. 넌 나를 속였어. 나쁜 년."

"무슨 소리야?"

"너 기계치라 미디어 설정 못 하는 거 알고 있는데. 상훈이가 깔아줬지? 나한테는 헤어졌다고 해놓고 계속 연락하고 있었지? 이 더러운 년."

심장이 쿵 떨어졌다. 항상 유약하고 의존적이던 선우가 처음으로 나에게 욕을 했다. 그것도 이유랍시고 하는 말들은 이해하기 어려웠다. 아마도 상훈의 전화번호로 연결되어 있어서 그런 것 같아, 이사하던 날의 상황 설명을 해주었다. 마포에서 지루한 일주일을 보낼 것 같아 규현에게 전화해 설치해 달라고 했었다. 나는 왜 미디어가 상훈의 전화번호로 연결되어 있는지 알 수 없었다. 이날부터 나는 협박과 악몽에 시달렸다. 상훈과 헤어지며 전화번호도 바꿨고 이것은 선우도 알고 있는 사실이었다.

선우는 이사하는 날의 진실을 알아야겠다고 우겼다. 옆에 상훈이 있는 거 다 아니까 상훈을 바꾸라고 으름장을 놓기도 했다. 이사하는 날 규현만 있었던 것은 아니다. 고등학교 때부터 절친했던 친구 지혜도 있었다. 지혜는 선우도 아는 친구다. 지혜에게 전화를 했다. 내가 아무리 선우에게 설명해도 믿지 않으니 지혜에게 선우와 통화해 달라고 부탁했다. 친구가 선우에게 전화해 그날의 상황을 설명했는데도 선우는 지혜의 말도 듣지 않는다고 했다. 선우에게 전화가 왔다. 석 달 전부터 오늘 날짜까지 통화 기록을 보내달라 했다. 그 기록에 상훈의 번호가 두 번 찍혀 있었다. 그건 무언가를 물어보기 위해 전화를 했던 내용이다. 그 기록을 보자마자 선우는 거품을 물었다. 급기야 미디어에 연결된 상훈의 전화번호로 직접 전화를 했다. 신호음이 한참 울리더니 웬 중년의 아주머니가 전화를 받았다.

"여보세요."

까랑까랑한 아주머니의 목소리가 스피커폰을 통해 울렸다.

"저 죄송하지만 뭐 좀 물어볼 게 있어서 전화 드렸습니다."

"누구신데요."

"혹시 소원이를 아세요?"

"그 사람이 누군데요?"

"그럼 상훈이는 아세요?"

"몰라요. 뭐 때문에 그러시는데요?"

"지금 쓰고 계시는 이 번호는 언제부터 쓰셨나요?"

"번호 바꾼 지 얼마 안 됐고 소원이니 상훈이니 그런 사람들 몰라요."

뚝. 전화가 끊어졌다. 선우는 자신이 의심하고 있는 대로 일이 풀리지 않자 한숨을 쉬었다.

자기가 받아들일 수 있는 증거를 보여달라 했다. 그때 알았다. 살인이 왜 일어나는지. 옆에서 듣고 있던 지애가 일어나 자신의 방으로 들어가 아무 번호로 미디어 플랫폼에 가입하고 자신의 신용카드로 결제했더니 곧장 가입됐다. 하지만 그래도 선우는 믿지 않을 것이다. 결국은 상훈이 그날 어디 있었는지를 증명하는 것이 빨랐다. 어쩔 수 없이 상훈에게 전화해 지금의 상황을 이야기하고 그날 상훈의 행적을 확인할 방법이 없냐고 물어보았다.

"마지막으로 나 좀 도와줘."

"나도 프라이버시가 있는데, 내가 다른 사람이라면 어림도 없지만 누나니까 해준다. 타임라인이라는 게 있어."

"그게 뭔데?"

"누나. 설명하자면 길어. 일단 내가 그 사람한테 전화할게."

"고마워 상훈아."

"그리고 누나. 언제까지 그렇게 살 거야. 그냥 다 내려놓고 마음 편히 살아."

"그러게... 미안하다."

상훈과의 전화를 끊고 선우에게 전화했다.

"상훈이가 전화할 거야. 받아."

"왜 걔까지 끌어들여?"

"없는 일을 가지고 나보고 해명하라며. 달리 방법이 없잖아. 지혜가 전화해서 말해도 거짓말이라며."

한 시간 정도 지나서 선우에게 연락이 왔다. 상훈이가 타임라인을 보여줬고, 내가 마포로 이사하기 전부터 지금까지도 줄곧 경주에 있었다는 걸 확인시켜 줬다고 했다. 그런데도 자기는 이해가 안 간단다. 선우가 왜 그렇게 상훈을 미워하는지는 나중에서야 알게 되었다. 소선의 장례가 끝난 후 처음으로 선우가 내 집에서 사흘 정도 머물렀는데, 그때 상훈도 함께 있었다. 선우는 소선이 사용했던 방에서 지냈다.

12

서열

"소원아."

내 방으로 들어온 선우가 대뜸 카드 하나를 내밀었다. 비밀번호를 알려주면서 50억이 들어있으니 필요할 때마다 현금을 뽑아 쓰라고 했다. 선우와 소선 사이에서 평생 들들 볶이며 살아온 대가인가? 아니면 나와의 인연을 평생 이어 나가길 바라니 자기와 함께 있어 달라는 건가.

지금 이 상황에서 어떤 말을 해야 할지 알지 못한 채로 선우의 얼굴만 바라보고 있다가 카드를 받아 서랍에 넣어두었다. 그리고 상훈이 선우를 서울까지 데려다주었다. 그 이후로 나는 눈 뜨는 것도 먹는 것도 힘든 나날을 보내고 있었는데 선우가 서울로 돌아간 지 얼마 되지 않아 전화가 왔다.

"내가 준 카드 없애버려."

아! 카드를 잊고 있었다. 50억이 든 현금카드.

"계좌 바꿨어. 50억을 주면 그에 상응하는 행동을 했어야지. 암만 몸이 달아도, 다른 남자하고 붙어먹고 싶어도. 인간이라면 그래야 하지 않나?"

"이유를 말해봐. 알아듣게."

"너를 위해 준 건데 상훈이와 둘이 오순도순 내 돈으로 사는 꼴 나는 못 봐. 소선이가 해준 말도 있고."

"소선이가 뭐라고 했는데?"

"네 집에서 사흘 동안 지켜봤어. 소선이 방에 있는 동안 소선이가 어떻게 살았는지 대충 알 것 같더라."

언제부터 그리 소선이를 끔찍이 챙겼던가. 소선이가 죽는 날까지 방치했던 사람이.

"그리고 상훈이 걔는 뭘 그렇게 사달라 하는 거야?"

이 어이없는 말투와 행동이 익숙하다. 소선이 쓰던 수법을 선우가 하고 있었다.

"네가 그렇게 봤으면 그런가 보네."

"할 말이 없네."

"알겠어."

사실 50억이 들어있는 카드를 어디 뒀는지도 까맣게 잊고 있다가 선우가 얘기하고 나서야 생각이 났다. 아무리 자본주의 세상이라 하지만 나에게 들이닥친 어마어마한 슬픔의 소용돌이 속에서도 선우가 주고 간 카드에 미련이 있었다면 진작에 카드에 손을 댔겠지만 나는 그렇지 않았다. 선우가 이런 행동을 하면서 나를 소선과 같은 취급을 했다는 것에 분노스러웠다. 이 와중에도 돈으로 나를 좌지우지 조련시키려는 한 인간의 치졸함을 밑바닥까지 봐 버렸다. 더욱더 서글퍼지면서 이 현실이 비참했다.

금세 한 달이 지나 마포에 가는 날이 다가왔다. 매일같이 전화하던 선우가 연락하지 않으니 가야 할지 말아야 할지 고민이 되었다. 하지만 나는 선우와 같은 인간이 되기 싫었다. 내가 저질러 놓은 일에 책임을 다할 수밖에 없다. 지금까지 선우를 지켜본 바로는 자신의 마음에 들지 않는 행동을 한다거나 잘못된 부분에 바른 소리를 하면 연락 두절과 함께 돈도 끊어버렸다. 그러거나 말거나 나는 나의 소임을 다하기 위해 마포에 도착했다. 그간한 번도 내 집에 왔던 흔적이 없다. 나는 혼자 영화도 보고 책도 읽고 한 주를 보내다가 증평으로 내려가는 날 문자를 보냈다. 잘 쉬다가 지금 내려간다고 하니 득달같이 전화가 왔다.

"왔으면 연락 좀 하지. 너무한 거 아냐?"

"난 분명히 날짜 알려 줬어. 집을 얻은 건 내 결정이고, 나는 내가 한 선택에대한 책임을 지기 위해 온 거야. 네가 여기 오고 말고는 너의 자유야. 난 너와같은 사람이 아니야. 나를 소선이처럼 생각했다면 넌 큰 실수를 하는 거야. 남자친구한테 전화 왔어. 가야 해. 끊어."

선우는 아무 대답이 없었다. 증평에 도착하자마자 선우에게 연락이 왔다.

"내가 너한테 많은 거 바라니? 나 불안하게 하지 말라고 했잖아. 이게 비정상적인 거야? 내가 그만큼 너한테 지원을."

"그놈의 지원, 지원! 돈줄에 감겨서 사람 죽겠다는 생각 안 해봤어? 이랬다저랬다 할 거면 그냥 나한테 돈 같은 걸 주지 마. 나한테 일말의 기대감도 심어주지 말라고."

"너 또 거기서 남자 직원들하고,"

"그 입 닥쳐!"

더 이상 듣고 있기 힘들어 소리를 질렀다. 아무 남자하고 섹스나 할 목적이었다면 내가 호스트바를 갔지 왜 사업을 하겠냐고. 시야가 갇혀버린 백선우에게는 세상 모든 남자가 위험한 존재였다. 정신과 상담을 받아보라고도 숱하게 권유해 봤지만 그럴 때마다 선우는 정신과가 단두대라도 되는 것처럼 격렬하게 거부하곤 했다. 곤두선 신경은 뭔가를 찔러 죽일 수있을 만큼 날카로웠다.

"제발 이제라도 내 인생 좀 제대로 살게 내버려 둬. 제발 부탁이야. 네가 싫어하는 짓, 걱정하는 짓 다 안 해. 대신 나 좀 그만 괴롭혀. 너 때문에 내가 정신

병 걸릴 것 같아."

감정이 격해지는 게 싫어서 숨을 골랐다. 어조를 낮추자 마음도 조금씩 차분해져 갔다. 선우도 더는 내 신경을 건드리지 않았다.

증평은 언니와의 추억이 얼룩처럼 남아 있는 동네였다. 태어난 곳이 아님에도 고향처럼 푸근했다. 소도시인 증평에는 오가는 사람 자체가 없었다. 그곳에서 사업을 재개했다. 내 돈으로도 사업은 원활하게 진행되었다. 쾌적한 곳에서의 생활은 나에게 안정감을 가져다주었다. 규현은 군말 없이 증평과 서울을 오갔고 내가 어딜 가든 차로 데려다주었다. 미래를 약속해도 괜찮을 만큼 규현은 내게 헌신적이었다. 선우와 물리적 거리를 두는 것만으로도 모든 것이 제자리를 찾아가는 듯했다. 선우의 연락을 며칠 동안 받지 않았다. 선우가 어떻게 나오는지 궁금해서였다. 선우는 나를 죽이겠다고 살리겠다고 했다가 결국에는 자기가 다 잘못했다며 싹싹 빌었다.

음성 메시지 속 선우의 목소리는 형편없이 갈라져 있었다. 코를 훌쩍이며 잘못했으니 돌아오라는 말만 반복했다. 이젠 일말의 동정조차 느껴지지 않았다. 나를 떠나게 만든 건 바로 자신이었으니까.

"젊은 사람도 이러면 꼴불견이라고 생각하지 않을까?"

인근 공원의 주차장에 차를 주차해 두고 규현과 뜨거운 정사를 마치고 난 뒤였다. 조수석에 앉은 내 위로 몸을 포개어 있던 규현이 내 이마에, 볼에 짧게 키스하고서는 바지를 추슬렀다.

속옷 위로 불거져 있는 성기를 주무르자 규현이 움찔하더니 내 얼굴을 다시 감싼다. 규현의 혀가 아랫입술을 핥는다. 순순히 입술을 열자 다시 처음인 것처럼 키스와 애무가 이어진다.

행복에 겨운 신음은 우리를 달뜨게 했다. 고개를 젖히자 까무러칠 듯한 교성이 터진다.

"자기 없었으면 인생 진짜 재미없었겠다."

"나도."

"자기도 자기지만, 나도 진짜 고생하면서 살았거든."

나도 알았다. 남자친구의 배려는, 그만큼 본인이 결핍되어 있었기 때문에 베풀 수 있는 것이었다. 내가 규현을 사랑하지 않을 수 없는 가장 결정적인 이유였다. 그저 친한 동생으로만 생각했지만 우리는 연인으로 발전되었다. 역시 남자와 여자는 친구가 될 수 없다는 생각이 견고해진다.

"근데 소원아."

"응."

"그 사람한테 가봐야 하지 않아?"

운전석으로 넘어가 셔츠를 정돈하던 규현이 말했다. 좋게 말하면 이타적이고 나쁘게 말하면 오지랖이 넓은 남자친구는 제 애인을 고질적으로 괴롭히는 선우마저 걱정하고 있었다. 그 마음을 아예 모르는 건 아니었다. 나도 선우를 항상 걱정했다. 곁에 내가 없으면 상대할 수 있는 사람이 아무도 없다는 걸 알고 있기에 하루도 빠짐없이 전화 통화를 하며 일거수일투족을 알려줬고 한 달에 일주일은 서울로 올라가 그의 허전한 마음을 채워주었다. 그런 내가 3개월이라는 긴 기간 동안 연락을 끊었으니 걱정이 안 되는 게 이상했다. 왜 집에 오지 않느냐고 애원이 섞인 전화와 메시지도 대꾸하지 않으니 점차 줄어들었다. 어쩌다 한 번씩 대꾸를 해주면 선우는 오아시스를 찾은 사막의 나그네처럼 굴었다.

"소원아. 너에게 영원히 잊히지 않는 사람이 되고 싶어. 너는 내 구원이야."

거머리 같은 말들이 넌더리가 났지만 그래도 몸이 멀어졌다는 것에 감사했다. 규현의 말대로 하기로 했다. 마포에 왔다. 엘리베이터까지만 데려다주고 규현은 돌아갔다.

"나야. 소원이."

"소원이야?"

"B동이야."

"알았어. 지금 갈게."

내가 선우의 집으로 가지 않는 이유는 선우의 집이 내 손으로 치울 수 없을 만큼 엉망이기 때문이다. 그래서인지 선우도 내가 자기 집에 오는 것을 꺼렸다. 보여주기 싫은 마음도 있었겠지만 정말로 내가 앉아있을 공간도 없었다. 종종 도우미 아주머니를 불러서 청소도 해줬지만, 그때뿐이었다. 외부 사람을 들이는 것도 꺼려서 나중에는 그것마저 못 하게 됐다. 삼 개월 만에 만나는 선우는 더욱 초췌해져 있었다. 연민보다는 통쾌한 마음이 더 컸다. 이런 식으로 한 인간을 조련해도 되나. 그래도 같은 인간인데. 선우와 함께했던 것들을 다시 했다. 같이 밥을 먹고, 영화도 보고. 남녀 주인공이 뜨거운 정사를 나누는 장면이 나와도 선우는 내 몸을 지분거리지 않았다. 불면 날아갈 듯, 쥐면 깨질 듯 선우가 나를 대하는 태도였다. 그렇게 한 주가 지나갔다.

"가는 거야?"

"가야지."

"안 가면 안 돼?"

인간은 본디 가지 말라는 애원에 약하다. 내가 아니면 안 될 것 같고, 나 없이는 그 사람이 처참하게 망가질 것 같으니까. 선우는 나와 보내는 동안 계속 사랑한다고 말했다. 뒤에 이어질 말은 '그러니까 계속 내 옆에 있어 줘.' 그런 절절한 내용이었을 터였다.

"가야 해, 나. 요즘 바쁜 거 알잖아."

"그랬지 참."

"갈게. 다음에 또 올게."

"고마워. 사랑해."

또 저 사랑한다는 말, 바보처럼 믿게 만든다. 이제는 정말 인간 대 인간으로 소통할 수 있을 거라는 기대마저 하게 된다.

"그래, 나도 사랑해."

"정말?"

"어."

"잘 챙겨 먹고 있어."

"응. 사랑해."

선우는 내가 현관문을 닫는 순간까지도 사랑한다고 말한다. 수백 번이고 나를 사랑한다고 말하는 남자를 두고 떠나가는 지금의 장면을 본 사람들은 나를 매정하다고 손가락질할지도 모르겠다. 그 이후로는 한동안 평온한 날들이 이어졌다. 선우의 연락은 가끔 받아주고, 방문은 더 가끔 했다. 시간이 걸려도 내가 반드시 온다는 걸 학습한 선우는 내가 갈 때마다 온순했다. 가끔 화장실에 들어가 자위하는 소리를 듣긴 했지만 날 마음대로 범하지 않는 것만으로 안도감이 들었다.

[소원아. 사랑해.]
직원들과 마감할 때였다. 선우는 항상 이렇게 갑자기 사랑한다는 문자를 보냈다. 선우가 말하는 사랑은 곧 불안 같았다. 내가 영영 떠날 거 같은 불안감이 들 때마다 사랑한다고 했다.
내가 너 사랑하니까 날 떠나지 않을 거지? 그런 의미가 들어있었다. 답을 하지 않은 지 족히 일주일이 되던 날, 나도 사랑해. 기계적인 답변을 내놓았다.
집으로 돌아가는 길이었다. 이번 주말에 지애가 증평으로 내려온다고 해서 밑반찬을 좀 해두려고 장을 봐온 참이었다. 장바구니를 부엌에 내려놓고 한숨 돌리는데 전화가 왔다. 선우였다.
"여보세요."
"이 더러운 년. 넌 날 기만했어."
지겹도록 사랑한다더니 갑자기 더러운 년이란다. 도통 익숙해지지 않는 선우의 돌변에 기가 찼다.
"또 왜 그러는데?"
"내가 모를 줄 알았지? 이 더러운 년. 망할 년."
"말로 해. 욕하지 말고."
"그 미디어 계정. 상훈이 그 새끼 거더만. 왜 말 안 했어?"
쌍욕을 퍼부은 것치고 이유가 너무나도 어처구니없었다.

"그만 좀 해라. 그 부분은 충분히 해명했고 난 모르겠으니까 네가 직접 상훈이랑 통화해서 진실을 물어봐."

"너 상훈이랑 내통했잖아. 너 나한테서 배운 섹스 상훈이랑 그대로 다 했지?"

선우와 정상적인 대화가 가능할 거라 기대했던 내 생각이 처참하게 깨지는 순간이었다. 선우는 정상적인 사고가 불가능한 인간이라는 걸 스스로 각인시켜 줬다.

"지금까지 날 그렇게 기만하고도 내 돈이 갖고 싶었어?"

"도대체 왜 그렇게 상훈이한테 집착하는 거야? 상훈이하고 연락 안 하고 지낸 지도 얼마나 오래됐는지 알아? 네가 갈라났잖아. 내가 상훈이랑 연락해서 뭐 하게? 남자친구도 있는데 내가 뭐 하러 연락하냐고. 적당히 좀 해."

선우의 논리대로라면 내가 당장 관계를 정리해야 할 쪽은 상훈이 아닌 선우였다. 선우가 말도 안 되는 논리를 펴는 건 자기주장을 어떻게든 관철하고 싶을 때다. 아니면 그냥 미쳐버렸거나.

"그러게, 네가 스마트폰 다루는 법을 배워놨으면 아이디도 네가 만들었을 거고 이렇게 너와 나 사이에 다른 남자가 낄 일이 없잖아. 요즘 같은 시대에 너처럼 멍청한 기계치가 어딨어?"

이제는 나를 멍청하다고 비난하기 시작했다. 선우와 대화를 할 때면 벽에 대고 말하는 것 같다.

"난 진짜 너한테 모든 걸 다 줬어. 너한테 주는 건 아깝지 않아. 근데 넌 내가 주는 걸로 어떻게 했어? 내가 그 돈 상훈이한테 바치라고 줬어?"

"또 그 소리야? 언니 아플 때 매번 증평에서 서울까지 병원 데려다주고 내 손과 발이 되어준 걸 뻔히 알잖아. 그래, 내가 수고비 개념으로 돈 좀 줬다! 그건 당연히 노동력에 대한 대가를 준 거야. 걔가 대가 없이 그 호의를 베풀었어도 너는 눈 돌아서 지금처럼 난리 쳤을걸. 내 말이 틀려? 네 말대로 상훈이가 싫었으면 언니가 살아있을 때 내보내라고 했었어야지. 네가 해야 할 일을 상훈이가 해준 건 생각 안 해?"

머리가 지끈대는 걸 참고 끝까지 쏘아붙였다. 전세가 불리해질 때면 백선우는 항상 나를 더 난처하게 할 궁리를 했다. 이번엔 뭐 얼마나 대단한 형벌을 주시려고 저러실까.

"됐고, 지금까지 너한테 들어간 자금 중 증여세로 20억 돌려줘. 몰랐지?"

"몰랐을까 봐?"

또 기분 나쁘게 내가 모를 거라는 전제를 두고 비꼰다. 자기야말로 돈 말고는 세상의 그 어떤 이치도 모르면서. 선우의 수법이 뻔했기 때문에 놀랍지도 않다.

"난 그 20억을 좀 받아야겠어."

역시. 또 유일하게 큰소리칠 수 있는 소재를 가지고 나를 협박한다. 선우를 자극하기 위해 별일이냐는 듯 콧방귀를 꼈다.

"아니, 지금까지 너 상대해 준 화대라고 쳐. 있어도 못 주는데, 없어서 못 줘."

"뭐?"

"넌 불리할 때마다 항상 돈으로 협박하더라. 그렇다고 내가 눈 하나 깜박할 줄 알아? 이럴 줄 알았으면 그냥 네 돈 안 받고 지애랑 같이 길바닥에 굶어 죽을 걸 그랬다."

"그러니까. 정당하게 증여세에 상응하는 돈을 내놓으라고."

선우는 지금 20억이 아쉬운 게 아니다. 자신의 말처럼, 선우는 나에게 쓰는 돈은 조금도 아까워하지 않았다. 내가 어떤 반응을 보이는지가 궁금했던 것이다. 예전에 나였다면 20억에 손을 벌벌 떨었겠지만, 지금은 아니다. 20억이 없다고 당장 생계에 허덕이지 않는다. 백선우가 더럽게 나온다면, 나도 더럽게 나갈 수밖에.

"연휴 지나면 은행 가서 바로 부쳐줄게. 나도 네가 주는 더럽고 치사한 돈, 그냥 돌려주고 말지."

"요새 어플로 다 할 수 있잖아. 지금 당장 20억 송금해. 그 말 진심이면."

백선우의 한쪽 입꼬리가 비열하게 올라가는 것이 눈에 훤하다. 이럴 줄 알고 스마트폰 다루는 걸 안 배운 거야, 개 병신아. 이왕 시작한 거 속에 맺힌

응어리를 모두 토해냈다.

"조울증, 폐소공포증, 불안장애, 공황장애. 다 누구 때문에 생겼는데? 너 때문이야. 너한테는 무슨 말을 해도 들어 처먹질 않잖아. 참는 것도 한계가 있지, 언제까지 네 욕받이로 살아야 하는데? 그 전에 무슨 사연이 있었든 너는 내 언니의 남편인데 너랑 왜 이렇게까지 구질구질하게 살아야 하는데?"

말하면 말할수록 그간의 설움이 짙어졌다. 선우의 목소리가 잦아들었다. 선우의 기세가 한풀 꺾이는 게 느껴졌다. 그래봤자 잠깐이겠지만. 이렇게 당사자에게 울분을 토하지 않으면 화병으로 단명할 것 같아서 모조리 토해내고 있는 거다.

"하긴, 정신병자한테 내가 무슨 말을 해? 상훈이고 규현이고 옆에 없었으면 언니와 너 때문에 난 벌써 목매달고 죽었을 거야."

"그래, 상훈이가 네 기둥서방이잖아. 어디서 거짓말이야? 나 죽는 꼴 보고 싶어?"

자아를 그때그때 갈아 끼우기라도 하는 건지 다시 선우가 목소리를 키웠다. 선우를 분노하게 만든 건 상훈이라는 이름이었다.

"어쨌든 입금과 동시에 너랑은 이제 끝인 줄만 알아."

"내가 미치는 건 다 너 때문이야! 너 때문이라고!"

아악! 선우의 고함과 함께 깨지고 터지는 소리가 들렸다. 손에 잡히는 모든 집기를 내던지고 있는 모양이었다. 여전히 심장이 벌렁거리고 있었지만 동요하지 않는 척했다. 폭군이 따로 없었다. 아무리 감정이 극단으로 치달았다고 해도 다음 날이면 수그러들 선우였지만 요즘 들어 부쩍 정도가 심해졌다. 무언가를 깨트린 건 오늘이 처음이었다. 그날 밤 꿈속에서 나는 선우의 집이었다. 선우는 꿈속에서도 소리를 지르며 집안의 물건을 던지고 있었다. 또, 피곤한 하루가 시작됐다. 꿈에서도 선우에게 시달리고 나니 온몸이 두들겨 맞은 것처럼 찌뿌둥했다. 선우가 곁에 없는데도 목이 졸리는 듯한 느낌이었다. 숨쉬기가 곤란해서 가슴이 오르내리도록 크게 숨을 들이마시기를 반복했다. 나도 이렇게 미쳐가는 걸까.

187

[소원아 너 우리 집에 언제 올 거야? 기다리고 있을게. 빨리 와.]

선우에게서 온 문자를 보고 가슴을 탕탕 쳤다. 예상했지만 이렇게 숙이고 들어올 거면 애초에 안 그럴 수도 있었다는 거잖아. 이 한심한 관계를 언제까지 이어 나가야 할까. 선우의 돈으로 내 세월을 보상받기도 전에 화병으로 죽어버려도 이상할 게 없었다. 반대로 생각해 보면 선우가 이렇게 꼬리를 내린다고 해도 언제 다시 미친놈으로 돌변할지 모른다. 지금의 선우는 시한폭탄과도 같았다. 나까지도 죽음에 이르게 할 수도 있는 사람.

13

방문객

"불안 지수가 굉장히 높네요."

정신과 상담을 받는 동안 눈물 콧물을 쏙 뺐다. 상담 시간 동안 진료실 밖에서 규현이 기다리고 있었다. 퉁퉁 부은 내 얼굴을 보고 늘 바보처럼 선하기만 했던 규현도 언제까지 이렇게 살 거냐 물었다.

"그러게."

그만큼 내가 힘들어 보였나. 규현이 위로의 뜻을 담아 나를 꼭 안아주었다. 처음으로 규현과 단둘이 여행을 떠났다. 여수에서 게장 정식을 먹고, 바다가 보이는 호텔에서 규현의 넘치는 사랑을 받고, 순천만에 가서 탁 트인 경치에 울분을 날려 보냈다. 이 순간이 마지막 여행이라 생각하며. 선우를 머릿속에서 지우려고 떠난 여행에서도 자꾸만 선우가 신경 쓰였다.

"경치 너무 좋다."

"그러게."

"기분 좀 풀려?"

내 상상 속에서 선우는 수도 없이 손목을 긋고 목을 맸고 베란다에서 뛰어내렸다. 나의 부재가 그에게 어떤 정도의 의미인지 선우에게 물어보지 않아 가늠할 수 없어 생각은 극한으로 치달았다. 결론은 항상 그럴 리 없다는 것이지만.

"응. 한결 나아."

"우리 앞으로도 자주 여행 다니자."

그러자고 대답하며 밝게 웃어 보였지만, 글쎄. 나에게 앞으로가 있을까.

사건은 집으로 돌아가고 나서 벌어졌다. 샤워하는 동안 부재중이 수십 통 쌓여 있었다. 욕실 선반이 계속 진동하는 소리를 들으면서 나는 선우의 한계치가 극에 달했다는 걸 느꼈다. 얼굴에 로션을 찍어 바르는 동안에도 선반은 연신 웅웅거렸다.

"왜 이렇게까지 하는데."

덜 마른 머리를 털면서 전화를 받았다. 선우는 말없이 거친 숨소리만 냈다. 살아있다는 걸 확인하는 순간 마음속을 찝찝하게 장악하고 있던 두려움이 사라졌다. 네가 그러면 그렇지. 나 없이 죽을 것처럼, 제 명줄을 가지고 협박하지만 나는 안다. 백선우가 스스로 세상을 저버릴 만큼 대범하지 못하다는 걸.

"넌 날 속였어. 이 미친년아. 내가 이대로 계속 널 참아줄 거라고 생각했지?"

"내가 매번 얘기하지? 알아듣게 얘기하라고."

"난 더는 이렇게 못 살아. 그러니까 20억 줘."

피로감이 밀려든다. 할 수만 있다면 그깟 20억을 줘버리고 이 관계를 끊어버리고 싶다. 하지만 20억에 끝날 관계도 아니고 선우는 막상 돈을 받으려 하지도 않을 것이다. 내가 죽거나, 백선우를 죽이지 않고서는 끊어지지 않을 관계라는 생각이 들었다.

"너는 기어이 나한테서 20억을 받아내려고 하는구나. 내가 20억을 주면, 너는 나 두 번 다시 안 보고 살 수 있고?"

"그래. 그러니까 내놔."

그런데도 이렇게 우겨대니 어쩔 도리가 없었다. 투정으로 치부하기엔 병적인 헛소리를 더는 들어줄 수가 없다. 그러기 싫어졌다.

"지금까지 난 네가 시키는 대로만 했어. 그리고 지금까지 너한테 받은 돈은 소선이 병원비, 지애 학비로 들어간 게 전부야. 너야말로 진작에 날 좀 놔 주지 그랬어. 자그마치 우리 세월이 30년이야. 결국은 나에게 이 지랄을 하려고 지금까지 버틴 거야? 도대체 이게 무슨 개 같은 경우야? 네가 20억을 달라고 하면 내가 순순히 줄 것 같았어? 주든 안 주든 넌 날 지구 끝까지 쫓아다닐 것 같으니까 난 그 20억이라도 가져야겠어."

선우가 제일 사랑하는 사람은 나였다. 그래서 제일 무서워하는 사람도 나였다. 더는 제멋대로 나를 휘두를 수 없다는 건 선우도 알고 있었다. 나를 집어삼킬 것처럼 굴고 온갖 더러운 체위로 발정 난 개처럼 나를 통해 제 성욕을 채웠지만 내가 내 목소리를 낼 수 있게 되고 의사 표현을 확실하게 할 수 있게 된 시점부터는 나를 건드리지 못했다. 나가 죽든 말든 눈 하나 깜짝하지 않을 냉혈한이 못 되는 나도 선우를 떠날 수 없었지만. 이제는 힘의 우위가 내 쪽으로 더 기울어 있었기에 선우에게 못 할 말이란 없었다.

"내가 인터넷으로 칼을 다섯 자루 사뒀어."

선우가 이죽대며 말했다. 내가 겁이라도 먹을 줄 알았나 보지.

"왜? 나 가지고 회 뜨려고 해?"

칼을 사뒀다는 선우의 말 자체가 거짓일 수도 있었지만 나는 그 말이 진정 사실이었으면 했다. 규현이 내게 퍼주는 사랑의 달콤함도, 나의 분신 지애도, 내 꿈을 실현하는 사업도 다 부질없게 느껴졌다. 평생을 날 옥죄는 백선우의 존재를 끊어내는 방법이 죽음뿐이라면야 마다할 생각이 없었다. 남은 인생을 이렇게 시달리며 사느니 그게 낫지.

"해봐, 어디. 남 인생 망치고 자기 인생까지 망치는 것만큼 한심한 짓도 없더라."

"내 인생을 이미 너 때문에 망쳤어. 내가 못 할 것 같아?"

"그래, 해보라고."

종료 버튼을 누르고 휴대폰이 쓰레기라도 되는 양 내던졌다. 바닥에 내동 댕이쳐진 휴대폰 액정이 다시 밝아졌다. 선우가 문자를 보냈다.

[이따가 보자.]

선우는 내가 찾아가기 전까지는 집 밖으로 한 발짝도 나갈 수 없는 사람이 다. 그런 사람이 나를 보러 온다고 한다. 꿈을 꾸는 듯 비현실적인 대화를 주고받다가 그 문자를 보고 나니 현실적인 공포감이 엄습했다. 어차피 모 든 사람은 죽는다. 한 번 죽는 인생, 삶에 미련이 많지 않다. 하지만 그렇다 고 누군가에 의해 삶을 마감하기는 싫었다. 내 인생을 망친 것으로도 모자 라 삶의 끝까지 그의 멋대로 정하도록 두기는 싫었다. 그게 개죽음이지. 아무것도 들리지 않았다. 쿵쿵대는 심장 소리 말고는. 이 불안을 잠재우 기 위해서는 선우가 증평으로 오기 전에 어떤 대응이라도 해야 했다. 용도 별로 사둔 식칼들이 보였다. 그 칼 또한 선우가 사준 것이다. 제가 사준 칼 이 이렇게 사용될 줄은 몰랐겠지. 소파에 올려둔 신문지를 부엌으로 가져 온 다음 식칼을 꺼냈다. 신문지를 칼로 그어보았다. 두어 장쯤은 쉽게 갈라 졌다. 칼날을 신문지에 싼 다음 가방에 넣었다. 서울로 향하는 택시 안에 서 그 서슬 퍼런 감촉을 손끝으로 확인했다. 젊은이들이 많아 새벽에도 오 가는 사람들이 많은 곳이지만, 추위가 기승을 부려대는 겨울이라 거리에 사람은 아무도 없었다. B동에 도착했다. 물 한 모금 마시고 생각을 가라앉 혔다. 어떻게 하면 선우의 가슴을 후벼 파고 남은 생을 후회와 괴로움으로 보내게 할지 고민했다. 방법은 한가지다. 내가 후회할 일은 하지 말자. 지 애가 편히 살 수 있다면 선우 앞에서 자결하는 게 깔끔하다. 선우에게 전 화를 했다.

"나야."

"……."

"지금 B동이야. 네가 준비했다는 칼 챙겨와. 기다릴게."

선우가 뭐라 대답을 하기도 전에 전화를 끊어버렸다. 전화벨이 연신 울렸지만 받지 않았다.

한참이 지났지만, 선우는 오지 않았다. 다시 문자를 했다.

[네가 오지 않으면 내가 네 집으로 갈 거야.]

그러고도 한참 후에서야 현관 비밀번호 누르는 소리가 들렸다. 선우가 들어와 내 앞에 팔짱을 낀 채 서 있었다. 빈손을 보니 칼은 가져오지 않은 모양이다. 그럼 그렇지. 괜히 우스웠다.

"칼은 왜 안 가져왔니?"

"……."

"나 마음먹었어. 어차피 남은 인생 매일 네 망상에 시달리며 평생을 사느니 네가 보는 앞에서 죽어 줄게."

침대 위에 놓인 가방에서 칼을 꺼냈다. 높이 치켜든 순간 선우가 달려들어 내 팔목을 잡았다. 그래도 남자라고 나보다 힘이 셌다. 하고 싶은 대로 몸이 움직여지지 않았다. 그렇게 한참을 힘겨루기했다. 한 시간이 지나고 나서야 선우가 내 팔목을 놔주었다. 선우가 화장실로 간 사이 양쪽 팔을 신문지 가르듯 그어댔다. 금세 바닥에 피가 흥건해졌다. 화장실에서 나온 선우가 놀라 달려왔다.

"소원아. 내가 잘못했어. 내가 잘못했어."

"아니, 너 잘못한 거 없어. 죄가 있다면 소선이와 내가 너를 만난 거지."

"소원아, 소원아! 이러려고 그런 거 아니었어."

뜨거운 피가 팔목을 타고 흐르는 감촉을 느끼면서, 모든 것들이 현실감 없게 느껴졌다.

"그동안 넌 나를 사람으로 보지 않았지. 너는 언제 어디서든 네 욕구를 해소하기 위해서 날 농락했고 그런 네 행동에 언니에게 난 미친년 됐고."

"그건 사랑이었어!"

"사랑이라고 포장하지 마. 네가 준 그 돈, 너하고 한창 섹스할 땐 화대 같았고, 아닐 땐 위자료 같았어. 말해봐. 이래도 내가 너한테 20억을 그대로 토해내야 한다고 생각해?"

"나를 돈으로 본 건 너야."

"그랬으면 널 보려고 증평에서 서울까지 오가지는 않았겠지? 나는 너를 혐오하는 만큼 걱정했고, 죽었으면 하는 만큼 제대로 살았으면 싶었어. 그걸 바라면서 버틴 시간이 30년이야, 30년."

"나는 널 사랑해. 지금 순간도 미칠 것처럼 널 사랑해."

"저놈의 과대망상."

지겹다. 점점 잠이 온다. 아직도 할 얘기가 많은데 입이 움직여지질 않는다. 그저 자고만 싶다. 선우가 지껄이는 것 같은데, 도통 들을 수 없었다.

–

내 삶은 터널이었다. 헤어질 수도 버릴 수도 없는 남자가 만든 터널 안. 모든 것을 내려놓고 뚝 잘라버리기엔 온몸으로 쏟아질 햇볕이 감당할 수 없을 만큼 너무 따가울 것 같았다. 그래서 선우가 만든 칙칙한 어둠 속에 숨어 살았다. 발파 작업으로 터널은 순식간에 붕괴되었고 나는 불시에 세상에 노출되었다. 이제 와 돌이켜보면 팔자가 왜 이렇게 사나울까, 한탄하던 세월도 다 무상하다. 어차피 팔자는 내 선택으로 바뀐다. 이제껏 내 마음 가는 대로 선택해서 만들어 온 인생이었다. 그걸 깨우친 지금은, 푸른 하늘 아래, 뜨거운 햇볕 아래 웃을 수 있다.

머그잔 바닥에 남은 커피 방울이 말라붙었다. 그걸 보고 나서야 내가 베란다에 꽤 오래 서 있었음을 깨달았다. 담뱃갑에서 담배 하나를 빼내 불을 붙였다. 깊게 한 모금 들이마시면서 연기를 내뱉었다.

"어어, 탄다! 지금 불이 너무 세잖아."

가장 엄마다운 목소리로 잔소리를 퍼부으며 부엌으로 걸어갔다. 지애가 켜둔 후드가 요란한 소리를 내며 연기를 빨아들였다.

– 끝 –

개망초

1판 1쇄 발행 2023년 12월 15일
지은이 김현정

교정 신선미 **편집** 양보람 **마케팅·지원** 김혜지
펴낸곳 (주)하움출판사 **펴낸이** 문현광

이메일 haum1000@naver.com **홈페이지** haum.kr
블로그 blog.naver.com/haum1000 **인스타** @haum1007

ISBN 979-11-6440-478-0 (03810)

좋은 책을 만들겠습니다.
하움출판사는 독자 여러분의 의견에 항상 귀 기울이고 있습니다.
파본은 구입처에서 교환해 드립니다.